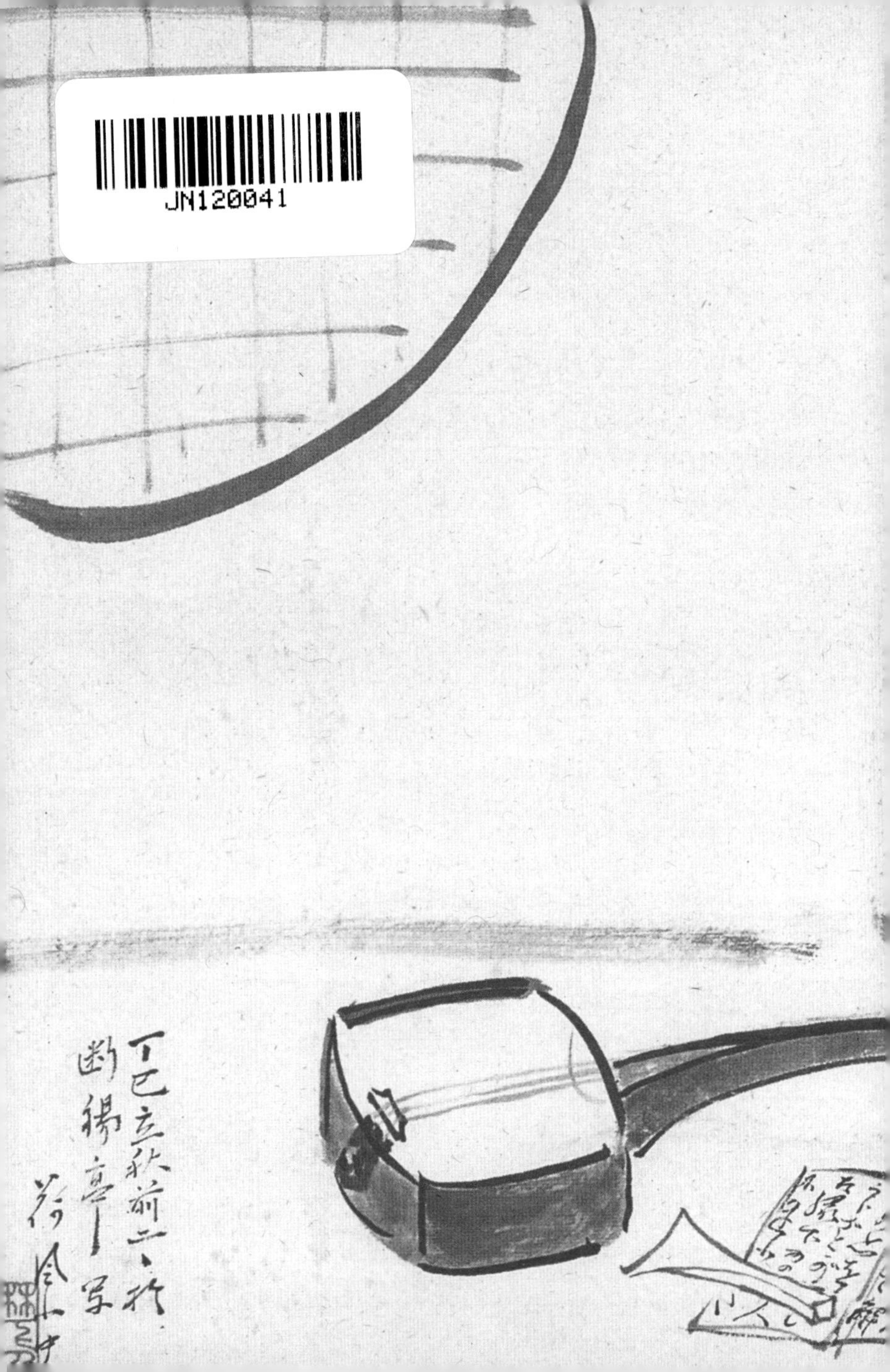
丁巳立秋前二、於
斷腸亭写
荷風

枯木二本アリ
深川ノ豊住町四丁目ノ六万坪築地
豊田橋
道路
泥土

を〝不思議の人〟としての興味は抱き続けてきたようなのだ。

その一つは、四季の自然現象や草木や庭に対する強い関心と言及。

またその一つ、かつての江戸旧跡愛好や、地理、地形への観察と、「散歩という行為」による実地踏査。

さらに、日々の散歩の時に素描を交えての詳細な記録――。

加えて『断腸亭日乗』には、戦時中の女性のモンペ姿や髪型のバリエーションのスケッチなども残され、したたかな風俗ウォッチャーにして記録者としての一面も見せる。

〝不思議の人〟荷風――。あるとき、そんな荷風世界の解を求めるための一つの方策を、ふと思いついた。それはこの文学者理解のために〝理系感覚〟という、幾何学でいうところの一本の補助線を頼りにしてみようということであった。また、荷風を〝ナチュラリスト〟と見立てて、その文芸世界と、襖の下張り的私生活を再発見して楽しんでみようと考えた。

『濹東綺譚』は、狭斜の地に取材しながら荷風作品の中で最も受け入れられた傑作である。その「あとがき」に代わる「作後贅言《さくごぜいげん》」の末尾に近く、いわばキメの一節に注目させられる。

主に、今は亡き若き日の友とのことなどが縷々語られるが、最末尾の一文、

> わたくしは毎年《まいとし》冬の寝ざめに、落ち葉を掃く同じようなこの響きをきくと、やはり毎年同じように「老愁ハ葉ノ如《ごと》ク掃《はら》ヘドモ尽キズ蔌蔌タル声中又秋ヲ送ル。」と言った館柳湾《たちりゅうわん》の句を心頭に思い浮かべる。
>
> （中略）窓に倚《よ》ると、崖《がけ》の榎《えのき》の黄ばんだその葉も大方散ってしまった梢《こずえ》から、鋭い百舌《もず》の声がきこえ、庭のすみに咲いた石蕗花《つわぶき》の黄いろい花に赤蜻蛉《あかとんぼ》がとまっていた。

とあり、江戸の漢詩人、館柳湾の名を呼び出しつつ、自らの老いへの思いを述べたあと、この『濹東綺譚』の『作後贅言』は次のような二行で了となる。

> わたくしはかの人々の墓を掃きに行こう。落ち葉はわたくしの庭と同じように、かの人々の墓をも埋《うず》めつくしているのであろう。

そんな理系感覚の人、またナチュラリストとしての「荷風の庭 庭の荷風」をご一緒に尋ねてみませんか。そこで、高台から遠方を眺めやるシルエット、また庭箒木を手にし、落ち葉を掃き寄せる荷風散人の後ろ姿を目にすることができるかもしれません。

荷風の庭　庭の荷風　目次

目次

・本文中に記されているカッコ内の＊印は、筆者の注訳です。

・なお、本書掲載の写真図版に関して、ご連絡先不明の権利者の方がありました。
ご一報いただければ幸いです。

造本・装丁　間村俊一

荷風の庭　庭の荷風

第1話

〝理系感覚〟という一本の補助線を引く

——土手行けば夏の草付く日和下駄

❖「専門は理系」の学者の名随筆と、逆に〝理系感覚〟を有する文学者

今日《こんにち》でも人気の衰えない作家・永井荷風と、その作品を味わうことについて、ぼくは、いつのころか、ある角度というか、〝色眼鏡〟で見る楽しみを抱くようになった。

数多くの文学者、文芸評論家などが、さまざまな切り口、アプローチで荷風と取り組み、語ってきたが、それらの仕事から（ぼくの知る限りではあるが）ほとんど見過ごされている、ある視点に気づかされた。

色眼鏡と言ったのは、ぼくの、その視点、角度が、ひとつのフィルターのようなものだろうと思ったからである。密かにこの偏光レンズの眼鏡をかけて、荷風本を手にとり、ページをめくっていると、新たな荷風世界が浮かび上がってくるように思えて、なかなか楽しい。ときに、ひとり口元に微笑を浮かべている自分に気づくことさえある。

そんな荷風大人に対する、ぼくの色眼鏡とは——。この際、ひと思いに言ってしまおう。それは、永井荷風という作家における〝理系感覚〟である。

荷風の来歴と生涯はおいおい述べてゆくことになるだろうが、ざっと概観すれば、江戸儒者の気配の上流家庭のもとで育ち、身を持ち崩すように芸事の世界に憧れ、フランス象徴詩の洗礼を受け、明治の新帰朝者の一人となり、場末の歓楽街を日々徘徊する。江戸追慕に身を染め、なれ親しんだこの荷風が〝理系感覚〟？　と思われるのも当然である。

で、あるからこそ、ぼくは、この〝理系感覚の作家・荷風〟という色眼鏡を手にしたことに少しワクワクし、それを用いて、荷風作品を大いに楽しむことにしたのである。

いま、キャッチコピー的に〝理系感覚〟と言ってしまったが、より正しく言おうとすれば、加えて博物学的、または文化人類学的志向、荷風のセンスである。あるいは、〝ナチュラリスト〟荷風。そういう荷風の文芸世界を味わうために、たとえば幾何学的用語を用いるのなら——理系感覚という「一本の補助線」——を引くことによって、複雑な姿をとる図形の構造を浮かび上がらせ、その〝解〟を容易にすることが可能ではないかと思ったのである。

荷風における理系感覚、あるいは博物学的・文化人類学的感覚、また〝ナチュラリスト〟荷風——。荷風理解としては耳なれないことかもしれないので、なぜ、ぼくが、そういう思いに至ったか、どうしてその色眼鏡を手にすることになったか、少し話をしてみたい。

もう十年ほど前になるか、月刊『望星』（東海教育研究所）の編集長Iさんと、世間話のような執筆企画のような雑談をしているなかで、ぼくは「理系の学者の名随筆を楽しむ」といったテーマ、というか思いつき企画を口にした。

もともと若いころから、たとえば物理学者で夏目漱石の小説のモデルとしても登場する寺田寅彦、あるいは専門は皮膚科の医師・木下杢太郎、貼絵の山下清を生んだ精神神経科医の式場隆三郎といった人たちの詩文や随筆を楽しんでいて、また寺田寅彦のもとで実験物理学を専攻し、のちに雪の結晶で著名となる中谷宇吉郎、ノーベル物理学賞の湯川秀樹、同じく朝永振一郎など、研究室内外の思索世界、文章の分野でも、その名を知られた理系学者を意識していた。

そんな、ぼくの話を受けて、編集部はすぐに、名文家といわれる理系の人びとをリストアップして、そのデータもいただいたが、この話は、ぼくが他のことにかまけて実現することもなく、今日に至ってしまっている。

申し遅れたが、ぼく自身、大学は一応、理系のコースを選んでいる。受験科目は、数学は「数Ⅲ」まで、つまり全領域。理科は「生物」「化学」「物理学」のうちから二科目必須。といっても志望学科は園芸学部・造園学科。同じクラスには前年、東京藝大を落ちて、こちらに学部、学科を変えたデザイナー志望や、家が古くからの著名な造園業だったため、といった、必ずしも理系といったセンスとは限らない学生が珍しくなかった。

つまり、受験科目は他の理系と同様ながら、大学に入っての専門課程はとなると、植物に関わることはもちろんのこと、歴史文化や社会学、またデザインなどなどが綜合された、いわば〝中途半端な理系〟で学んだことになる。

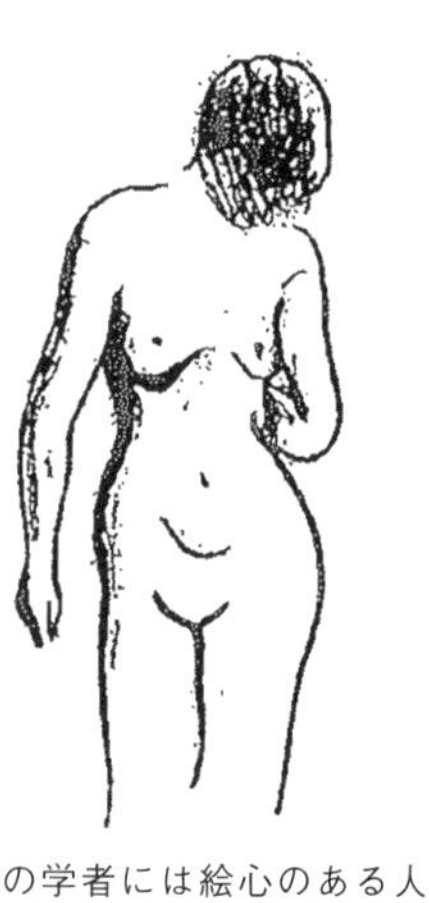

理系の学者には絵心のある人が多い。寺田寅彦による素描（岩波文庫『柿の種』より）

そして卒業後勤務した地方公務員、計画局の造園技術職から早々にドロップアウトして、出版界の片隅に生きてきた経緯からして、こじつけて思えば、理系学者の文章に関心を抱くことは、さほど不自然ではなかったのかもしれない。

このようなことがあってのことなのか、逆に本業は小説家・作家として世に知られる人が、じつは秀でた理系感覚の持ち主であるということに気づかされることになったのかもしれない。

❖〝理系感覚〟が好ましい作家たち

一例を示してみよう。たとえば大岡昇平の『武蔵野夫人』。この、ラディケ、スタンダールに親しんだといわれる作家の恋愛（心理）小説を手にして読み始めたときの驚き、というか違和感は、いまでもはっきり憶えている。（えっ？ これが恋愛小説？ まるで、かつて大学の授業で受けた「地形学」実習の講義じゃないですか？）というものだった。ちなみに、その『武蔵野夫人』の文章の一部を引用、紹介してみたい。

そう、その前に――この小説（新潮文庫）の巻頭、目次のすぐあと、本文扉の前頁に〈「武蔵野夫人」小説地図〉と書き込まれた、わかりやすく素朴な感じの手描きの地図が掲載されている。中央線終点の青梅を上に、立川、国分寺、武蔵小金井と国鉄の路線の駅が示され、関東山地の山なみ、右下斜めに多摩川が流れ、その右側上に狭山丘陵、山口貯水池、村山貯水池（○ホテルの位置記載）、そして国分寺に至る私鉄、多摩湖鉄道が描かれている。そして国分寺の上に恋ヶ窪、そこから野川が多磨墓地下を流れ、野川と国分寺の丘の下に「はけ」と印されている。

地図、とくに手描きの地図を見るのが好きなほうなので、文芸作品であろうと、巻頭に地図が付されているのは、ぼくにとっては大歓迎なのだが、一般の恋愛小説ファンの読者にとっては、どうなのだろうか。いずれにせよ、ぼくはこの地図の存在によって、ある種の期待感をもって本文に案内されることになる。

第一章のタイトルは〈「はけ」の人々〉。

土地の人はなぜそこが「はけ」と呼ばれるかを知らない。「はけ」の荻野《おぎの》長作《ちょうさく》といえば、この辺の農家に多い荻野姓の中でも、一段と古い家とされているが、人々は単にその長作の家のある高みが「はけ」なのだと思っている。

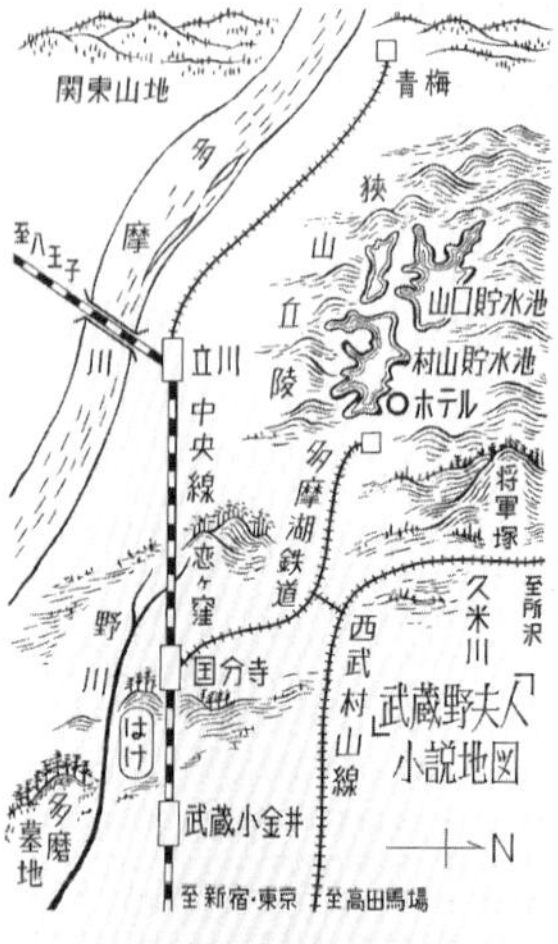

地図と表は理系感覚の友。大岡昇平『武蔵野夫人』（新潮文庫）巻頭に付されている親切な地図。別の著作『幼年』にも

――この物語のはじまり、冒頭の一節である。ここにまず「はけ」という、（土地の人でも、その由来を知らないという）言葉が登場している。それに続く一文が、これがもう武蔵野地誌であり、地質、地形の概説ではないか。引用する。

> 中央線国分寺駅と小金井駅の中間、線路から平坦《へいたん》な畠中《はたなか》の道を二丁南へ行くと、道は突然下りとなる。「野川」と呼ばれる一つの小川の流域がそこに開けているが、流れの細い割に斜面の高いのは、これがかつて古い地質時代に関東平野から流出して、北は入間《いるま》川、荒川、東は東京湾、南は現在の多摩川で限られた広い武蔵野台地を沈殿《ちんでん》させた古代多摩川が、次第に西南に移って行った跡で、斜面はその途中作った最も古い段丘の一つだからである。

この一節だけで、ぼくは、この「野川」のありか、姿を見たくなってしまった（その後、実際に野川周辺を二回は自分から、一回は人とのお付き合いで〝見学〟、散歩している）。引用を続けたい。三行ほど略すが、続けて、

> 野川はつまり古代多摩川が武蔵野におき忘れた数多い名残川の一つである。段丘は三《み》鷹《たか》、深大寺《じんだいじ》、調布《ちょうふ》を経て喜多見《きたみ》の上《かみ》で多摩の流域に出、それから下は直接神奈川の多摩丘陵と対しつつ蜿々六郷に到っている。

次に、いよいよ「はけ」についての講義、いや説明がはじまる。

樹の多いこの斜面でも一際《ひときわ》高く聳《そび》える欅や樫の大木は古代武蔵野原生林の名残りであるが、「はけ」の長作の家もそういう欅の横を石段で上る小さな高みが、一帯より少し出張っているところから、「はけ」とは「鼻」の訛だとか、「端」の意味だとかいう人もあるが、どうやら「はけ」は「峡《はけ》」にほかならず、長作の家よりはむしろ、その西から道に流れ出る水を遡って斜面深く喰い込んだ、一つの窪地を指すものらしい。

どうですか？　恋愛小説に、これほどくわしい地形、地誌的説明は必要なのだろうか。必要だったのです。少なくとも、この小説の作家・大岡昇平にとっては。ここが、ぼくが、この小説家を理系感覚の文学者と呼びたい理由である。

『武蔵野夫人』の紹介はこのくらいにして、他にも——たとえば『一国の首都』と題して明治の都市構想の詳細な一文を提出した幸田露伴（『五重塔』で有名）、そして、その娘、作家の幸田文は最晩年、山の斜面の崩れに大きな関心を抱き、人に背負われてまでして、崩れの現場を目にする、取材というより実地調査経験により、作品『崩れ』は生まれることとなる。その他に宮澤賢治や稲垣足穂は、鉱物、星座、宇宙の世界に遊んだ〝物理感覚〟の文学者として思い出される。

そういえば、明治期、新たな俳句の運動を興し「写生」を提唱した子規やそれを継いだ虚子は、句作の姿勢に関して、まず自然や物の実態、実像を、じっくり観察することの重要性を重ねて主張している。

❖庭そのものの庭と、庭ならぬ庭

永井荷風のうちの理系感覚にアプローチするために、少々、他の作家の名をあげてみた。では、そろそろ、ぼくが荷風と荷風作品を、ぼくなりに楽しみ味わうための一本の補助線をなぜ理系感覚としたかを記してみよう。それはまた、この書籍のタイトル「荷風の庭　庭の荷風」と関わってくる。

荷風作品、小説、随筆、俳句、また、手すさびや〝おぼえ〟のために描いたような、ちょっとしたスケッチ、素描、カットにまで、身辺の草木や庭や景観を構成する樹木など、多様な植物がおびただしく登場する。

若き日のフランス遊学のときのメモ帖には荷風自身の手によると思われる、忘れな草の押し花が貼られている。また『断腸亭日乗』の中で書き残されている何種もの草花のこと、庭や散歩中目にした樹々のこと、そして、それらの文に添えられている拙い（失礼！）メモがわりの素描。

そういえば、著者自装の『おもかげ』の函の題簽《だいせん》には蓮の実をつけた花托の絵。また『来訪者』の表表紙には、なにやら楚々とした小鉢の草花（ヒアシンスのような？）が描かれている。いや、思えば、著者の名の「荷風」の「荷」はもともと「蓮」のことでもあるし、号の「断腸亭」の「断腸」は「断腸花」、あの可憐な乙女の唇のようなピンクの花を咲かす「秋海棠」によるものという。ちなみに「断腸花」という、今日のわれわれには少々、恐ろしげな名は、断腸の想いで恋人を思いやる女性の逸話に由来する。別の名を「相思草」。

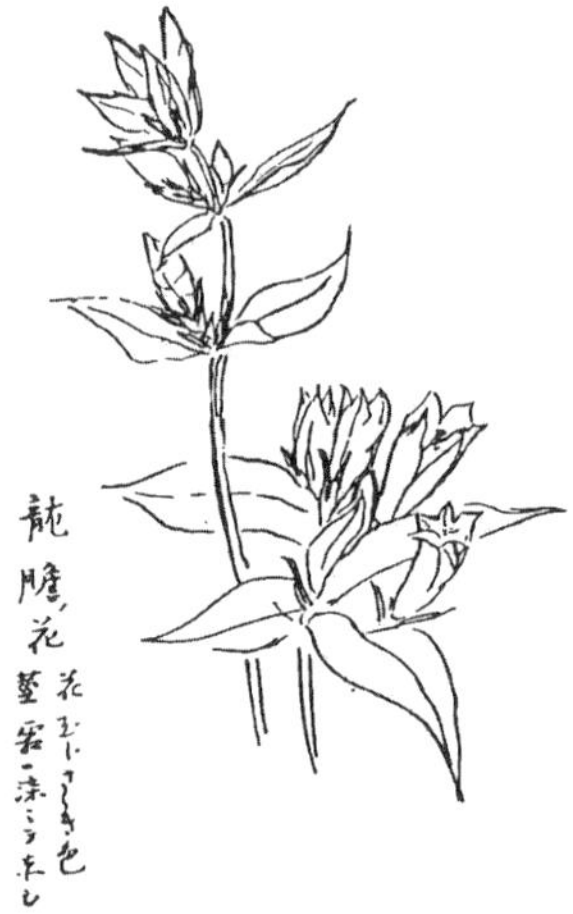

荷風によるリンドウのスケッチ（『断腸亭日乗』所収）

そんな、こんな、があって、理系感覚の人、ナチュラリスト荷風を訪ねる連載のタイトルを「荷風の庭 庭の荷風」とした。ここでの「庭」は、実際の荷風の暮らしとともにあった「庭」でもあるし、散歩中の通りすがりの人の家の「庭」でもいい。また、実際の「庭」ではなく、路傍の片隅に雑草の生える、ささやかな空地、「庭」ならぬ「庭」でもある。

ところで、もともと、「庭」とは、庭園、ガーデンを意味するとは限らない。卒業式で歌った「仰げば尊し」の中に「教えの庭にも」や、「家庭」ということばがあるように、ここでの「庭」は、今日、「場」や「空間」そのものを意味している。また人名に「饗庭」や「秋庭」があるが、この読みはよく知られるように「あえ・ば」「あき・ば」である。「庭」と書いて「ば」と読ませる。

そんなことから「荷風の庭 庭の荷風」は、草木や庭とともにある荷風のことでもよし、また、荷風のいる場、空間、たとえば「ぬけられます」の狭斜の地でもいいし、場末のストリップ小屋の楽屋の内のことでもよし。ともかく、このようなタイトルを掲げて、荷風の人と文学における理系感覚を訪ねてみようと思った次第である。

❖「荷風嫌い、ということだったら書けそうな」

ところで、ぼくは、しばらく前まで自分自身が永井荷風のことについて、なにかを書くことになるとは思いもしなかったはずだ。

もう三十年ほど昔のこととなると思うが、ある編集者から、話のついでのように、「荷風のことを書きませんか」と持ちかけられたことがある。ぼくが、すでに失われた東京の風景や気配に憧れ、東京下町を中心に、あちこち、ほっつき歩いていること、また、ぼくが、いわゆる〝濹東〟の出身であることを知ってのことだったのであろう。

ところで、この〝濹東〟という言葉、荷風の『濹東綺譚』で知られることとなったが、自分たち、地域の人間は、向島、本所、寺島などと、それぞれの地名で呼び、〝濹東〟は日常生活の中では一度も耳にしなかった。

それはさておき、その編集者の誘いに対して、ぼくの反応は「荷風嫌い、といったことなら書けそうだけど……」と言った覚えがある。編集者が、ぼくの答えをどのような思いで受け取ったかはわからないが、その話はそれきりとなった。

思い出せば、あのころ、ぼくは永井荷風という作家の作品をあまり読んでいなかったくせに、なぜか、この作家を、うっすらと拒絶する気分があったようだ。

安藤鶴夫や木村荘八や鏑木清方といった、下町随筆本を集めては、ありがたがって読んでいたのだったが、当時のぼくにとっては、荷風の、あの、ちょっと古めかしく、ポーズをつけたというか、気取ったような（と思っていた）文体が、鼻についたのかもしれない。


そんなはずだったのに、いつのまにやら本棚には荷風作品の文庫本が何冊も並び、また、神保町めぐりなどしているときに、戦前の、作家自身によるスッキリした装丁の初版本や、敗戦後の、はっきり言って、いかにも物資不足時代のみすぼらしい仙花紙を用いての荷風本を、その貧しい姿ゆえに愛しいものとして、目にとまれば買い求め、さまざまな文学者、評論家による荷風関連本とともに本棚の一角を占めるようになった。

そうこうしているとき、二〇〇八年、ＮＨＫの「知るを楽しむ」という番組の、荷風〝「お一人さま」の天才〟というタイトルでの企画、四回構成のうち一回を担当、出演した。他の三回は、半藤一利、持田叙子、坪内祐三という諸氏であった。

その前後、いま、切り抜きがないので時期と号数が不明となってしまっているが、雑誌『中央公論』の永井荷風特集で、この時も半藤一利、そして嵐山光三郎両氏と私の三人による座談会があった。記憶にあるのは、座談会の内容より、そのあとで、三人で靖国神社に夜桜を見に行き、花の下で酒を飲みつつ「東雲節《しののめぶし》」や「ストトン節」などの俗曲を歌ったことである。

そしていま、理系感覚という補助線を得て、荷風の文学、日々の散歩、女性との関係などといった、この作家の〝解〟を試みてみようと思っている。

じっと観察する、洞察する、また、試み、実験し、記録する人――博物学的、文化人類学的肌あいをもつ理系感覚の文学者としての、荷風に接してゆきたいと思っている。

それも、当世、あまり世の中の役に立たない余計者の象徴でもある伊達《だて》のステッキを手に、気ままな川沿いの土手の散策や、宵の盛り場をフラフラと〝じゃかし〟、のぞき歩く気分で。

第2話

軽視されてきた荷風俳句に言及の二人

——霜除けの園丁軽んずおかめ笹

前回の稿で、『中央公論』誌上、半藤一利・嵐山光三郎両氏と永井荷風をテーマとした鼎談を行ったが、そのときの雑誌の切り抜きが見当たらなくて、何年前ぐらいだったか不明、と記した。

　遅ればせながらスマホを持たざるを得なくなり、△十歳からの手習い、グーグルで「雑誌中央公論」「バックナンバー」「永井荷風特集」と三題噺ふうに三つのキーワードで検索してゆくと、おや、ありました！　二〇〇九年六月号、「〈没後五〇年〉不良老人・永井荷風という晩年」というタイトルの特集だった。荷風が本八幡の一室で孤独死したのは一九五九（昭和三十四）年の四月。没後五十年ということは二〇〇九年だから、あれからもう十年以上経ったのか。この特集の〝不良老人〟というキャッチワードは、半藤・嵐山両氏にふさわ

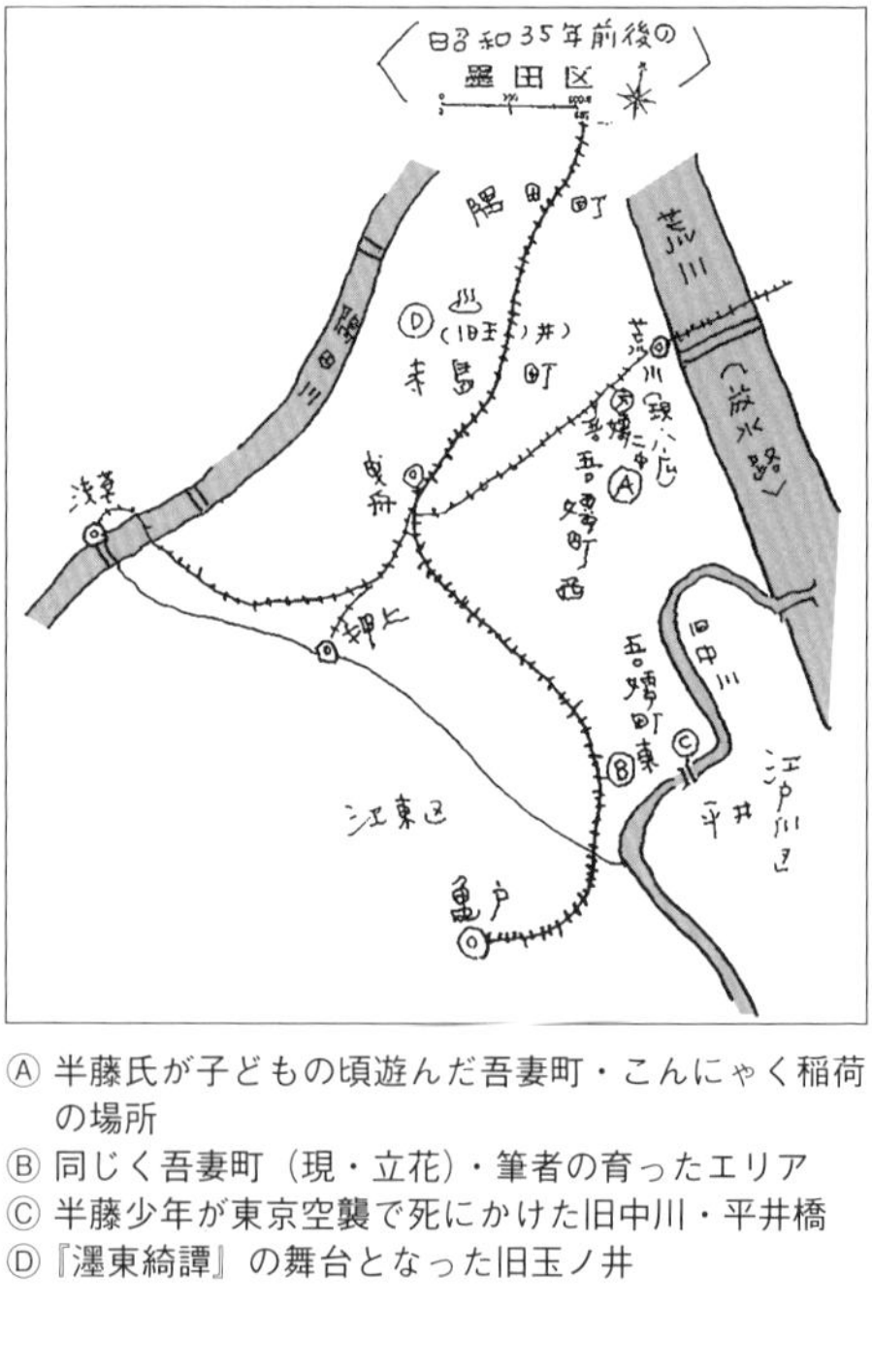

Ⓐ 半藤氏が子どもの頃遊んだ吾妻町・こんにゃく稲荷の場所
Ⓑ 同じく吾妻町（現・立花）・筆者の育ったエリア
Ⓒ 半藤少年が東京空襲で死にかけた旧中川・平井橋
Ⓓ『濹東綺譚』の舞台となった旧玉ノ井

しく、こちらはといえば不良というほどの気概もなく、ただ毎日を興味本位、面白おかしく軟弱に送りたいほうなので、むしろ〝道楽〟を旨とするほうかな、と思いつつ、その座談にお付き合いさせていただいた。

思えば、半藤氏とぼくは、墨田区も同じ町内の育ち。――かつての町名でいえば、「吾嬬《あづま》町《ちょう》」。以前、墨田区が企画した講演会でお目にかかったとき、半藤氏、「坂崎さんも吾嬬町の出でしょ。やっぱり、こんにゃく稲荷で遊んだくち？」と、お声をかけていただいた。吾嬬町はけっこう広いエリアで、半藤さんは北側・玉ノ井に近く、ぼくは南側で川幅の狭い旧中川、平井橋を渡れば江戸川区という位置で育ったので、「子どもはそんな遠くまでノシて行きませんよ」などと笑って答えた記憶がある。

それはさておき、この向島育ちの半藤氏に荷風にかかわる忘れがたい二著がある。ぼくはちくま文庫で読んだのだが、『荷風さんの昭和』と『荷風さんの戦後』。

『荷風さんの昭和』では、とくに終章に近い「第十

向島育ちの半藤氏による忘れがたい二著。『荷風さんの昭和』と『荷風さんの戦後』、ともに、ちくま文庫

章　月すみだ川の秋暮れて」の〝つばたれ下る古帽子〟の項が嬉しかった。

ここでの一文、まず「わが漱石先生は生涯に二千四百三十一句つくった」と和田利男氏の著作から引用しつつ、すぐに荷風の句作に言及する。

荷風さんは、同じく（＊漱石）生涯に句集は一冊しかもたなかったが、その句数は六百句を越えるという。

小説家としてはかなりの句数である。作家荷風は漱石なみに、俳句にもう一人の自分の吐け口をみつけていたのかもしれない。実のところ、踊り子やストリッパーや芸人に所望されると気楽に筆をとったから、もっとはるかに多いという説もある。

❖荷風散人ならではの江戸趣味の句境

荷風の句の数、その全貌に関しては、アヴァンギャルド詩文家にして江戸俳諧研究家の加藤郁乎による、じつにありがたい労作、岩波文庫『荷風俳句集』（二〇一三年刊）があり、これによって荷風が、いかに多くの植物や庭の姿を句に詠み込んでいたかを一望することができる。加藤郁乎による、この『荷風俳句集』と岩波現代文庫『俳人荷風』の二著については、のちに触れなければならない。半藤氏の文章に戻る。

『断腸亭日乗』からの紹介。

《……俳優川公一《かわこういち》に句を請わる。左の駄句を色紙に書す》（昭和13・6・14）とあって「焼鳥や夜寒の町のまかり角」などあまり上手でない五句がならんでいる。

と、「あまり上手でない」などと、半藤氏、荷風さんファンのあまりか、遠慮のないひとことを添えているが、この半藤氏、芭蕉一門の中でも鬼才・難解といわれる宝井其角について一冊を著したご仁なので、俳句に関して一家言はある。

さらに荷風の俳句紹介が続く。

また戦後も《……独《ひとり》浅草大都座に往く。女優由美子停電上演紀念にとて短冊に句を請いければ》（昭和24・3・27）とて、

停電の夜はふけ易し虫の声

窓にほす襦袢なまめけ日永哉

と、こちらは自作の芝居「停電の夜の出来事」を思わせるあでやかな句がならんでいる。ただし、いずれにせよ、軽い手すさび、つまり余技というほかはない。

としつつも、

ほかの文人はあまり作りたがらない江戸趣味の境地を荷風さんは餅は餅屋でさらりと

詠んでいる。

色町や真昼しづかに猫の恋
垣越しの一中節や冬の雨
青竹のしのび返しや春の雪
葉ざくらや人に知られぬ昼あそび

といった句が紹介される。

いいじゃないですか、荷風散人の句。漱石の句は、友人の正岡子規から鍛えられたこともあり、句界の巨人たる高濱虚子と連句をまくほどの力量。「叩かれて昼の蚊を吐く木魚哉」「菫《すみれ》はどな小さき人に生まれたし」と、凛逸、繊細ではあっても、荷風とは句への取り組み、姿勢が、最初から違う。

とはいえ、荷風の、

かくれ住む門に目立つや葉鶏頭
昼間から錠さす門の落葉哉
落る葉は残らず落ちて昼の月
秋雨や夕餉の箸の手くらがり
襟まきやしのぶ浮世の裏通り

などなど、半藤氏も取り上げている句など、書き写していて気持ちがいい。ひっそり静かというか、なにやら秘めごとめいた気配がただよう。

漱石の句、荷風の句、それぞれ句境は異なるだろうが、欲しいですねぇ、色紙でも短冊でもいい。漱石の取り巻きのお弟子さんや、荷風に遠慮なく短冊をねだったストリップ小屋のお姉さんがたが、ほんとうに羨ましい！

❖『おかめ笹』の中での園丁とのやりとり

ところで、これは荷風の句境と関連があるのでは？　と、ぼくが勝手に推しはかっている一事なのだが、フランス文学を専攻し、のちに江戸期の漢詩に取り組んだ作家にして評論家、また『源氏物語』以来の〝色好み〟系にも通じた中村真一郎が、「荷風という作家は、小説の題名をつけるのは下手で」とか言っているが（岩波文庫『つゆのあとさき』の「解説」）、そうなのだろうか？　と疑問符をつけたくなる。

根っからのスタイリストである荷風は「下手」なのではなく、凝《こ》ったり、こだわったりする野暮な風を見せたくなく、あたかも、ふっとわいた俳句を得るように、作品の題もその場の思いつきのような気分をよしとしたのではないだろうか、と勘ぐっている。俳諧味重視というか。

いや、〝勘ぐっている〟などと、自分の手柄のようなことを言ってしまったが、荷風自身

荷風が所持していたとおぼしき三味線と俳句、「青竹のしのび返しや春の雪」と書かれた掛け軸が描かれている荷風による戯画（大正６年・日本近代文学館所蔵）

が、ちゃんと表明していました。『おかめ笹』（岩波文庫）の巻頭「はしがき」に、いきなりです。

小説の題名あまり凝りすぎたるはいやなりどうでもよきはなほ更いやなり。この小説さる大正七年の正月雑誌『中央公論』に書始《かきはじ》めの十回ばかりを掲載《けいさい》せんとするに気に入った題名を得ず。（中略）思案になげうつき、筆抛《なげう》ちて——

と、ここから、『おかめ笹』のタイトル由来と、荷風と庭との一シーンがうかがえる文章となる。園丁とのやりとりの一節。

折から園丁《えんてい》の来りて蘇鉄《そてつ》の霜よけなしゐるに、小説の事しばし打忘れ、いつぞや頼み置きたる小笹《こざさ》はいかがせしや。そこらあたりの土手崖《どてがけ》などに生茂《おいしげ》る野笹の事なるぞ、移してわが家の垣に植ゑなは野趣ありて面白からんにと、さすがに江戸儒者の素養を有し、庭を愛した父・久一郎（号、禾原《かげん》、来青）の影響もあってか、なかなかのシブい趣味。ちなみに、この父が中国から持ち帰り、庭に植えた樹の花を、荷風は自分で勝手に「来青花」と名づけた、と記している。当然、父の号「来青」から名づけたもの。この「来青花」、どんな樹なのか調べたのだが、なかなかわからない。植物図鑑などで「来青花」で調べたって出てくるわけない。荷風先生が勝手に名づけたのだから。

しかし、雑誌『ユリイカ』の荷風特集号（一九九七年三月号）をパラパラめくっていたら、なんと草森紳一さん（生前、ときどき門前仲町や浅草で酒席を共にさせていただきました）の文章「荷風の永代橋」の中に出てきたのです。「来青花」とは「オガタマ」である、と。ぼくの親しい樹ではないので、姿が浮かばない。調べてみると「オガタマノキ（黄心樹）」はモクレン科オガタマ属で、日本では唯一のモクレン科の常緑樹とのこと。モクレン科の樹の花は辛夷《こぶし》にせよ泰山木《たいさんぼく》にしても、皆いい香りがする。いわゆるマグノリアの芳香。

荷風の庭の趣味に関連して、父・久一郎、そして彼の号が由来となった「来青花」に寄り道をしてしまった。『おかめ笹』に戻る。

荷風の、園丁に頼んでおいた小笹のことを質すと、

園丁漸《ようや》く思出《おもいいだ》したる顔つきしてあのおかめ笹のことか、酉《とり》の市にて唐《から》の芋をつるす

あんな笹がどうしてお気にめしましたか、またしても更に気にとめぬ様子なりけり。

と、そんなやりとりをしている、ちょうどそのとき、『中央公論』の編集者が「締め切りなので原稿いただきに参りました」とやってくる。で、荷風先生、とっさのことに、それまで書きついでいた原稿のあたまに「おかめ笹」と題を書いて渡したという次第。

園丁とのやりとりから、ふっと小説のタイトルとしたあたり、発句の生ずる気配がする。中村真一郎先生、文人気質のご仁のはずなのに、荷風はタイトルのつけかたが下手、とは、荷風の、この即妙の呼吸が読み取れなかったか。

荷風先生、「おかめ笹」に関してさらに、

いつも野の末路《みち》のはたに生茂り、たま〳〵変屈親爺《へんくつおやじ》がえせ風流に移して庭に植ゑよとたのみても園丁更に意とせざる気の毒さ。つまらなきわが作の心とも見よ。

と、取るに足らぬおかめ笹と自作を、自虐の風を装って重ね合わせている。なかなかの芸ではないでしょうか。

❖俳人・荷風を世に問うた加藤郁乎の功績

さて、先にちょっとだけ触れた加藤郁乎の荷風に関する貴重な二冊について語らねば。『俳人荷風』『荷風俳句集』。

新宿の夜の文人、編集者のあいだでは、〝怪人〟といわれたイクヤーノフ・加藤郁乎は、恐るべき言語世界の錬金術師、高踏矛型、いや荒唐無稽、センスを研ぎすましたナンセンスの詩人・文筆家として、ぼくもリスペクトしていた。のちに彼が、江戸俳諧や江戸漢詩に通暁する希有な知識人であることを知ることとなる。いま、部屋の本棚をながめているのだが、メモしてゆくと、分厚い、箱の束《つか》が四、五センチはある『近世滑稽俳句大全』『俳諧志』と『江戸俳諧歳時記』の三冊、他に『江戸の風流人』(上・下)、句集『江戸櫻』『初昔』、他に『意気土産戯詩狂歌考』『むらさき控新編江戸歳事記』などなど(かつて手にした詩集や詩論、仲間うちの人物評論などはどこへしまい込んだやら)。

とにかく、今回、肝心なのは郁乎最晩年の著作、荷風関連の先に挙げた二著である。しかも、そのうちの『俳人荷風』にいたっては、この書の校正を終えたあと、「あとがき」の執筆途中で絶筆、未完のまま命を果てている。

月雪花に酒と三味線の風流気をこえた日常折々の俳味が惜し気もなく記録されてい

る。たとえば大正十一年四十四歳の荷風は歳晩の赤坂見付で一群の雁が渡るのを目にして杖を停めたと記し、――

ここで、突然のエンドマークとなる。

結社の専門俳人、また文芸評論家諸賢が、わずかな例外を除いて、ほとんど軽視、あるいは黙殺してきた荷風の俳味世界を、はじめて本腰を入れて評価し、取り上げたのが、この郁乎だったのだ。

そして、彼の案内してくれる荷風の俳句には、おびただしく草樹や庭が登場してくる。うれしいじゃありませんか。気の向くままに、拾い読みしていこう。

加藤郁乎による『俳人荷風』と『荷風俳句集』を手に取る以前に、ぼくは荷風が折にふれ、ふと目にした物事や、心に浮かんだあれこれを、つぶやくように句や歌にしてきたことは、『断腸亭日乗』や図録などで紹介されている自身による画賛で接し、承知はしていた。

たとえば、この稿の、雑誌連載時のタイトル部分で使わせてもらった扇面（次頁）は、ごらんになっていただければわかるように、荷風が庭（偏奇館でしょう）の松の樹の下の籐椅子とテーブルでワインを傍らに、書を手にする自画像を描き、「永き日やつば垂れさがる古帽子」という句が添えられている。

大正 11 年、荷風散人が自らの姿を扇面に描いた戯画と句。この頃の荷風はフランス仕込みのかなりのダンディ。庭に据えた藤のテーブルの上のワインはキャンティか。本はどうやら漢詩集（日本大学総合学術情報センター所蔵）

一九二二（大正十一）年の作とされるが、このとき描かれている荷風の姿は、小さな襟のジャケットに、ボヘミアン好みのボウタイ、そして頭には鍔広《つば》のソフト帽という、かなりお洒落ないでたち。ちなみに句にある「つば垂れさがる」ような帽子は、素材がきわめて良質の柔らかいフェルトでなければ、そうはならないだろう。たとえばボルサリーノといった、かなりの高級品とみた。

荷風の画賛といえば、彼が愛人・関根歌のために開いた麹町三番町の待合「幾代」の客座敷に掛けられた、

「門の灯や昼もそのまゝ糸柳」

「四畳半」と題して三味線が横倒しに置かれている画に添えられた、

「青竹のしのび返しや春の雪」や、

『濹東綺譚』に関わる「ぬけられます」の看板も描き込まれた、

荷風描く『濹東綺譚』の舞台、玉ノ井「ぬけられます」の情景と短歌（日本大学総合学術情報センター所蔵）

「里の名を人の問いなは白露の玉の井ふかき底といはまし」

など、いかにも艶隠者《やさいんじゃ》めいた戯画戯詠を楽しんでいる。

そんな荷風の、手すさびのような仕業にはそこそこ接してはいたものの

（いや、これは単なるお遊びではなく、荷風にとってかなり気持ちを入れた、意識的な表現だったのではなかろうか）

と思いなおしたのは、一九三八（昭和十三）年、岩波書店からの『おもかげ』を手にしたとき。

このことは次の稿でふれてみたい。

第3話　江戸の漢文、漢詩は歳時記あり名所案内あり

――短夜や問はず語りの杯二つ

昭和十三年刊、岩波書店版・永井荷風『おもかげ』を手にする。函にも扉にも蓮の実が描かれている著者自装のこの書には、巻頭から吉原に近い地方橋《じかたばし》の電柱に「地方橋診療所」の文字が見える夜の街の写真が掲げられ、

よし原は人まだ寝ぬに　けさの秋

とある。また、これは浅草のレビューだろう、太ももをあらわにしたラインダンスをする舞台の写真の下に、

すゝり泣くヰオロンの音の夜長哉
世の中や踊るはだかも年のくれ
書割の裏や夜寒のちりほこり

など、他にも随所に（荷風本人による）写真と句や漢詩が挿入されている。そして巻末

昭和13年刊『おもかげ』（岩波書店）に収録されている太ももあらわなラインダンスの写真（ダンスはあまり、合っていない）。舞台の下の楽団の姿まで写り込んでいる

に、

わが發句《ほっく》の口吟《こうぎん》もとより集《しふ》にあむべき心《こころ》てもなかりしかば、書《か》きもとゞめず、年《とし》とともに大方《おほかた》は忘《わす》れはてしに、をり〳〵人の訪來きりし、わがいなむをも聴《き》かず、短冊《たんざく》色帋《しきし》なんと請《こ》うはるゝものから、是非《ぜひ》もなく舊句《きうく》をおもひ出《いだ》して――

と「序」にのべられる「荷風百句」が披露される。
この百句の中に、

羽子板や裏絵さびしき夜の梅
しのび音も泥の中なる田螺哉
行春やゆるむ鼻緒の日和下駄

といった、いかにも荷風ならではの印象的な句が並び、前回の「永き日や――」や「青竹の――」の句も収められている。
そんな〝余技〟に、荷風さん本人はまるで拘泥や執着などとは無縁のポーズをとる。この、したたかなスタイリスト、荷風一流の俳句へのこだわりを見抜けなかったか、見て見ぬふりをしたか、俳句界やその周辺の〝識者〟に差し出し、突きつけたのが加藤郁乎の

『俳人荷風』であり『荷風俳句集』だったのだ。

そして遺された吐吟、八百句といわれる荷風俳句空間に、どれほど多くの四季折々の植物あるいは庭の情景が詠われているか、まさに得がたきイクヤ先達の手引きを頼りに訪ねてゆきたい。

と、その前に、荷風の草木癖《フェチ》に言及した一文と、荷風自身や関連書の中の庭の描かれかたに少しふれてみよう。一つは昭和三十（一九五五）年、毎日新聞社刊『荷風思出草』。新書判、函入一六〇頁のこの小著、著者は永井荷風となっているが、荷風と友人であり、後援者でもあった相磯《あいそ》凌霜《りょうそう》との対談を版元・毎日新聞の記者・小山勝二がまとめたもの。ここに登場の相磯と小山（筆名・小門《おかど》）のことは、荷風ファンの読者にとってはなじみ深い名かもしれないが、くわしくはのちにふれることとする。さて、この『荷風思出草』の一条、

日ごろ館柳湾《たちりゅうわん》先生の「林園月令《りんえんげつれい》」を座右はなさず、愛読されているほど、花卉《かき》好みの先生は、偏奇館の昔から庭の一木一草の末にまで寄せられる深い関心と、暖かい心

荷風散人は庭箒の独占的使用を主張した。江戸東京博物館「永井荷風と東京」展（1999年）図録より

づかいは門の前から玄関先、庭のすみずみにまで行き渡り、「日々掃へども掃いつくせぬ落葉を掃ふ中いつしかは過ぎて秋は行き冬は来る、われは掃葉の情味を愛して止まず」

と『葷斎漫筆《くんさいまんぴつ》』の中の一文を紹介し「庭掃除は先生のもっとも楽しい日課の一つであった」と語っている。（ほう、ここに館柳湾《たちりゅうわん》の『林園月令』が登場しましたか）と、少し嬉しくなり、また、庭箒を手にする荷風のスナップ写真が思いおこされる。

❖父・久一郎と農学者である荷風の弟・威三郎

このあと、ことのついでに『冷笑』や『つゆのあとさき』で、つづられる庭の記述を紹介したいのだが、その前に館柳湾とその『林園月令』にふれずに通りすぎるわけにはゆかないでしょう。とはいえ、この江戸末の漢詩人、書家・柳湾についてぼくはまったくといっていいほど知るところがなかった。しかし、ある日、十数年ほど前か、偶然、日ごろからの不要不急の古書店巡りの恩恵によってか、神田・神保町の「漢学と書」の店で、和綴じ袖珍本《しゅうちんぼん》『林園月令』（バラ六冊）を、なんと一冊五百円で入手している。

荷風の父・久一郎は、公官、そして財界人として名を成したが、禾原、あるいは来青と号して漢詩人としても知られた存在であった。その長男、荷風が柳湾の世界に親しんだの

は、江戸の漢詩と庭の植物を愛好した父の影響もあったのではなかろうか。

ちなみに、後に、荷風と義絶する（荷風のあまりの私生活の乱脈さゆえ？）久一郎の三男・永井威三郎は東京帝大卒業、農政の専門家、イネの遺伝研究者と知られたバリバリの理系。彼も父・久一郎の植物好きの影響のたまものか。威三郎の著作に、日本画家・鈴木朱雀による上品で美しい造本の『随筆 水陰草』（昭和十七年・櫻井書店刊）を、これも神保町で入手して所蔵しているが、この「水陰草」とはイネの異名。

さて、『林園月令』の館柳湾に関わる手もとの本を二冊、三冊と拾い読みしているあいだに、ちょっと気分を変えてみたくなり、かなり前に入手していた、戦後すぐ、昭和二十一年、扶桑書房刊、荷風の『問はずがたり』を手に取った（頁に折り込んでいた古本の〝ダスキ〟を見ると購入したのは水道橋の「日本書房」。えんぴつで06／7の書き入れがある。十四年前に入手したようだ）。

鎌倉時代前期の特異な日記文学、本家『とはずがたり』は、家柄、容姿、才智にめぐまれた女性（久我家・久我

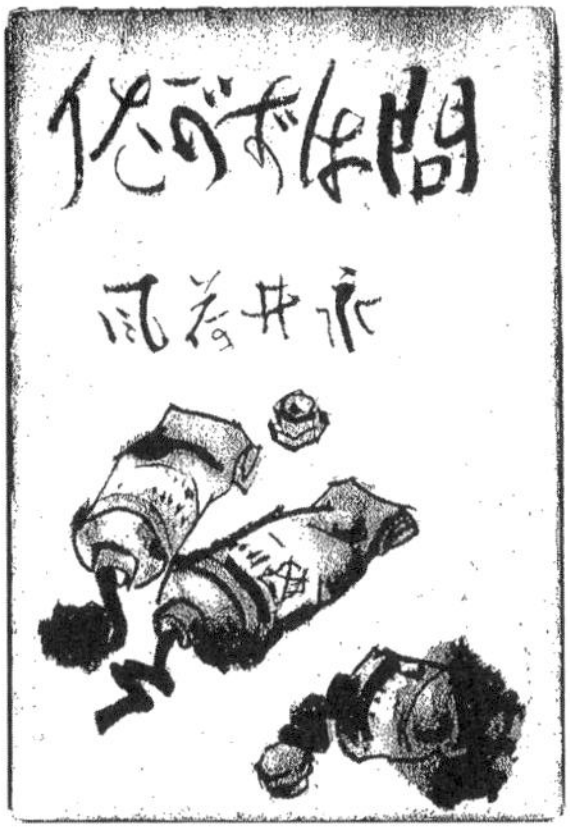

洋画家から日本画に転進し、大観、玉堂と並び称された川端龍子による装画だが、はたして荷風散人の気に入ったかどうか危ぶむ。敗戦直後ならではのミスキャスト？

雅忠のむすめ）が、十四歳の春、後深草院の後宮にされたあと、数々の男性との愛欲生活を赤裸々に記録した秘本で、今日では講談社学術文庫（上下二巻）他で読めるのだが、一方、荷風散人の『問はずがたり』は、

初はひとりごとと題せしか後に改めしなり。昭和十九年秋の半頃より麻布の家に在りて筆とりはじめその年の暮れむとするころほひに終りぬ。あくる年の冬熱海にさすらひける頃後半を改竄して増補するところあり。

という敗戦前後のタイミングでの執筆になるもの。表紙画は川端龍子。この『問はずがたり』も、『冬の蠅』や『罹災日録』など他の扶桑書房本と同様、敗戦直後、昭和二十一年刊の出版とあって、用紙極めて粗悪なザラ紙に近い、いわゆる仙花紙本。で、『問はずがたり』、さすがに荷風、流麗な文章でつづられてはいるものの、ストーリーは淫靡、好色、ポルノ風情痴小説的。その内容については、いまはここで触れるつもりはない。本命はこの巻末に収録されているたった十二頁足らずの「（附録）春のおとづれ」である。

❖「春のおとづれ」の楓と女体

文末に（明治四十二年三月稿）とあるので、荷風三十歳、フランスから帰朝後、間もない時の小品。真剣に読むともなく頁をめくっていたら、庭に関する文章とぶつかりました。タイトルにあるように、春のおとずれの一景。

その日の朝は、長かった冬が、ようやく春の気配となり、おりしも鶯の「口笛のやうな」一鳴きに誘われて、「寝衣のまま障子をあけて縁側に出」て、春の光の中の縁側を眺める。しかし、午後からは再び冬の日に戻ってしまい「全く不順な気候の気まぐれであったのだろう」と思うことになる。

それから何日か過ぎた二月の末近く、その日も遅く目を覚ますと、二声も三声も続けざまに鶯の鳴いているのを聞く。今度こそ早春の訪れである。縁側に出た荷風本人とおぼしき主人公は、今朝までの長雨に「しっとりと濡らされた庭の土の色」に気づく。そして次の一節。

萬物の母なる土壌が既に斯の如く穏やかに休んでゐる事とて、其の上に棲息してゐる樹木はいづれも冬の寒気に対する反抗的の態度を改め、もう暴風に吹倒される心配もなく易々その枝を伸ばしたやうに思はれた。中にも殊更優しく私の眼に映じたのは、庭の中央に立つてゐる大きな楓の木であった。
鼠色した皮の上に白い斑点のある太い幹がびつしより濡れたまゝ乾かず、亀甲のやうな光澤を生じて右に左に地上に匍ふ如く長い枝をのばしてゐた。

と、庭の楓に視線を注ぐ。楓の幹や枝の観察にはスキがない。ところが、これに続く文章が荷風先生ならではのくだりとなる。

其如何にも自由な放縦な曲線の美しさは私をして直ちに浴後の女が裸體のまゝ立つてゐる姿を想像せしめた。

ま、ここで止まれば、雨に濡れたままの楓の印象と連想して、他の作家が描いても珍しくはないだろう。しかし、先生の筆は止まらない。ちょっと長くなりますが、面白いから引き写す。楓の風姿なのですが、

微温の水にぬらされた皮膚の色は勢よく循環する若い血に彩られて、太い手や足の筋肉は恐しいまでに緩んで軟くなり、心は物懶くつかれて、何とも知らず思出での夢深く、鏡にうつる自分の姿にうつとりと見取れてしまつて、乱れる髪の間に片手を差上げながら梳る気力さへないと云うやうな妖艶極りない姿が、おのづと心の中に描き出

されるのであつた。

ただの庭の楓なのに、なんでそこまで思い描く？「おのづと心の中に描き出される」と言ったって、先生が勝手に楓の枝ぶりの観察から、あたかも男女の激しいやりとりのあと、朝を迎えた女性の「浮世絵、あぶな絵の艶冶な世界？」（いや、パリの女性の姿態の思い出かしら）を妄想、あるいは回想しているのではないですか。

ところが、すぐこのあと、先生、我に返ったように再び庭の自然観察の人となる。


楓の根元には去年刈込んだ野菊と薄の切株が絹糸で縫取りでもしたやうに際立つて、黒い土の上に緑の若芽を出してゐる。椿の硬い厚い葉は陶器の表面のやうに輝いてゐる。梅の木は針のやうに尖つた枝の先に、其の色も其の大きさも丁度赤小豆《あづき》の粒程の蕾をつけてゐる。


なぜか庭好き、樹木、草花を愛しむ文学者の感性は、女性の肢体、細部への観察にも執拗、貪欲なのでしょうか。

たとえば『庭を造る人』『庭と木』といった著作とともに『蜜のあはれ』や『随筆　女ひと』という作品のある室生犀星、あるいは本郷に趣味のよい庭のある家を設けた〝順子もの〟の情痴小説の徳田秋声、また端正、古風な女性の風姿と美しい乱れを描いて人気作家となった立原正秋は鎌倉扇《おうぎ》ヶ谷《やつ》自邸に、名人といわれる著名な庭師に依頼して庭を築いている。いずれも自庭に対する思い入れが深いと思われる。

❖『林園月令』のために江戸漢詩を予習する

気分転換のつもりが、横道に入りすぎたかもしれない。お勉強中の館柳湾に戻ろう。柳湾の時代や、その人、また『林園月令』の周辺のことを知りたくて、手元にある、これはと思う本を、それこそ獺《かわうそ》の祭ごとのように、ぐるりと自分の座のそばに並べてみた。全集、学術研究書の類は一点もなく、ほとんどが読書好きの人が好奇心から手にされるであろう一般書。自分の覚えのためもあり、書名等をメモしておこう。

- 『新訂　江戸名所花暦』（岡山鳥著編　長谷川雪旦画　市古夏生／鈴木健一校訂　二〇〇一年　ちくま学芸文庫）
- 『新訂　東都歳事記　上・下』（斎藤月岑著　長谷川雪旦・雪堤画　市古夏生／鈴木健一校訂　二〇〇一年　ちくま学芸文庫）
- 『新訂　江戸名所図会　全六巻　別巻1・2』（斎藤幸雄・幸孝・月岑著　長谷川雪旦画　市古夏生／鈴木健一校訂　一九九六～九七年　ちくま学芸文庫）
- 『江戸諷詠散歩』（秋山忠彌著　一九九九年　文春新書）
- 『大江戸花鳥風月名所めぐり』（松田道生著　二〇〇三年　平凡社新書）

・『江戸文学掌記』（石川淳著　一九九〇年　講談社文芸文庫）
・『成島柳北』（前田愛著　一九九〇年　朝日選書）
・『漱石詩注』（吉川幸次郎著　二〇〇二年　岩波文庫）
・『漢詩歳時記』（渡部英喜著　一九九二年　新潮選書）
・『江戸詩人傳』（徳田武著　一九八六年　ぺりかん社）
・『江戸漢詩』（中村真一郎著　一九八五年　岩波書店）
・『江戸後期の詩人たち』（富士川英郎著　二〇一二年　東洋文庫８１６）

といったところ。列記した本の中から、ちょっと紹介してゆきたい。

ちくま学芸文庫版『江戸名所花暦』や『東都歳事記』、『江戸名所図会』などのありがたいのは、挿入されている画中の詞書き、俳句、和歌、漢詩が画枠の欄外に活字で添えられ、漢詩には読み下し文が付されていることである。それまでは江戸時代の変体仮名や漢

「真乳山」図版の下に読み下し文などが付記される。この心配りによって、どれだけ江戸漢詩が身近になったことか。ありがたい配慮

詩など、ぼくは最初から読めないもの、理解できないものと思っていたので、きちんと見ることとすらしてこなかったのだが、親切な編集、校訂によって江戸の世界へ手引きされることとなった。

たとえば『江戸名所花暦』の「秋の部」。浅草川の解説のあと、次の左ページには「真乳山」の画があり、雁の渡る下は隅田川、川面には猪牙船が走り、丸い月が波間に映る、といった絵柄。画の右上に漢詩が挿入されている。作は江戸の漢詩人・服元喬（服部南郭）。

金龍山畦江月浮
江揺月湧金龍流
扁舟不往天如水
両岸秋風下二州

読み下しは「金龍山畦江月浮かぶ／江揺らぎ月湧きて金龍流る／扁舟往まらず天水の如し／両岸の秋風二州を下る」。

『東都歳事記』では、たとえば五月の「納涼」の項のあとの見開きの両国橋近くの賑々《にぎにぎ》しい川遊びが描かれた画中。「両国納涼」と題があり、白石（新井白石）による、

長橋三百丈
影偃緑波中
人似行天上
飄々躡玉虹

読み下しは「長橋三百丈／影は偃《ふ》す緑波の中／人は天上を行くに似たり／飄々として玉虹を躡《ふ》む」とあり、左ページに「漕ぎまぜて江戸のにしきや花火舟　野蒼」と句が添えられている。いやぁ、画をゆっくりとながめ、画中の詞書きをたどってゆくだけで、なんともめでたい江戸の気分がしてくる。このときの漢詩は「鞭声粛々夜河を渡る」といった武張ったものではなく、美しい隅田川の光景を写したほとんど動画的描写だ。

『江戸名所図会』でも画中に詞書きが添えられる。「新吉原町」の項、下に隅田川、バーズアイ・ビューの視線で、日本堤、浅草田圃、見返り柳、吉原大門から吉原の眺望。左上に、これはかなり有名な、其角の句、「闇の夜は吉原ばかり月夜かな」、左下に、これも服部南郭の「墨水八首のうち日本堤」。

大堤春水満
相袂送春衣
日暮逢公子

不知何處帰

「大堤春水満ち／相映じて春衣を送る／日暮公子に逢う／知らず何れのところより帰るを」。これまた、肩に力の入ったような、あるいは人生を慨嘆するような漢詩と思われる世界とは異なり、舟で色里への往還、駘蕩たる浮世絵風景画の趣きではないでしょうか。

❖江戸漢詩は貴重な散歩文芸

NHKのチーフディレクターという異色の経歴の秋山忠彌による『江戸諷詠散歩』も、ありがたい、江戸文人による漢詩の手引き書。このハンディな新書は川柳・狂歌も扱われているが、江戸の漢詩を貴重な〝散歩文芸〟と位置づけて紹介してくれている。たとえば方外道人（福井健蔵）の「長命寺櫻餅」と題して、

幟高長命寺邉家
下戸争買三月頃
此節業平吾妻遊
不吟都鳥吟櫻餅

内容的にはあまりにわかりやすい詩なので、読み下しは転記しない。これはまるで、墨堤散歩のときのお土産の定番、今日も盛業中の向島・長命寺の名物・桜餅の宣伝コピーではないかと、ついニヤリとしてしまう。このような酔狂な江戸散歩詩をたっぷり紹介。

フランス文学が専門の中村真一郎（既出）による『江戸漢詩』は、多くの読書人、また後進の研究者に大きな影響を与えた。他の江戸漢詩の関連文のあとがきなどで、「この本によって江戸の漢詩へ目が開かれた」といった文章を何度か見たおぼえがある。

著者は「まえがき風に」で、「感受性の点では徳川三百年の文明や爛熟によって、禁欲的な明治時代などに比べれば逆に遥かに自由な雰囲気さえ持つ。それらのポエジーを、私は今回は集中的に紹介することにした」と語っている。本書の魅力は、この一文につきるでしょう。

ところで江戸漢詩の案内本の中でも、肝心の『林園月令』の館柳湾の名はなかなか出てこない。しかし、富士川英郎の『江戸後期の詩人たち』には、一項目を立ててしっかり登場します。しかも荷風との関連も含めて。富士川英郎はリルケ関連の著作を多く持つドイツ文学者。フランス文学の中村真一郎といい、外国文学への目配りが利く人による江戸漢詩の受容と再評価は興味ぶかい。

では富士川英郎の『江戸後期の詩人たち』の館柳湾の項を見てみたい。ここには荷風が好んだ館柳湾の詩とともに、彼の『林園月令』を年少のころから愛読していたという、意外な学者の名が紹介されるその人とは、あの――。

第4話

庭箒《にわぼうき》の〝独占使用権〟を主張した二人の庭癖《フェチ》

――神妙に落葉掃く漢《ひと》断腸亭

植物好き、〝庭癖《フェチ》〟の永井荷風が、つねに傍らに置き、折々に手にしていたという江戸の漢詩人であり、書もよくしたという館柳湾（一七六二〜一八四四）。彼の『林園月令』を年少のころから愛読していたというその人とは——（と、富士川英郎『江戸後期の詩人たち』の名を出し、前章の稿を終えたが、その人物は）誰あろう柳田國男であった。

柳田少年は、この全文漢文体の漢詩歳時記といえる『林園月令』を、漢文を覚えた年少の同時期から「許されて」手にしていたという。もともと柳田家の、とくに祖父にとって、この書は特別な蔵書だったようだ。

わが寒貧《かんぴん》な基地、本置き場「散漫堂（家賃三万円）」の木造モルタルアパートを紹介していただいた不動産屋Mさんからもらったメモ帖の一枚に柳田國男『林園月令』と記した、ぼくのメモがあった。

私が民間の風習に興味を抱き、民俗学に進んできたのも、あるいは祖父の遺愛の、「林園月令」のおかげかもしれない。

と柳田國男、（柳翁閑談）「老読書歴」ちくま文庫31巻館柳湾著「林園月令」——とメモ。

先日、灼熱の神保町に出かけ、この、ちくま文庫をさがしに文庫の品揃えのいい何軒かの古書店を一時間ほど熱中的にクルージングしたが、この本は見当たらない。もちろん新刊書店にもない。となると、めったに利用しない図書館に行くしかない。ぼくは公立の図書館の、あの空気、なにか、静かなのに微妙に浮わついたような、バイブレーションというか〝気配〟が苦手で、できれば長居したくない空間なのだ。しかし、苦しいときの神頼み、利用させていただいた。そこには、ちくま文庫はなかったが、『定本柳田國男集』（昭和五十七年・愛蔵版・筑摩書房）があった。総索引で、館柳湾『林園月令』をチェックすると、「老読書歴」の項で、館柳湾『林園月令』の一文に接することができた。やはり図書館はありがたい。引用させていただく。

とにかくに書物をなつかしむという習性は、『林園月令』によって養われたと言ってもよい。（中略）ちょうど許されてこの本をぼつぼつと見た頃と、漢文の稽古を始めたのが同時だったのである。私の生れた家などは庭がわずか五六十坪で、梅とか白桃とかが七八本も栽えてあっただけなのに、私の文章には四季の風物

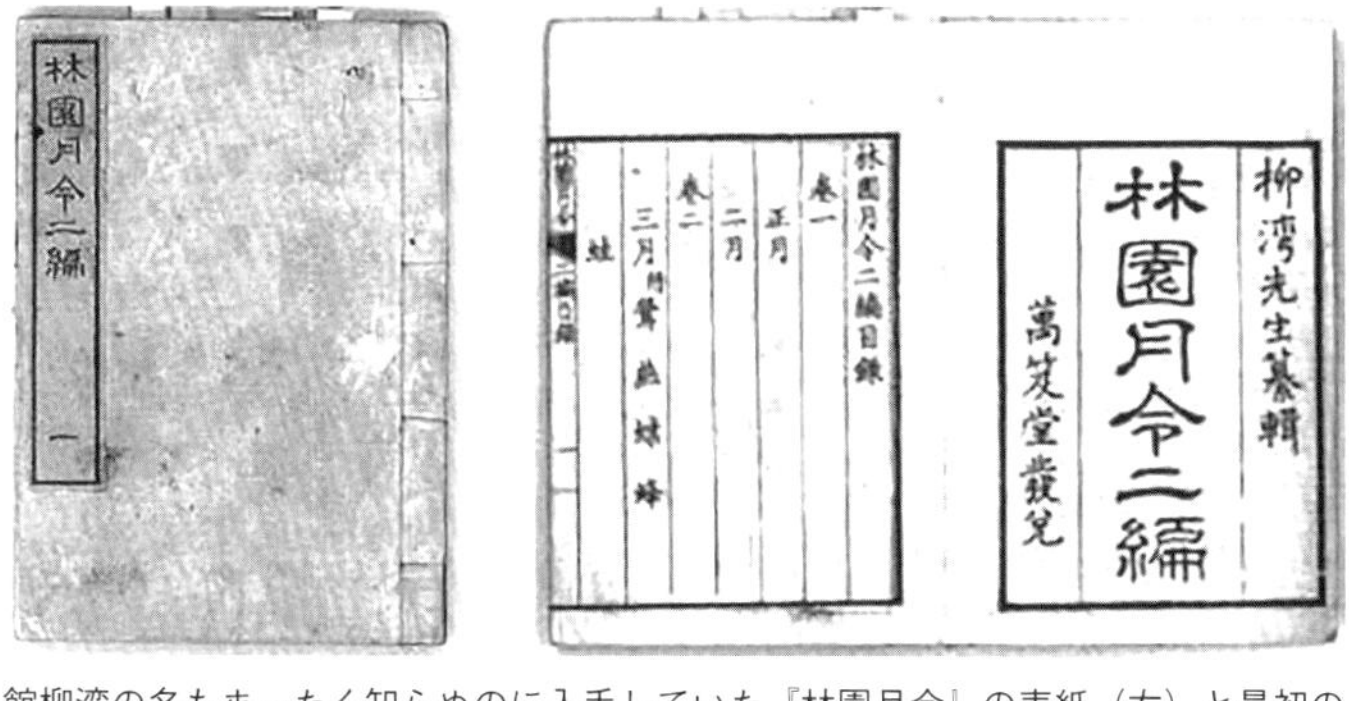

館柳湾の名もまったく知らぬのに入手していた『林園月令』の表紙（左）と最初の見開きページ。荷風先生も柳田國男も愛読した漢文体の漢詩による園芸的歳時記

を咏歎したような文句ばかりむやみに多く、それが『夢梁録』とか『荊楚歳時記』とかいう類の記述と似ているのは、まったくこの本を通しての模倣であった。えらい大きな印象を与えられたものだと思ふ。

と柳田少年の『林園月令』との関係を述懐している。

そして――。

❖柳田少年「貧家の末《うら》なりに生まれつつも」……

今から考へて見ると、『林園月令』は少しも子供などには用のない、むしろ現在の自分等の境涯に似つかわしい本であった。祖父も晩年になって、生野の銀山の川のほとりに閉居し、それからこの本を愛玩していたのであった。（中略）私が貧家の末なりに生まれつつも、一生余閑を求めて花の色鳥の歌を愛し、四時の移り変りに敏感であり得たのも、言わば見ぬ世のおじいさんのおかたみであった。

――書き写す柳田國男の文章は、なぜか快い。これも柳田が年少の頃から漢詩文に親しんできた素養のためだろうか。あるいは長年のフィールドワーク、聞き書きによる平易な文体獲得の結果だろうか。続けて引き写す（ぼくは、いまだに原稿用紙に手書きなのです）。

このごろ郊外に少しの草原を囲って、莢蒾《がまずみ》や落霜紅《うめもどき》、もち、なんてん、むらさきしきぶ、かまづかなどの、小さな実のなる小木を多く栽え、幸ひ禁猟地になってやや集まって来る小鳥を滞在させ、早暁に窓を開いてその声を聴いていたりするようになったのも、源を問えばこの帙入の小本が、分外に大きな感化を稚《おさな》い頭に押し付けていたからとも考えられる。

富士川英郎著『江戸後期の詩人たち』（東洋文庫816）の「館柳湾」の項の末尾「そしてこの『林園月令』は柳田國男氏の年少の頃からの愛読書でもあったのである」の一文から、柳田國男と『林園月令』の間柄を訪ねる、楽しい道草となってしまった。

富士川英郎の『江戸後期の詩人たち』に戻って、館柳湾という江戸人の横顔を偲んでみよう。

❖化政期の漢詩人たち、江戸の田園風景を詠う

と、その前に、雑誌『國文学』（學燈社・昭和五十一年八月号）の切り抜きが目に留まった。「江戸から東京へ」

飯沼慾齋『草木図説　木部』（1977年保育社）。柳田國男は赤い実をつける木が好きだったようだ。なお柳田は「かまづか」と記しているが正しくはバラ科の「カマツカ」

と題する特集。昭和五十一年といったら、もう四十年以上も昔になる。雑誌本体は処分、この富士川英郎「化政期以後の詩壇」のページだけホッチキスで止めてある。あちこちマーカーが引いてある。再読する。

まず、江戸漢詩全体を通観し、続いて本稿のテーマである化政期、およびそれ以後の詩人、詩壇、そして詠われる詩の特徴について解説される。「天明から寛政にかけて起った平明な写実主義の詩風は化政期以後にもだいたいそのまま受けつがれたが、その結果、地方の詩人の場合は幾多の卓れた田園風景詩が作られたのである。」と、化政期に、日本全国で漢詩会が催されたり、江戸と地方在住の文人や学者の交流がさかんに行われ、詩壇が形成されたとし、その中でも身近の、田園風景を詠った三人の詩人の名が挙げられる。

「備後国神辺」とその周辺の田園風景を数多く詩にした菅茶山、北九州の田園詩の広瀬淡窓、そして京・淀川沿岸の風景詩の藤井竹外である。これら各地方の田園詩に対して、江戸の風景を詠った「都会吟」の詩人として、菊池五山と並んで紹介されるのが館柳湾である。その柳湾の詩「雑司谷雑題」――。

鬼母堂前満路塵
幾群香火晩帰人
風車斜挿籃輿上
紅緑渾渾転彩輪

読み下し文は、

鬼母堂前　満路の塵
幾群の香火《こうか》　晩帰の人
風車　斜めに挿す　籃輿《らんよ》の上
紅緑　渾渾《こんこん》として　彩輪転《さいりんまろ》ぶ

柳湾による雑司ヶ谷鬼子母神の光景。雑司ヶ谷といえば、よく知られるように今日でもススキの穂で作ったミミズクが売られているが、かつてはムギワラの角兵衛獅子や風車も名物であったという。鬼子母神といえば母と子、その子供たちが喜ぶ風車、富士川英郎の一文は、この柳湾の詩のすぐあとに、永井荷風の名を出す。

「この館柳湾の「雑司谷雑題」のうちの一首は曽て永井荷風がその『葷斎漫筆』のなかで推称した詩であり、荷風はその中でこの詩について、「これ四手駕籠の上にお会式の風車をさして、参詣の人々の帰り行くさまを詠じたるもの。江戸名所の絵本をひらき見るの思あり」と語っているが、起句の「鬼母堂」は言うまでもなく雑司ヶ谷の鬼子母神のことである。」と説いている。

やはり『葷斎漫筆』ですかぁ。いつだったか、かなり昔、全集や『荷風随筆』（全五巻）を入手する前、西神田のN古書店の均一箱の中に荷風全集のバラ本が売られていて（昭和三十八年・岩波書店)、一冊、たしか二百円。

　各社の荷風文庫本には未収録の、興味を引かれた巻のみ、五、六冊入手したはずだが、その中(全集15巻)の一冊に、ありがたいことに「麻布雑記」「下谷叢話」などとともに、『葷斎漫筆』も収められていた。富士川英郎の『江戸後期の詩人たち』の前に、その『葷斎漫筆』を手に取りたくなった。

雑司ヶ谷鬼子母神　『新訂 江戸名所図会 4』(ちくま学芸文庫)から。霊験あらたかな鬼子母神は参詣人が絶えず、風車、麦藁細工の獅子、川口屋の飴が名産と紹介されている。画中にはススキのミミヅクも

　引用する書物、文章が整然とした流れで進んでゆくのではなく、思いついた本から本へと、まるで枝から枝へ飛び移る、おちつきのないムクドリのような本読み、また、そこからの引用となるが、困ったことに、これがぼくの生来の性向なので、お付き合いください。

『葷斎漫筆』、この号の「葷斎」の由来は何かといえば、まず、ああ、あの「葷だな」と思いあたる。禅寺の山門に「不許葷酒入山門」、「葷酒山門に入るを許さず」の「葷」。ニ

ラやニンニクやネギなど香りの強い野菜。

❖荷風先生の別号〝葷斎〟の由来

それはいいとして、なぜ荷風先生、ここでは、号を「葷斎」などとしたのか。由来が巻頭の「葷斎漫筆叙」に示されている。これがまた、すでに記した「おかめ笹」のタイトルのつけかた同様、ちょっとしたきっかけが題を生んでいる（……ように見せかけている？）。先の「おかめ笹」では、――書き終えた小説の題を考えあぐねているとき、園丁との会話で、おかめ笹のことを話題にしていると、折しも編集者が原稿を取りに来たので、ふと思いついて、原稿の頭に「おかめ笹」と書き渡した――としている。

さて『葷斎漫筆』は――。その自叙からの引用。

其命名を索むるの時適厨婢の晩食を運び来れるあり。乃ち筆を擱いて箸を秉るに碟碗の中多く葷菜を盛れるを見ゆ。蓋予が食性球葱辣薤の如き葷菜を嗜むを以てなり。

今度は園丁ではなく「厨婢」、いわゆる〝おさんどん〟だ。この随筆文章の題を考えているときに、ちょうど、お手伝いさんが夕飯を運んできたので、筆を置いて箸を取ると、碟碗、小皿の中に多くの葷菜が盛られているのを見る。そう、私がタマネギやニラといった香りの強い野菜を好むからである、とし、さらに、ところで――と、号の由来を自嘲的に吐露する。

予壮年欧米に遊び一時西土の文物に心酔し東洋の載籍は之を高閣に束ねて顧る所なかりき。馬歯漸く老るに逮んで深く其非を悟り節を折つて古書を読む。然れども積習俄に改むるに難く平生筆にする所の詞句遂に純正なること能はず。

と、若いころ西欧に遊学、心酔、東洋の書物は関心を持たなかった。しかし齢を重ねるにしたがって、やっとその非を悟り、古書を読むようになったが、長年の習癖は急には改めがたく、日頃筆にする詞句はついに正しいものになることはかなわぬ、と述べたあとに、号・菫斎の由来が語られる。こじつけというか、洒落がキツイというか、荷風散人ならではのキメかたではある。先の文章に続けて、

所謂終生バタの臭味を一洗することを得ざるものなり。是当に菫菜の臭味却て羶腥よりも甚しく一たび之を食ふや嗽ぐといへども容易に其臭気を去ること能はざるものに似たりと謂う可し。此に於てか箸を筆に代て喟然として菫斎の二字を書したり。

と、その号の由来を語っている。文中「羶」は音は「セン」で、訓は「なまぐさい」。

羊肉のなまぐささ。

「喟然」は「きぜん」で「ためいき」、つまり、自分の号を「葦斎」と溜め息まじりに記したと、自嘲気味のポーズ。とはいえ、もちろん、自嘲は自慢の一種ですから。

まあ、そんなことはどうでもよく、『葦斎漫筆』の内容、たしかに散人自ら述べられているようにバタ臭い、エマーソン、フランクリン、ピエール・ロチ、アナトール・フランスといった名が出てくるが、一変、「鷗外森先生」の江戸儒医の伝記のことにふれる。

我にして若し森先生が蘭軒抽斎等の伝をよまざりせば、恐らくは終生江戸儒家の文集を手にするの機なかりしや知るべからず。

ここでの「蘭軒抽斎」はもちろん、鷗外による伝記の江戸の医師、伊沢蘭軒、渋江抽斎二者のことだが、荷風は、鷗外によるこの二人の伝記作品がなければ、自分が江戸儒者の文集を手にすることはなかった——と述べているが、これはにわかには信じがたい。

江戸の文人、儒者に関しては、外祖父の鷲津毅堂がすでに館柳湾のことも語っているくらい漢詩に通じた儒者の流れをくむご仁であり、荷風の敬して遠くにあろうとした父・久一郎はもともと、この毅堂の優秀な塾生であり、しかも師の次女・恒《つね》（荷風の母となる）を嫁にもらっていて、当然のこと、漢詩に深く親しむ人物だった。

鷗外に関わる荷風のこの一文は、鷗外先生の徳を強調するあまりの文飾と受け取っておいたほうがよいだろう。オトボケは散人一流のお家芸でもあるから。

❖「匹夫の無情到底誨るに道なし」

ところで、鷗外の伊沢蘭軒の伝記に関わる箇所で、つい微笑がこぼれてしまう嬉しい一文に接することができる。この蘭軒さんというご仁について

躬《みずか》ら庭を掃ひ決して筅箒を家僕に把らしめざりしことを記し（中略）予が性癖いさゝか亦是に似たるものあるを知れり。

と記し、次に散人自身の胸中を訴えることとなる。ここでの荷風先生、ほとんど怒っています！

今試に心なき園奴の庭に来りて為すところを見よ。園奴は赤松、高野槙、鎌倉檜葉なんどよべる価ある庭木には心を留むれど、樹下雛《すう》辺に生じたる名もなき草に至りては之を踏みにぢりて更に顧るところなし。是花木を愛するもの、能く忍ぶべき所に非ず。

と〝園奴〟の無神経さを訴え、続けて、

雑草は固より除去去るべきものなれど、かの露草、昼顔、繁蔞《はこべ》、酢漿《かたばみ》の如き一種の風致あるもの亦無きにあらざるを、園丁をして一たび箒を把らしむるや、これ等可憐の小草は悉く榛薈《しんわい》と共に抜き棄てらる丶なり。（中略）車夫学僕などの中には飛花落葉の掃ふより早くまた散るを憤り、梢を睨みて力にまかせ幹をゆり動し枝をた丶きなどするもあり。匹夫の無情到底誨《おしえ》るに道なし。

「匹夫の無情到底誨るに道なし」ですからね、もう絶対に許しがたい！　故に先の蘭軒同様、決して庭を掃く箒を家僕などに握らせはしない――という仕儀となる（蛇足ながら、先の文の「榛薈」とは草木が乱れ茂っていることか）。「匹夫の無情」のすぐあとに、館柳湾が登場する。またしても庭を掃くことについて。

昼顔　橘保国『絵本野山草』（1982年　八坂書房）から

❖庭箒使用の独占権を主張

館柳湾は江戸の詩人なり。そが秋尽の絶句に老愁如葉掃不尽。蔌蔌《そくそく》声中又送秋の語あり。日々掃へども掃ひつくせぬ落葉を掃ふ中いつしか日は過ぎて秋は行き冬は来る。われは掃葉の情味を愛して止まず。（中略）雪も亦庭につもりたるは落葉と同じく心なき奴僕には掃はしむることなかれ。

と、ここでも庭箒使用の独占権を重ねて主張している。そしてこの文章は次の、「吾先考禾原先生は雪降る日といへば、必家人をいましめて妄《みだり》に庭に入ることを許したまはざりき」で結ばれる。「先考禾原先生」とは、父・久一郎のことである。この父子の庭への思いは微笑ましくも美しい。ちなみに「禾原」の「禾」とはイネの意である（さらに三男、威三郎がイネの研究家だったことを思い起こされたし）。

　ところで館柳湾の「秋尽の絶句」が、富士川英郎の『江戸後期の詩人たち』でも紹介されていた。「秋尽」と題した七絶。

静裏空驚歳月流
閑亭独坐思悠悠
老愁如葉掃難尽
蔌蔌声中又送秋

読み下し文は、

静裏《せいり》 空しく驚く 歳月の流るるに
閑亭 独り坐して 思い悠悠たり
老愁 葉の如く 掃《はら》えども尽《つ》し難し
蔌蔌《そくそく》声中 また秋を送る

この柳湾の詩は、永井荷風が特に愛誦したものであるとし、以下の『葷斎漫筆』の一文が引用紹介される。

今日東京郊外の田園は到処陰険なる宅地に化せしと雖、猶たま〳〵目白雑司ヶ谷の辺を過る時、路傍の籬笆《りは》に秋は草花の爛漫たるを見、冬には衡門の内、黄柚紅柿の熟するを目にするや、予は依然として是皆柳湾漁唱中の好景たるを憶はずんばあらず。

このあと富士川英郎は、先に紹介した雑司ヶ谷、鬼子母神の詩を取り上げている。富士川による館柳湾に関する

麻布の自邸「偏奇館」の庭の落葉を心を込めて掃く荷風。別ショットもあり。昭和16〜17年ころ

一文は、詩集のほかに唐の詩などの編著もあり、この一文は、

『林園月令』という漢文の歳時記のようなものも著した。林園は庭つくり、月令は年中行事のことで、柳湾はそれらの年中行事を月を追って列挙しながら、それに関した中国の詩をその後に配列している。これは博捜の彼にして初めてなし得たところであったろう。そしてこの『林園月令』は柳田國男氏の年少の頃からの愛読書でもあったのである。

で結ばれる。

『林園月令』とその著者・館柳湾の詩文に関わって、柳田國男〜鷗外による伊沢蘭軒とその掃庭趣味と同癖の荷風〜柳湾の「掃雖尽難」〜『林園月令』〜柳田國男と、回遊式庭園を巡るように一めぐりしてしまった。回遊式庭園の鑑賞もそうなのだが、一巡したら、もう一度、今度は逆から巡ってみると興もまた新たにわくことになるだろうが、文章においてはそんな余興はほどほどに差し控えるべきだろう。それでなくても、この一文、整然たる順路、苑路をたどらず、思いつくまま、左右の横径を覗き歩きしてきたのだから。

さて、次はその『林園月令』を実際に手に取ってみたい。

第5話　荷風や柳田國男に愛読された『林園月令』がなぜか……

――柳湾に舫う小舟や雨瀟瀟

さて、『林園月令』を手に取ってみよう。薄い小さなビニール袋に重ねて入れてあるのだが、今回引き出したら五冊しかなかった。前々号に、神保町で一冊五百円、六冊を入手と書いたが、ぼくの記憶違いだったのか。いずれにしても、もともとバラ本、文庫本よりひとまわり小さな冊子の姿を眺め、和本の軽さを確かめ、表紙をそっと擦り、紙質やそれに刷られた文字の形を見たいために入手したものだ。

まずは『林園月令』「巻四」を手にする。今回の連載を始める以前であったら、漢文の素養のまったくない人間なので、まさに珍文漢文《チンプンカンプン》、ただパラパラと頁をめくって、すぐに閉じてしまったことだろう。しかし今は一夜漬とはいえ、ごくわずかばかり、漢文・漢詩に親しむ素地も生じ、拒否反応はおきない。

まさに「習うより慣れろ」ですね。

それに、これは木版で刷られた文字が美しい。漢文の用語は理解できぬものが多いが、日本人だから、よく知る漢字とも接することができる。

この「巻四」は「六月」。巻頭は、この月の季節の解説だろう。中国の詩文の引用を列記。おや、一頁目から何やら知ったような漢字が。「蟋蟀居壁」。次の頁をめくると、一行目「鷹乃学習」また「腐草為蛍」。

ありがたや！ これは、ちょっと充実した俳句歳時記なら「巻末附録」などに付されている「二十四節気・七十二候表」に出てくる、俳句に親しむ人にとってはご存知の言葉ではないか！

❖テレビの気象番組でも時々ふれられる「七十二候」

最初の「蟋蟀居壁」は中国の候名で六月、小暑の「蟋蟀《こおろぎ》壁に居る」（日本の候では「蓮始めて開く」）、次の候「鷹乃学習」は「鷹乃《すなわ》ち学《わざ》を習う」（日本の候も同文）、さらに次は大暑となって、「腐草為蛍」、「腐草蛍と為《な》る」（日本は「桐始めて華を結ぶ」）。

前の二つの季節を表す言葉は、なんとなく理解できるが、この「腐草蛍と為る」は最初、面くらった。なんで腐った草が蛍になるのか！　中国由来の七十二候の中には他にも「魚氷に渉《のぼ》る」「獺《かわうそ》魚を祭る」あたりはまだしも、「鷹化して鳩と為る」

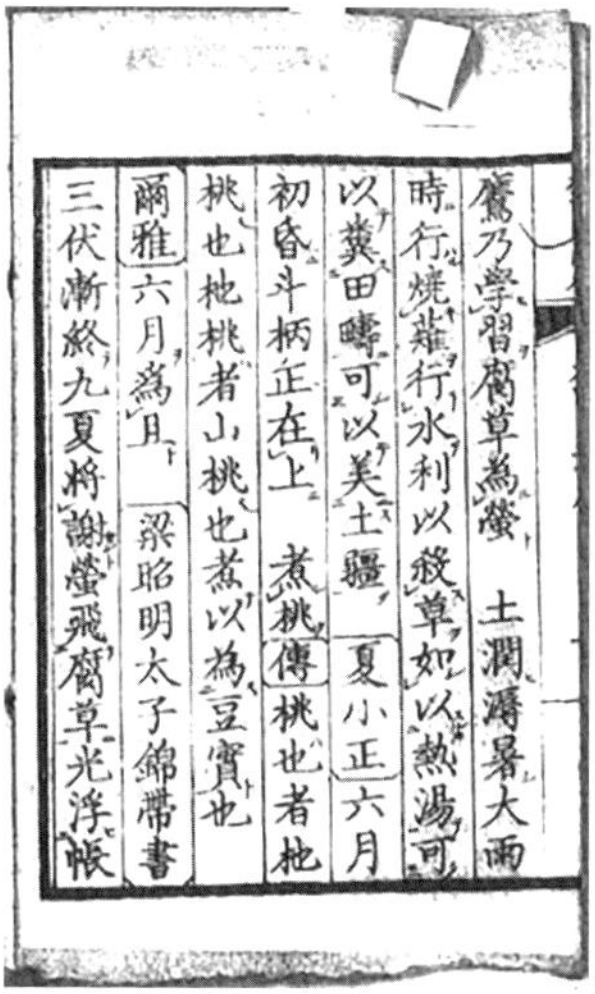
鷹乃学習腐草為螢　土潤溽暑大雨
時行燒薙行水利以殺草如以熱湯可
以糞田疇可以美土疆　夏小正六月
初昏斗柄正在上　煮桃傳桃也者杝
桃也杝桃者山桃也煮以為豆實也
爾雅六月為且　梁昭明太子錦帶書
三伏漸終九夏將謝螢飛腐草光浮帳

1行目「鷹乃学習（たかすまわちがくしゅうす）」。七十二候のうち、こちらも「小暑（晩夏）」

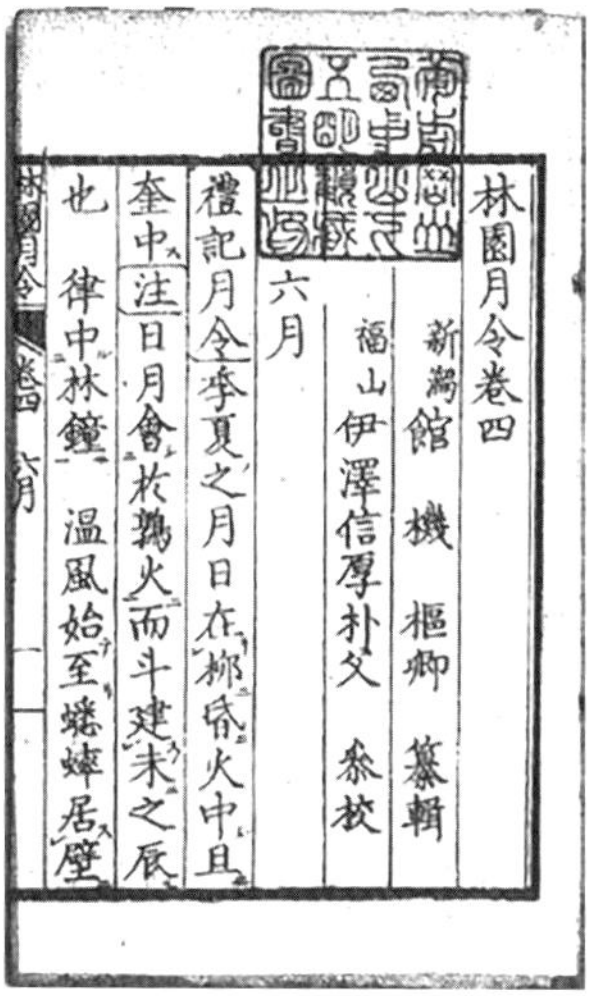
林園月令巻四
新潟　館機　樞卿　纂輯
福山　伊澤信厚朴父　參校
六月
禮記月令季夏之月日在柳昏火中旦
奎中注日月會於鶉火而斗建未之辰
也　律中林鐘　温風始至蟋蟀居壁

林園月令　巻四　六月

『林園月令』「巻四」（六月）の１ページ３行目「温風始至蟋蟀居壁」とある。二十四節気のうちの小暑

「田鼠《もぐら》化して鶉《うずら》と為る」「爵《すずめ》大水に入りて蛤と為る」「雉《きじ》大水に入りて蜃《はまぐり》と為る」といった、面白いといえば面白いし、シュールといったら、（嘘だろう！）とツッコミを入れたくなるくらい超現実的表現ではある。に、しても、たまたま手にした館柳湾の『林園月令』「巻四」、六月の項で、日本人にも知る人が多い「七十二候」と出合えるとは！　この書がにわかに身近に感じられることとなった。調子づいて柔らかな和紙の頁を、そっとめくり、字面を追ってゆく。おう！　杜甫の詩が載っている。

「江村」
清江一曲抱村流長夏江村事事幽自去自来堂上燕相親相近水中鷗（以下略）

これは「江村（川ぞいの村）」と題する杜甫の七言律詩。普通は読みやすくするために七言で改行するが、『林園月令』は一行で続けて記す。律詩だから八行からなるが、ここでは前半の四行のみを掲げ、その読み下し文は、

清江　一曲　村を抱《いだ》いて流れ
長夏　江村　事事幽《しず》かなり
自《おのずか》ら去り　自ら来たる　梁《りょう》上の燕
相《あ》い親《した》しみ　相い近づく　水中の鷗《かもめ》

この杜甫の「江村」の読み下し文は、手元にあった一海知義著『漢詩一日一首』（一九七六年、平凡社）による。「春・夏」と「秋・冬」の上下二巻、本文全七六一頁、索引二十頁のボリューム。

この本とともに渡部英喜著『漢詩歳時記』（一九九二年、新潮選書）が本棚にあったのは、じつは俳句歳時記のもろもろを集めてきて、そのことについて数年前から友人のブログで「季語道楽」と題して連載（二〇二一年 山川出版より『季語・歳時記巡礼全書』と題して上梓）、その関連で漢詩の歳時記についても少しは知っていたほうがよいかな、と思ったためである。二著ともいつもながらの神保町古書店散歩で、たまたま目にとまったので。

❖杜甫や李白といった中国漢詩と芭蕉、蕪村の句

江戸の俳聖・芭蕉の『奥の細道』の叙述や俳句や、のちの蕪村の句が、漢詩をもととして生まれたことはよく知られるところである。たと

秋日
耿湋
返照入閭巷
憂来誰共語
古道少人行
秋風動禾黍

渡部英喜『漢詩歳時記』（新潮選書）の「秋日」に添えられた図版。漢詩とともに変体仮名による読み下しが書き込まれている

えば『奥の細道』の巻頭、「月日は百代の過客にして行きかふ年も又旅人也」は李白の「春夜、桃李の園に宴するの序」の出だし「それ、天地は万物の道旅にして、光陰は百代の過客なり」を踏んでいる。

同じく『奥の細道』の中、「夏草やつはものどもが夢の跡」は、有名な杜甫の「春望」、「国破れて山河あり、城春にして草木深し」と響き合っているとされている。

岩波文庫の『露伴随筆集（下）』を読んでいたら、「芭蕉は一生飄遊吟行するに、常に杜集を懐抱せしものなり」（「俳諧字義」）とあった。芭蕉は常に杜甫の詩集をたずさえていた、というのだ。

また、蕪村の「菜の花や月は東に日は西に」は陶淵明「雑詩　第二首」の、

白日　西の阿に淪《しず》み
素月　東の嶺に出ず

の漢詩を蕪村なりの句に転化したものという。それも十分に理解できることで、江戸人の教養の基本といえば、中国古典の詩文を身にまとうことだったというから。渡部英喜『漢詩歳時記』にも漢詩と俳句の興味深い関わりが述べられていた。詩は唐の時代の詩人・耿湋《こうい》の「秋日」。

返照入閭巷
憂来誰共語
古道少人行
秋風動禾黍

返照《へんしょう》閭巷《りょこう》に入《い》り
憂《うれ》い来《き》たりて誰《たれ》と共《とも》にか語《かた》らん
古道人《こどうひと》の行《ゆ》くこと少《まれ》に
秋風《しゅうふう》禾黍《かしょ》を動《うご》かす

解説には「返照は夕日の光」「閭巷は村里」「禾黍はイネとキビ」とあり、〈参考〉として、

この詩にヒントを得た松尾芭蕉の句を二つ紹介しましょう。
この道や行く人なしに秋の暮
あかあかと日はつれなくも秋の風

（なるほど！）とナットクできます。

荷風や柳田國男に愛読された『林園月令』がなぜか……

『林園月令』「巻四」に戻りたい。「六月」の詩の中に李白の「夏日山中」が挙げられている。この詩は、先の『漢詩一日一首』中にも見える。まずは『林園月令』から写す。

嬾揺白羽扇裸袒青林中脱巾挂石壁露頂灑松風

例によって、五言絶句ながら改行していない。読み下しを見てみる。

白羽扇《はくうせん》を揺《ゆる》がすも嬾《ものう》く
裸袒《らたん》す　青林の中《うち》
巾《きん》を脱して　石壁に挂《か》け
頂《いただき》を露《あら》わにして　松風に灑《そそ》かしむ

「裸袒」とは上半身裸のことという。「頂」は頭のてっぺん。白い鳥の羽根で作った扇をつかうのさえ面倒くさい。

上半身裸になって緑の山の中へ。マナーなどどこ吹く風、頭巾など脱いで石の壁にかけ、頭のまげをむき出しにして松林をわたる風に吹かれよう、という脱俗の詩。

と、二冊の漢詩歳時記の助けを借りながら、手元の『林園月令』のうちの詩にあたってきたが、右の漢詩歳時記の中には、なぜか館柳湾の詩は一つも収録されてない。頼山陽、石川丈山、藤井竹外、大槻磐渓、服部南郭、広瀬淡窓、菅茶山、新井白石などなどといった名は見えるのに。

江戸漢詩人の『林園月令』という漢詩歳時記を編み、本人も詩をよく詠った館柳湾の詩が、なぜ、今日の漢詩歳時記に採られていないのだろう。柳田國男も永井荷風も心から愛誦した柳湾の詩なのに。

館柳湾に深入りするつもりも学識ももとよりないのだが、この疑問は解かれたほうが気分がスッキリする。神保町の波多野書店に『館柳湾』（鈴木瑞枝著、一九九九年、研文出版刊）があると知って店を訪ねた。数少ない柳湾についての研究書の一冊である。

❖理系感覚の『林園月令』は軽視されたか

その鈴木瑞枝著『館柳湾』は「日本漢詩人選集」のうちの一巻（13号）。本書は幕府の役人であった柳湾の詩人としての経緯に関しては丹念に追ってゆくが、残念なことに『林園月令』についての言及は、ほんのわずかでしかない。目次を見ても、柳湾晩年の成果のこの書は一項目にすら挙げられていない。

これは、著者の関心が柳湾の詩にあり、動植物やそれに関わる日本の歳事記的な世界にさほど関心がなかったからかもしれない。

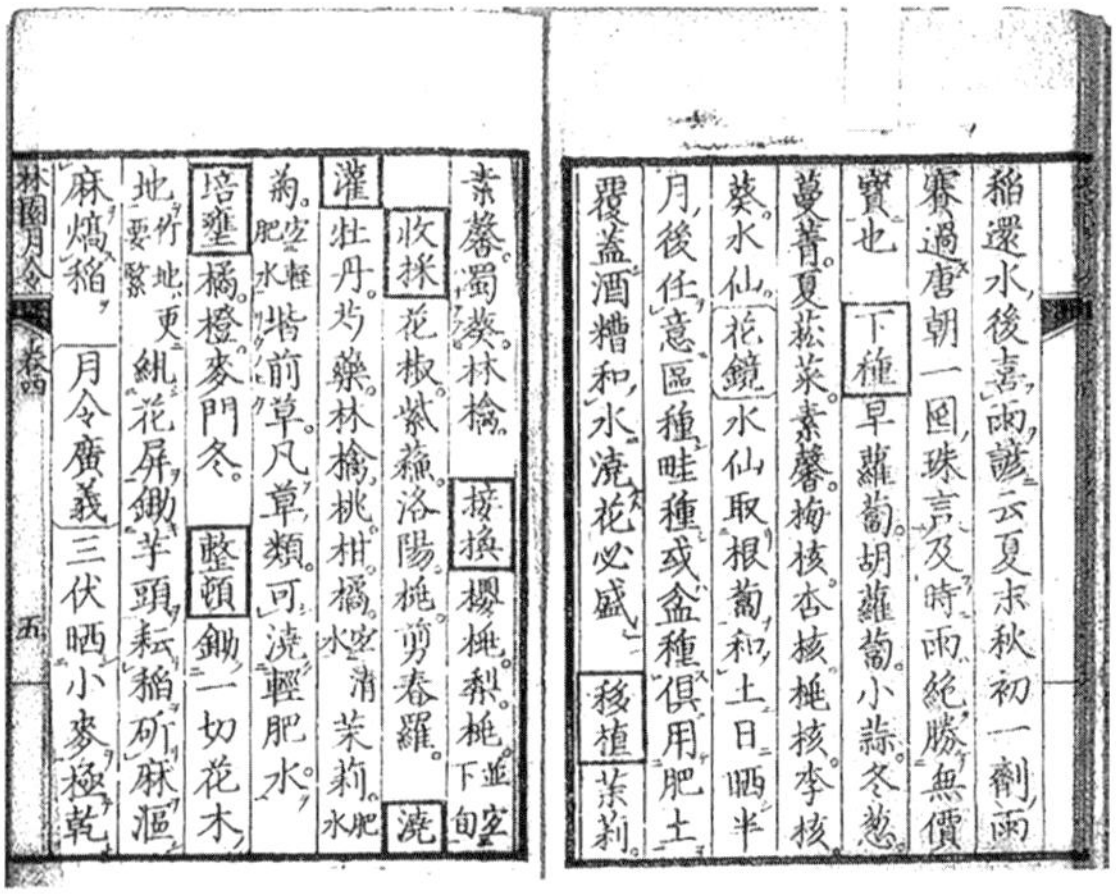
稲還水後喜雨諺云夏末秋初一劑雨賽過唐朝一國珠言及時雨絶勝無價寶也

下種　早蘿蔔胡蘿蔔小蒜冬葱蔓菁夏菘菜素馨梅核杏核桃核李核葵水仙

花鏡　水仙取根蔔和土日晒半月後任意區種畦種或盆種俱用肥土覆蓋酒糟和水澆花必盛

移植　茉莉素馨蜀葵林檎

接換　櫻桃梨桃並宜下旬

收採　花椒紫蘇洛陽桃剪春羅

澆灌　牡丹芍藥林檎桃柑橘水宜清茉莉肥水菊宜糞肥水皆前草凡草類可澆輕肥水

培壅　橘橙麥門冬

整頓　鋤一切花木地竹地要緊更耘花屏鋤芋頭耘稲斫麻漚麻燒稲

月令廣義　三伏晒小麥極乾

林園月令　巻四　五

『林園月令』の本文。「下種」「移植」「接換」などなど、植物栽培のための諸項目が示されていて興味深い

ひょっとすると、柳湾の『林園月令』が幕末、明治以降、柳田國男、永井荷風の二人に語られるまで、うち忘れられたように、今日の研究者の間でも、柳湾の詩はともかく理系感覚も感じさせる〝月令〟は研究対象の中心になかったのかもしれない。

それと関係があるのかどうか、著者は、荷風が愛誦したことで知られるようになった柳湾の「秋盡」や「雑司谷雑題」にふれる文章の中で、荷風のこの随筆集を、一度ならず『葷斎漫筆』ではなく、『葷斎随筆』と記している。ぼくの知るかぎり、岩波書店の『荷風全集』、また同じ版元の『荷風随筆』（全五巻）でも『葷斎漫筆』とある。他の書でも〝随筆〟ではなく〝漫筆〟である。〝随筆〟と表記したのは何か理由があったのだろうか。もし単なるケアレスミスとしたら、柳湾の『林園月令』を愛し世

に示した荷風先生、そして、そんな荷風を好ましく思うぼくにとっては、少々残念なことといえる。（校正恐るべし）

それはともかく、この書『館柳湾』によれば、館柳湾の人柄は、律儀な役人生活の日々を送った人らしく、飲酒を過ごすわけでもなく、むしろ煎茶を嗜み、新潟生まれのためか米を人一倍たっぷりと食したという。

しかし、その外見は「白晳而長身」（江戸の儒学者・松崎慊堂による）で、あまり頑健というタイプではなかったようである。

また、詩とともに当時の人から迎えられたという、その書は、

淡雅にして格が高く、少しのてらいもなく誇張もない。真面目でいながら窮屈さを感じさせない。やはり柳湾の人格が、自然ににじみ出たものであろう（書家・柳湾研究家、渡辺秀英『館柳湾』巻町双書一二）

というものだという。

この鈴木瑞枝『館柳湾』の末尾の文章は、

柳湾の人柄、そして柳湾詩の特徴は、清　静　雅　温　和　黙などの語によって言い現されるものだ。

で終わっている。江戸の詩人にこんな人がいたのですね。

❖「柳湾」の号の由来、柳湾を詠う

徳田武注『野村篁園　館柳湾』（江戸詩人選集・第七巻、一九九〇年、岩波書店刊）で館柳湾の世界も見てみたい。

館柳湾の章をパラパラと頁をめくっていたら、一枚の挿し絵が目に入った。「柳湾霽景」（『漁唱』一集）と題しての、岸の柳近く湾の水辺に小さな舟を浮かべ、篷《とま》から半分、体を出し、その光景を見やる文人（詩人）の図で、水面は小波が立ち、たれ下がる柳の枝葉といい、なにやら静かにユラユラと気持ちよさそうな。

詩のタイトルが「柳湾泊舟図」（柳湾に舟を泊むる図）。

小舟吟臥半推篷
泊在暁風残月中
何処吾家旧磯石
一湾春水柳朦朧

館柳湾の故郷、新潟・信濃川のほとり、風になびく柳の情景と舟中の人

小舟《しょうしゅう》に吟臥《ぎんが》して　半《なか》ば篷《とま》を推《お》し
泊《とま》りて　暁風残月《ぎょうふうざんげつ》の中《なか》に在《あ》り
何《いず》れの処《ところ》か　吾《わ》が家《いえ》の旧磯石《きゅうきせき》
一湾《いちわん》の春水《しゅんすい》　柳朦朧《やなぎもうろう》たり

解説によれば、柳湾の故郷の新潟、信濃川の生家の近くの川岸の情景を詠んだもので、柳湾の号、ここに由来するのではないか、としている。なにか、下町生まれの人間からすると、うらやましいような情景である。

もう一篇、柳湾を詠んだ詩がある。『柳湾漁唱』第三集の巻頭口絵、椿椿山による柳湾八十歳のときの肖像画に添えられた詩。「八十傁館機自題」と記され（「機」は柳湾の別号）、柳湾八十の感慨が詠われていて興味ぶかい。

「自題」
楊柳湾頭旧釣師
誤辞江海走天涯
煙蓑雨笠空抛擲
鶴氅烏巾豈称宜
半世俟塵孤榻夢

百年伎倆一嚢詩
閑身猶寄残風月
唫臥山園養病衰

読み下し文は略して、一部用語のみを解説による。「楊柳湾頭」は柳の樹のほとり、で具体的には柳湾の故郷・新潟、信濃川の岸辺。「旧釣師」、かつて釣りをしていた者、柳湾自身。「江海」は釣り師のいる水辺。

「煙蓑雨笠」は小雨の煙る中で蓑笠を着けていることで、公事の束縛がなく悠々自適の身を表す。「鶴氅烏巾」は鶴の羽で織った羽ごろもと黒の頭巾で、ここでは風流人、文人の服装の意。「孤榻」は、たった一つの長椅子。

「百年」は一生。「一嚢詩」、唐の詩人、奇才・李賀は錦の嚢を持ち詩句を得ると、その中に納めたというところから、良い詩が少ないと謙遜の意。「唫臥」の「唫」は吟と同意で、悠然と詩を詠むの意。

口語訳を引用する。

中国文人ふう館柳湾80歳の肖像

楊柳の生えている湾のほとりで、嘗て釣に親しんできた私は、まちがって水辺の里を離れて遥か遠い江戸にやって来た。けぶった雨の中を蓑笠を着けてのんびり釣していた境涯をむなしくほうり投げたが、かといって、風流な文人の服装をしてすましこんでいるのはどうして私に似合おうか、似合わなかったのだ。前半世を役人として俗塵にまみれてきたが、それも長椅子で回顧する過去の夢となり、一生を詩作に頭を働かせてきてやっと一袋分の作品ができた。ひまになった身の余生をなおも風流に托して、田舎の庭でゆったりと詩を作り病残の体を養うこととしよう。

この本の徳田武の注・解説はとてもわかりやすい文章で、まったく初学のぼくのような読者にも、詩の世界というか魅力が伝わってくる。（毛嫌いしないで、もっと早く、漢詩に接すべきだった）と悔しい思いいすらしてくる。

本文の頁を気ままにめくっていると、読み知りたくなる面白そうな柳湾の詩が、いくつも目にとまる。なかでも「又た、廻文《かいぶん》」や「鰕《えび》」、「戯《たわむ》れに豆腐《とうふ》を咏《えい》ず」「雪夜、両国橋を渡る」「戯《たわむ》れに猪牙舟《ちょきぶね》を咏《えい》ず　十韻」といった様子で、漢詩の回文、豆腐賛歌や遊里、吉原通いで用いられた豬牙舟のことも詠ったりして、実直といわれた柳湾の一面、遊び心がうかがえる。しかし、いちいち紹介していてはキリもないので先に進みたい。

そうだ、そんな柳湾が当時から他の著名漢詩と比べてあまり脚光を浴びず、また明治以降も、荷風、柳田を待つまで忘れられた詩人となっていたのはなぜなのか？　だ。

第6話　江戸末期は大名から庶民に至るまでの大園芸ブーム

——爪紅《つまべに》のひかげの花か秋海棠

ところで、今回、館柳湾に関して、たった二五〇部限定の一巻を古書店で入手した。柳湾自筆による詩稿の『小籟吟藁』（市川任三編著、一九八一年、大平書屋刊）。

はさみ込まれたチラシによれば——新発見の柳湾自筆詩稿『小籟吟藁』墨付四一丁を原寸影印!!「吟藁」は文化六年七月から柳湾六十歳の文政四年末に至る十三年間の詩二〇七首と文一篇を収める——とある。

つまり、この柳湾の漢詩の、いわば下書きは、新発見されたものであり、その墨書を原寸大で復刻したものという。もちろん、柳湾の詩世界の研究にとっては、重要な発見であり、刊行である。巻頭の口絵写真には「柳湾七十九翁自題」と題する書が付されていて、先にふれた「自題」と同じ詩である。

❖新発見の柳湾詩稿復刻がたったの二五〇部

本文、柳湾自身による推敲や書の確認、訂正などの書き入れがあり、研究者、専門家にとって実に貴重な文献だろう。しかし、この「新発見」の自筆詩稿『小籟吟藁』復刻版の部数が、たったの二五〇部！

今日の、世の江戸漢詩に対する無関心ぶり、またそれに伴ってか、愛好家・研究者の少なさを実感する（これまでの自分のことは棚に上げて）。

本文には柳湾関連の本で紹介されている詩も多く収録されていて、その中には、東京育ちで〝趣味は東京下町〟のぼくにとって心ひかれる詩題も散見する。たとえば掲載順に書き写してみると、「新宿夜雨図　葛西八景之一」「雪夜渡両国橋」「墨水舟中所見」など。
このうちの「雪夜渡両国橋」を読んでみよう。もちろん書の文字はすべて旧字。掲載通り、改行せず。

自訝歩虚臻玉清瓊楼謡閣隔河明長橋不待労烏鵲直踏銀竜背上行

先の徳田武の本にも、この詩は掲載されていて、徳田氏の解説を借りる。
「歩虚」は神仙や道士が空中歩行すること。「玉清」は道教で天上の御殿。「瓊楼《けいろう》」の「瓊」は美しい玉で、楼と結びついて雪をかぶった高殿。「謡閣」の「謡」も美しい玉で前の語と同じ意。「烏鵲《うじゃく》」は「かささぎ」で天《あま》の川のイメージを誘う。「銀竜」の「竜」は橋をたとえる。念のため口語訳を付せば（カッコ内は筆者補記）。

雪中の（両国）橋をわたると、われながらいぶかしく思う、空中を歩いて天上の玉清殿に到るのかと。楼も閣も雪をかぶって美玉の如く川の向う側に鮮明に聳えているから。この長い橋はかささぎがかけわたすのを待つ必要は無く、まっすぐに銀色の竜の背（両国橋）の上を踏みしめて行く。

❖荷風の言「まさに名所絵を見るようだ」

荷風は柳湾の詩を、まさに名所絵を見るようだと記しているが、この「雪夜渡両国橋」の詩も、そのまま北斎、広重が描いても何の不思議もない雪の夜の両国橋の景だ。

そうか、江戸漢詩と江戸名所浮世絵は、もともと隣り合わせていたのだった。柳湾の、品格ある、それでいて優美で親しみのある書、自筆詩稿をながめていて、いまさらながらの、江戸漢詩と江戸名所浮世絵の近縁を覚った次第。

ところで詩も書もよくし、人柄も温厚なこの柳湾が、なぜ当時からもあまり世間的に脚光を浴びず、とくに明治以降、荷風、柳田國男を待つまで、まったく忘れられた詩人となってしまったのか？　興味深い謎だが——。

ぼくがたまたま神保町で手に入れた館柳湾の『林園月令』（このときは〝館柳湾〟という著者が江戸の漢詩人であったという認識すらなかった）を、はっきりと意識に結びつけてくれた書が、これまで何度か登場いただいている東洋文庫、富士川英郎『江戸後期の詩人たち』。

❖俗受けし、有名になることを自制した？

この本ではうれしいことに「館柳湾」の項が立てられ、その人柄が、当時の柳湾を知る人の言を引きつつ紹介されている。

「翁（柳湾）鎮静寡黙にして、妄りに言笑せず」（既出の松崎慊堂）、また「平居端黙にして、言《かた》る能はざるに似たり」（儒者・井部香山）——という、もの静かな性癖の人だったようだ。

さらに「広瀬淡窓」の項では、柳湾が遠く九州の地に根づいて詩を吟じる広瀬淡窓のもとに贈った詩「遠思楼詩鈔二編」に関連して、

おそらく化政期から天保へかけての江戸を中心とした詩人たち多くが、新奇を競って、纖細巧緻であるとともに、ややもすれば低俗卑賤な詩風に流れる傾向にあったのを指摘して、こう言ったのだろう。（中略）彼（＊淡窓）には当時の江戸詩壇の俗塵にそまらない柳湾の清韻がことさら珍重すべきものに思われたに相違ない。

と、している。富士川英郎『江戸後期の詩人たち』による、ありがたい柳湾の風姿の描写だ。つまり、柳湾が江戸後期の詩人たちの中で、いわゆる売れっ子、世間での〝有名人〟にならなかったのは、自ら自分を売り込もうとしなかったからで、昔も今もそのような超俗的態度では、他の人を押しのけて頭角をあらわすことはむずかしい。

言い方を変えれば、柳湾は、世間でメジャーになるための、パフォーマンスを自制したといえる。地道な役人としての仕事があり、その生活を大切にしたのだろうか。巷で人気を博す必要などなかったのだろうか。

❖一枚の葉書に奇縁を感ず！

先日、ちょいとしたものを目録（石神井書林）の中で発見、（このタイミングで、こんなものに出合えるかぁという思いのあまり）注文した。

それは一枚の絵葉書。差出人はK・M、宛名は、なんと「富士川英郎」。日付は62・7・4。裏は「夏の涸沢・上高地」の観光写真。文面は、なんということもない、あいさつ状。ただ『江戸後期の詩人たち』の著者・富士川英郎氏あての葉書であることのご縁にも驚いたが、このK・M氏（いや、実名を出させていただく）小出昌洋氏は、書物愛で知られた森銑三と、その知己、柴田宵曲の、よき理解者、編集者として知られている。

そして彼はまた、永井荷風の戦後の生活を公私ともに支え、行動を共にした相磯凌霜

（昭和三十二年、東都書房版、荷風『日和下駄』の別刷附録の「余話」を執筆）の初の文集『荷風余話』（二〇一〇年、岩波書店刊）を編集したその人だったのである。

富士川英郎と小出昌洋、この二人の名が入った絵葉書が、どのような経緯で目録に登場したかは知る由もない。値段は二五〇〇円ちょっと。文面に文学史的価値はないだろう。しかし、永井荷風〜庭・植物〜『林園月令』〜館柳湾の詩〜江戸漢詩の人びと〜富士川英郎〜小出昌洋〜相磯凌霜〜そして荷風、という円環をつなぐ一ピース、一葉の葉書となると見過ごすことは不可能。

犬も歩けば棒に当たる。愚者も生きてりゃ奇縁に当たる。

『林園月令』と館柳湾のことは、このくらいにして、本道の荷風の〝庭のうちそと〟に帰ってゆこう。

❖なんと隣り町に柳湾が眠っていたとは！

しかし、館柳湾に関して、もうひとつ奇縁があった。なんと、柳湾の墓がぼくの事務所の隣り町・神楽坂にある、というではありませんか。地下鉄東西線神楽坂駅から横丁、横寺町の先、歩いて五分ほど、右側の「曹洞宗　長源寺」。

さっそく訪ねて行った。こぢんまりとした静かな境内。墓碑はすぐに見つかった。天が四角垂の古い墓石で「柳灣詩老館樞卿墓」と読める（「樞卿」は柳湾の別号）。家族の墓石も近くにあるはずだが、表面が劣化したりして確認できなかった。しかし、荷風散人、柳田國男の二人が、心をこめて親しんだ〝忘れられた江戸の漢詩人〟の墓が、こんな身近にあったとは！

その荷風自身も当然のことながら漢詩づくりを楽しんでいた。労作、加藤郁乎編『荷風俳句集』（岩波文庫）の「漢詩」の項に四十題ほど収録、紹介されている。その中には「濹上春遊二十絶（其一〜十）」といった、隅田川関連の詩も見られ、〝隅田川ものコレクター〟としては興味を抱かされるが、理系感覚とはあまり縁がなさそうな詩に思えたので、ここでの寄り道は控えることにする。

というわけで、今回、荷風の漢詩は気になりつつも取り上げなかったが、こと「荷風の俳句」についてはスルーするわけにはいかない。そこには、おびただしいくらいの植物が登場するからだ。江戸末期の文化を、心の故郷としていた荷風が、植物にことさら関心を抱いたのは不思議でもなんでもない。江戸末期は世をあげて、大名から庶民まで、未曾有の園芸ブームだったのである。

江戸住みの暇を持てあます諸国大名の中には、庭狂いも少なくなく、また花卉《かき》園芸の栽

なんと、神楽坂横寺町にあった館柳湾の墓碑。仕事場、飯田橋の隣り町

培、あるいは外来種や品種改良ものに熱中するマニアックな人物も多くいた。くわしくは後でふれることとなると思うが、〝班入《ふいり》〟や〝変わり咲き〟の草花など、江戸の浮世絵や園芸植物図譜などで、その熱狂ぶりをうかがうことができる。

江戸の文人、道楽者にとって、園芸植物への関心、知識は、当時の知的遊戯人たるパスポートのひとつだったのではないか。

荷風の俳句に植物の名が多出するのも、これと無縁とはいえないだろう。先の『荷風俳句集』で一句一句当たっていこうと思っているとき（実際、マーカーを手にチェックしはじめていた）、しばらく前に神保町の新古書本のコーナーで、あまり期待もせずに入手しておいた一冊に目を通して、思わず膝を叩きそうになった。

その本とは高橋俊夫著『荷風文学閑話』（笠間選書87、昭和五十三年刊）。

❖「荷風百句」のうち植物関連が四十九句も

この、貴重な荷風研究書に関しては語りたいことがたくさんあるが、目前の目的は、まず荷風俳句と植物についてだ。「第十二話　荷風と花―断腸花の詩人―」とある。読み進むうちに「四」の項に

「昭和丑のとし夏五月」（昭和十二年）の自序を持つ『自選荷風百句』に詠まれた花―

植物を列挙してみると、次のようである（括弧内の数字は句の数を示す）。

とある。ちなみに、この「自選荷風百句」は、翌年の昭和十三年初版の『おもかげ』（岩波書店）に早速収録されている。この「荷風百句」は郁乎の『荷風俳句集』に、また、もっとも新しいところでは、中公文庫『麻布襍記』（二〇一八年刊）にも収められている。

「荷風と花」に戻ろう。まず「春之部」として計十三句。梅（1）、桜（2）などが数えられる。次に「夏之部」計十三句。竹の秋（1）、桐の花（1）、石菖（1）、紫陽花（1）など。ちなみに「竹の秋」は夏の季語であるのは句に親しむ人には常識の類。「秋之部」計十三句。蘭（1）、竹（1）、葡萄（1）、無花果（1）など。「冬之部」計十句。八手（1）、敷松葉（1）、桐の実（1）などで四季の計四十九句（「荷風百句」と題されてはいるものの、実際は一一八句）。

かなりの割合の植物関連の句数ではないか。

❖荷風の作品中、植物に関わるタイトルを列記

この高橋俊夫による『荷風文学閑話』のさらなる凄味は「荷風作品のタイトルに花――植物から採られたものを列挙」していることである。さりげない、あるいは物好きが過ぎるメモのような控えだが、ぼくなどにとっては実にありがたく、ワクワクした気持ちでリ

ストを目で追ってゆく。
表記は〔あ〕から五十音順で、

〔あ〕
秋草（昭五・九「春泥」七号　自作句解）
あぢさゐ（昭六・三「中央公論」　小説）
〔い〕
いちごの実（明三四・八「文芸倶楽部」　小説）

と続く。カッコ内の注も文献的に徹底している。脱帽するしかない。

「おかめ笹」「断腸花」「葡萄棚」もある。「雑草園」「地獄の花」「ひかげの花」といった、直接的に固有の植物名でないものも含むが、荷風の気持ち、心境の傾向が存分にうかがえる。

❖カメラマニアだった荷風

「荷風百句」が一般の読者の目にふれることとなる最初の本、先の昭和十三年初版の『おもかげ』には、すでにふれたが、文芸書においては異様とも思えるほどの量の写真二十三

永井荷風『おもかげ』の本扉。自ら描いた蓮巣の絵が可愛い

点が挿入されている。そして、その写真の下には句や漢詩が添えられている（舞台脚本「葛飾情話」では舞台写真とネームも）。しかもその写真のほとんどは荷風散人自身がカメラを手にして撮っているというのだ（ときに現像まで自分でしたということも）。

自然観察の人、荷風と俳句ならまだわかる。しかし写真となると、いかに創作のメモがわり、素材になるとしても、その原理と操作といえば光学と（現像等は）化学だ。今日のスマホで写真を、というわけではなく、昔のカメラは、もちろんデジタルなどではなく、れっきとした独立した質量を有する〝機械〟である。明暗の絞りや、シャッター速度の調節に一定の知識、技術を要する。

荷風は、徹底した、見ること観察する自分の眼以上に何を望んだのだろうか。それは記録と定着だろう。

しかも人並みはずれた執着心で。

たとえば『濹東綺譚』のための、玉の井界隈の呆れるほど詳細な手書きの地図、また気の向くままの遊歩中の風景の素描的スケッチ、なにより、あの『断腸亭日乗』が（多少の創作はあるにせよ）永井荷風という作家の執拗にして膨大な記録、消えゆく記憶の定着ではなかったか。

たとえばことこまかな金銭の出入りや、接触のあった女性を一人ひとり思い出してはリストを作成しているといった記録魔的、度はずれた情熱は、読む人の微笑（苦笑？）を誘う。

第7話 知る人ぞ知る〝好色閨中写真技師〟荷風散人

——望郷の葛飾土産の尾花かな

『偏奇館閨中写影』の本表紙

『偏奇館閨中写影』の函デザイン

荷風とカメラ、写真に関して、おあつらえむきの一著と出合ってしまった。亀山巌著『偏《へん》奇《き》館《かん》閨《ねや》中《の》写《うつし》影《ゑ》』（昭和四十五年、有光書房）。

有光書房といえば、書痴であり、また奇書や性的アングラ系の出版人として知る人ぞ知る、坂本篤の出版社。

著者の亀山巌も正業は名古屋タイムズ社長のかたわら、豆本・秘本の研究家で、また自ら細密な装画、装丁をよくする。稲垣足穂の昭和四十年代の作品『少年愛の美学』（徳間書店）の装丁や『タルホ座流星群』（大和書房）の装画などで、印象に残る仕事をしている。

この亀山巌と奇書出版人の有光書房主人・坂本篤の二人がタッグを組んでの、荷風をテーマとした『偏奇館閨中写影』、なにやら怪しげ、不穏な気配がただようではないか。古書店でこの本を見かけたとき、手に取らずにはすまされなかった。

❖「荷風のカメラ　カメラの荷風」

いわゆる〝私家本〟の趣き。まず、函表紙のデザイン。歌舞伎、文楽の外題（新作以外は〝五字、七字といった縁起をかついでの奇数文字が約束〟）のような『偏奇館閨中写影』のタイトルの右余白に、カメラとそのファインダーには、乳房を大きくせり上げた髷を結った裸の女性と、こちらも裸の男（荷風？）が向かい合っている。

函から本体を引き抜くとハードカバー、タイトル金箔押し。立派な造本の表紙は、着くずした浴衣がけで、二眼レフのカメラを手にする、どう見ても荷風散人とおぼしき男の姿。もちろん、亀山巌による自画自装。本扉を開けば、裸の丸髷の女性ににじり寄るようにカメラを向けている浴衣姿の男――。タイトルが示すごとく「閨中写影」の一シーンなのだろうか。興味津々、本文をチェックすることに。

この書は短いプロローグから始まり、「壱」から「結」の七章からなるが、「弐」の部分で荷風と、この著者の共通するところを語っている。

僕が、荷風のなかにひかれるものがあるとしたら、執拗をきわめた実験主義そのものがあるのみだ。主義などという高尚なものではないかも知れない。実験癖といってよいし、それを駆り立てる好奇心、衒気、気どりの、そのすべてといってもよい。

と、〝実験〟という言葉を二度使って、荷風の性格傾向、つまり性癖にふれ、実をいえば、それらのすべては、僕自身のなかに、もっているものばかりであるからだ。

としている。

ぼく（筆者）が最近、偶然、家の近くの古書店で見つけた昭和四十五年刊（ちょうど五十年前）のこの本では、なんと荷風とカメラのことが語られていたのだ。そして、ここには漢詩を吟ずる荷風とは別の、あまりに〝人間的〟な、カメラを携えた「閨中」に蠢く荷風先生の姿が披露される。まずは、「荷風のカメラ　カメラの荷風」について、

擬古趣味にふける者たちは、結局、文明否定の壁に囲まれることとなって絶望するのが落ちであるが、荷風の場合は、実験という自己制御で危機を切り抜けている。〈中略〉荷風が明治のシンボルである洋傘とともにカメラを愛用し、その終りまで手から離さなかったことは注目してよいことである。〈中略〉荷風が日常のスケッチがわりに、写真のもつ最大の特性である即物性を認めて愛用したことは、特に考えさせられる。

と記し、

文人の事蹟や名勝旧跡の名残りを訪ねる散歩はもちろん、外出のときには、必ず持って出たようだ。

と、くりかえし〝実験〟という言葉を用いて理系感覚をもつ荷風と〝即物性〟機能をもつカメラとの相性のよさにふれている。さらに、

カメラの名前が、初めて日録日乗に出てくるのは昭和十一年十月で、ローライコード入手を記事にしている。

そして、このあと荷風とカメラに関わる艶笑喜劇の一シーンのような馬鹿馬鹿しいエピソードが紹介されるが、こういう話は、より精確な記述にあたったほうが無難かなと思い、荷風研究のための一級資料として評価の高い秋庭太郎『考証 永井荷風』（岩波現代文庫）を手にする。下巻・昭和十一（一九三六）年の項、十月。

翌二十六日夜、荷風はキュウペル（筆者注・荷風行きつけの銀座の喫茶店）において写真機通の安東英男に依頼して一百四円のローライコードの写真機を購った。荷風がカ

メラを手にしたのは大正改元前後であり、その頃荷風の撮影した写真数葉は昭和十年刊『すみだ川』その他に掲載されてもいる。

この文の後に知人・竹下英一夫妻が暮らす借家、職人家の二階二間の物干台での珍事が紹介される。

> この職人の家の前に銭湯があり、竹下の借りていた二階の物干台から女湯が見下《みおろ》されたが、某年某月のある日の昼過ぎ、竹下を訪ねた荷風が、この女湯の光景をひそかに撮影すべく写真機持参で物干台に登り、ピント合せに熱中し、誤って物干台に並べてあった盆栽の一鉢を踏み落すという失敗があったという。
> これは竹下氏の直話である。（傍点筆者）

まるで、遠眼鏡ならぬカメラを手にした間抜けな好色一代男か、現代版「久米の仙人」ではないですか。ニキビづらの中学か高校の色餓鬼ならともかく、いいオトナがよくもまあ……という逸話である。

どうも作家・永井荷風には窃視癖があったようで、ノゾキに対する強い欲求と、ノゾかれることにも関心を抱いていたようなフシがある。

❖内容は桃色珍事の顛末記

亀山巌の『偏奇館閨中写影』に戻ろう。ローライコードを入手した翌年、半年たらずでローライフレックスに買い替え、「暗いところでも写すことができるようになったと、よろこびの態が日録日乗の記事にあふれている」と、レンズの精度が上がったカメラを手にした荷風のご満悦ぶりを記し、

自動露光装置も付いていなかった昔のことで、露出計を使ったとしても、カメラを操る技術は相当のベテランだと想像できる。〈中略〉荷風の場合は、「暗いところでも」といっているように、料亭待合などの室内撮影が多く、友人たちとの酒宴の席でのスナップが残っているほか、昭和十一年十二月十六日の断腸亭日乗に「晩間烏森に飯す。芸妓閨中の写真をとること七八葉なり」と、あるようなことが多い。

と、荷風の人間行為への飽くなき好奇心と、ファインダーごしのノゾキと記録志向（というか性向）にふれている。

じつは、この本の本筋は、荷風が二十三歳の亭主持ちの私娼、渡辺美代子（春日春子、美津子とも）と知り合い、その後、たびたび三人連れで待ち合いに行き、夫婦の房事を荷

風のカメラに収めたという珍事の、顛末の記なのである。

著者・亀山巌はさらに、月々、金を与えている彼女の亭主？　にもカメラを持たせ、自分と彼女との艶技を撮らせたのではないだろうかと推測している。荷風散人、自ら身を挺してのご奮闘。先生、どんだけ人間探求をしたかったのでしょうか。

意外にも荷風は、ご自身も被写体となることも多かった（昭和25年・中央公論社刊『葛飾土産』から）

再度、秋庭太郎『考証 永井荷風』に戻ると、昭和十（一九三五）年四月五日の『断腸亭日乗』からの引用がある。

例の亭主持ちの私娼（この女性、荷風が閨技抜群と折り紙をつけたほどのプロフェッショナルであったから、目を見張るようなアクロバットのようなことを演じてみせたと思ってよい――亀山巌）とのことを記録している。

「……美代子と逢ふべき日なればその刻限に鳥森の満佐子屋に往きて待つほどもなく美津子《ママ》は其の同棲せる情夫を伴ひて来れり。会社員とも見ゆる小男なり。美津子《ママ》はこの男と余とを左右に寝かし五体綿の如くなるまで淫楽に耽らんといふなり。」

〝五体綿の如くなるまで〟がすごいですね。身体髪膚、五臓六腑、もう全身から力が抜けてフワフワというかスカスカというか、多分、彼女のセリフでしょうが、それを嬉しそうに書き記す散人も、やはり凄腕ですよね。

なにやってんだか！

気をとりなおし、戦後の昭和二十五年に中央公論から上梓された『葛飾土産』を手にしている。口絵は荷風が戦後〝隠れ棲んだ〟市川の地。竹垣の前でベレー帽でネクタイ姿、三つ揃いのスーツに足元はなんと下駄ばきという、若き日のダンディな荷風を知る人なら、たとえば作家の石川淳に〝敗荷〟といわれても仕方ない姿で被写体となっている。

人嫌い、徹底した自己韜晦《とうかい》、超俗、隠者志向のはずの荷風先生は、自分でもカメラを持って、閨中ばかりではなく、下町、場末散歩でシャッターを切り、うらさびれた戦後の光景を残してくれているが、ご自身も意外や、生涯を通して数多くの被写体となっている。写真嫌いの漱石、谷崎、さらに下っては小林秀雄先生等にとっては信じがたいことではなかったか。

『葛飾土産』には、荷風の身近な新聞記者や出版社編集者のシャッターによる写真が何点か挿入されているが、そのうちのタイトルともなった「葛飾土産」の、

菅野に移り住んでわたくしは早くも二度目の春に逢はうとしてゐる。わたくしは今心

　待ちに梅の蕾の綻びるのを待つてゐるのだ。

という冒頭の一文の左ページに添えられた荷風散人のうしろ姿が、なんともいい。小高い丘から下の風景を望むシルエット。その写真に、ここは俳句ではなく、短歌が添えられている。

　江戸川の風にちり行く弘法寺のしだれ櫻に惜しむ春かな　　荷風

このうしろ姿が遠く眺めたのは江戸川の遠望だろうか、はたまたカメラを手に新橋・烏森や日本橋・芳町などの待ち合いで痴態を演じたときの過ぎ去った情景だろうか。荷風本人以外うかがい知ることはできない。

荷風とカメラは――ファインダーをのぞいて相手を観察し、定着し、記録しようと目論んだ、永井荷風という作家の貴重な、密やかな陰画をも残すことになった。「ありがとうローライフレックス！」と言わなければならないでしょう。

❖荷風俳諧をトップを切って評価した同時代人

前稿の書き出しにあるように、荷風と俳句について語りたかったのだが、いわば俳句と同様の〝ワンショット〟カメラというメカをうれしがった理系感覚・荷風先生の〝非凡〟なる耽溺、性癖に寄り道してしまった。

さて、荷風と俳句——といったら、すでに少しふれたが、加藤郁乎の編集『荷風俳句集』（岩波文庫）と『俳人荷風』（岩波現代文庫）だろう。そしてこの『俳人荷風』で「荷風を偏愛した詩人俳諧師」として一項を立てられている先行の〝衆にすぐれて潔い市隠学匠の俳家〟日夏耿之介《ひなつこうのすけ》を訪ねなければならない。

郁乎の荷風俳句本に取りかかる前に、気になって仕方のない日夏耿之介『荷風文学』の文章に、まず挨拶したい。

〝異端〟といえば、何人かの物書きが頭の中に去来するが、まず浮かぶのが、この日夏耿之介である。三島由紀夫や澁澤龍彦が敬い偏愛した先達という評判も心得てはいた。といっても、ぼくはこの人の作品をほとんど読んでいない。

にもかかわらず、この作家が「狷介孤高で知られる」「ゴシック・ロオマン体と称される荘重幽玄な作風」「古今東西にわたる深い学識」「鋭い批評力と確かな鑑識眼も希有」（『荷風文学』袖の著者紹介より）という雰囲気の人物であるらしいことも、おぼろげに知ってはいた。

この日夏耿之介を加藤郁乎は「陳套に溺れるのを良しとする荷風俳句を没風流の掃き溜め妄評から救い出し、改めて感賞愛吟したのは同時代人のうち日夏耿之介ひとりあるのみ」（『俳人荷風』より）と記す。同時代人の中で、この日夏耿之介ただ一人が、荷風の俳句を深く認めていたというのだ。
ぼくが日夏耿之介を身近に感じたのは、山梨のワイン「ルバイヤート」の酒蔵を訪ね、この命名者が他ならぬ日夏耿之介であったことをショールームの展示で知ったときであった。

世界の虚無とそれ故の快楽耽溺を四行詩に詠ったのは十一世紀末から十二世紀中葉のペルシャの詩人にして数学者、天文学者のオマル・ハイヤーム。その詩編『ルバイヤート』が山梨の地ワインの名に冠せられていたのである。『ルバイヤート』は戦後すぐ小川亮作訳で岩波文庫から出されていて、この小著は訳詩好きの友人の影響もあり、学生時代から愛読書の一冊だった。

この「ルバイヤート」の名を日本橋髙島屋のワイン売り場で見たときは、とても嬉しかったことを今でも覚えている。もう四十年以上も前のことだ。しかも、その名は可愛らしいハーフボトルのラベルに流麗なペルシャ、というかアラビア風の書体で印刷されていた。以降、「ルバイヤート」のハーフボトルはぼくの常飲するワインとなった。

また横道にそれてしまった。日夏耿之介『荷風文学』に戻りたい。加藤郁乎が「同時代人のうち、ひとりあるのみ」と言った日夏耿之介の「荷風俳諧の粋」を見てみよう。

第8話 荷風俳句の評価に強力な助っ人現わる

——櫛湿めるつゆのあとさき代地河岸

日夏耿之介『荷風文学』を文庫本（平凡社ライブラリー）で読んでいる。加藤郁乎の『俳人荷風』（岩波現代文庫）に導かれてのこと。

このイクヤ氏の絶筆文庫には「日夏耿之介――荷風を偏愛した詩人俳諧師」の一章があるからだ。イクヤ氏の、この文庫本には、他にも秋庭太郎、相磯凌霜、正岡容《いるる》、邦枝完二、籾山《もみやま》梓月《しげつ》といった人たちに、それぞれ一章が設けられている。

荷風作品と接する読者にとって、避けては通れない、というか、素通りしたくない名ばかりではないか。

しかし、ここは横ブレするわけにはいかないでしょう。荷風中心に戻ろう。

日夏耿之介と荷風――引用する。

詩作、翻訳、あるいはキーツ研究ほかに超群卓抜の成果を示した日夏耿之介は早くから十一歳年長の永井荷風に一目も二目も置いてきた。（中略）爾来四十年をこえて文学的友誼をいささかなりとも失わぬ筋金入りの荷風偏愛に徹したのは周知の事実であろう。

と、周知ではなかったぼくにも語りかけてくれる。このあと、続いてすぐに

俳人からぬ圏外俳諧師の英文学者（＊日夏耿之介のこと）がいえば公認の俳人と認め

られずにあった狭斜小説の名手に一肌脱ぎ、一石を投じ、言挙げをせずにはいられなかった趣きである。

とする。もうしばらく、イクヤによる耿之介を。

『黒衣聖母』に代表されるゴスイック・ローマン詩体の詩人が、そもそも、なぜ、かくも本腰入れて荷風俳句論を書いたのか。

とクエッション。イクヤ自ら解答する。こういうことだ。

現代世俗の浅知恵を疎んじ尚古懐旧の情を並外れて重んじる両家に通ずるのはつむじ曲がりの文学志向その精神、それぞれ胸の閊《つか》えを吐き出すには俳諧俳句という手頃の器を重宝がったまでの話だろう。

と、ご自身、荷風、耿之介のお二人に負けぬ旋毛《つむじ》曲がりのイクヤが言う。じつは、この二節の引用文の間に、こんな文章がはさまれている。

俳句初学の青書生だった二十代の筆者（＊加藤郁乎のこと）のごときは他愛なく戸惑

い、加えて現代仮名遣いほかを忌み嫌う日夏独特の用字や叙述に閉口した。

とある。えっ、言語魔界の王、イクヤ氏でさえも？　だったら遠浅雑教養を自認せざるをえないワタクシが尻尾を巻くのも無理はない、当然だろう。

明治 36 年、24 歳の頃。なんともダンディな青年、永井壮吉（荷風）。昭和 24 年・中央公論社刊『雑草園』

❖一人気を吐いた日夏耿之介

うれしくなったので、その耿之介独特の文章をちょっとだけ、先走り的に紹介する。もちろん『荷風文学』からだ（適所に筆者によるルビを付す）。

荷風小史永井壮吉氏、行徑《こうけい》は廉士のごとく、巧技は神品に出入し、色情はもともと蕩子の徒に似てゐるが、かの元大臣大将東條なにかし氏と在所議員某々氏と宮城のお濠の棒杙《ぼうくい》とともに、悉《ことごと》く之れ純粋批判を事とする予にとつては、時間を背らにし、時代精神を媒介として心眼に映じる一箇恬然たる天壌間《てんじょうかん》の客観の庶物にすぎない。

なにを言っているんだか、わかりますか？
明治や大正期の文章ではない。昭和、それも戦後、二十三年一月と記のある文章なのだ。魔神界・耿之介の文章にくわしい人の注が欲しい。でも、なんか、カッコイイので続けて引用します。

永井氏がポオノグラフィックを伴ふ特立の愛國者であり、東條氏が國民精神力裁判刑餘の人であり、在所議員が日比野の原のあくそもくそであり、お壕の棒杙が青宵秋曉そのかげを水上にうつす可憐なる幽客であることは、予にとつて無限の嗜味を發せしめる現實の事實である。

やはり、この文章は、今日となっては、あちこちに〈注〉が必要でしょう。
イクヤ氏の『俳人荷風』に戻る。前文に続けて、

日夏が対象としたのは「自選荷風百句」であり、近刊『おもかげ』に拠った旨を明かしてあるから昭和十三年その年の執筆とわかる。

ここで耿之介が、

落る葉は残らず落ちて昼の月

のやうな、瀟散として空明な、荷兮《かけい》か移竹《いちく》（＊共に江戸の俳諧師）の古句集にでもありさうな、若くはあつても可かりさうな佳句が、率然として眼睛に入る。

と一節を紹介し、これに対してイクヤ氏は、

まず、採り挙げた一句が昼の月であったのはうれしい。繰るたび、溝五位（＊日夏耿之介の俳号）の眼力風気なみなみならぬ俳趣味にあるを覚える。昼の月の句は自選荷風百句と云わず、岩波書店版『荷風全集』に現在可能なかぎり拾い集められた八百余句のうちでなお屈指の作である。

と耿之介の、句に対する眼力と、「昼の月」の句を共に絶賛している。

さて、イクヤ氏の、荷風と耿之介のことについてだが、『俳人荷風』の「序」に注目せずにはいられない。

まず、荷風の俳句がどのような扱いを受けてきたかについて――。

弟子筋に当る佐藤春夫あるいは小島政二郎、兄事した谷崎潤一郎にせよ荷風の俳句を丹念周到に解きほぐした論考はもとより雑筆一つない。俳人の側も至極冷淡に終始、

これまで荷風俳句論などと正面切った考察は一向に為されてない。

と、荷風俳句の身辺の文芸者はもとより、専門俳人の間でも荷風の俳句が完全に無視されてきたことが知れる。しかしイクヤ氏は、こう述べずにはいられない。

荷風の俳句は狭斜《きょうしゃ》左褄《ひだりづま》あるいは教坊《きょうぼう》歌吹海《かすいかい》に材を採り借りるものばかりとはかぎらない。東都旧地の散策に日和下駄を鳴らし、何にも況《ま》して四季変遷の移ろいに目を細める日記魔の作家は昨日は今日の昔を十七文字に書き留めて置く風である。たとえ詠み棄てに類する句だろうと散人にとってそれぞれは『日乗』とひとしく虚実書き付けの徒《あだ》し事でよかったのだろう。

と、荷風俳句世界の、専門俳人には真似しようもない、自在な句に対する姿勢に言及している。これに続く文も、日夏耿之介と荷風俳句のことがらについてである。

スーツ姿に蝶タイ、そして足元は下駄という、アンバランスな戦後の散人の姿。昭和 24 年、中央公論社刊『雑草園』から

イクヤ氏は記す。

世間には取合せの妙がままある。俳人荷風とは云わぬまでもその俳味をまともに捉え、ときには斜に構えて論じた奇特の御仁に日夏耿之介があり、ひとり気を吐いた。

と。さらに、耿之介の、

佶屈聱牙《きっくつごうが》の文体は水と油、荷風を論ずるにふさわしいとは云えぬが、その『荷風文学』に「荷風俳諧の粋」の一篇が割かれてあったのは百出する荷風研究のなかで白眉、異とするに足る着目であり論考であり讃仰であった。

と、耿之介が荷風を〝発見〟したように、今度はイクヤ氏が耿之介の荷風俳句讃仰を〝発見〟している。

三者三様、極めて鋭敏な感覚の偏見家三人が世の優等生的、予定調和的俗世間に対して、うれしくも、攻勢をかけ、それを見事にもバトンタッチしたものである。

❖度肝を抜かれた荷風文芸通観の一章

さて、あらためて日夏耿之介『荷風文学』を手にする。「荷風俳諧の粋」にあたりたいためだが、いきなり目的へのアプローチは、あまりにも余裕に欠け、下品ではなかろうか。ということで、あいさつがわりに本文巻頭の「永井荷風とその時代」に接する。これが、少々オーバーに言えば度肝を抜かれた一章だった。文庫本にして六十ページ弱の、いってみれば荷風文学概観なのだが、著者による、この章の「小引」、プロローグに、この一文の目的が、簡潔、精確に要約されている。

明治以来三代の小説家で、藝術の天禀から観ても時代の象徴として視ても、わたくしの最も留目に値するは、鷗外露伴一葉鏡花の外に荷風があるのみであつた。今までわたくしは、自分の現代心理探求録の目標として、荷風の断片的業績を片れ片れにそれぞれ考察し来つたが、こゝではそれらの総収として縦の遠近法で作品とその背景となる時代との交渉を概見釈義してみたいと思ふ。

その「永井荷風とその時代」――ぼくはいつのころからか、マーカーを手にしてないと文庫本を読むことが困難、という癖をもつ人間となってしまったが、「永井荷風とその時代」でマーカーを引いた部分を適当に書き写してみよう。なるべく短いフレーズを選んでみたが、永井荷風という作家の時代時代の骨肉、素振り、後ろ姿が写し出される。

・只管《ひたすら》面白可笑しき放縦無慚の道楽息子型生活にわれと自らを陥れて、その藝術的目途は戯作にあり、紅葉の雅俗文より柳浪の対話体を喜んだ

・「楽屋十二時」（卅四年新小説）などは後年の筆の暢達を偲ばしめるものがあつた。がこの年齢で夭く世を謝したならば、金富町の役人上りの銀行家のドラ息子の死以外のものではなかつた。

・かくの如き乱行、かくの如き放埒の間に、彼は自分の住む世界と自分との差別を知り、自分の魂のさゝやきをわれと自ら寂しい心持で聴いてゐた。

・荷風は『地獄の花』を一寸文場から称讃されたかたちであつたが、この作品は最も知られてゐ乍ら最も冗駄多辨生硬不均衡な愚作で、之が周知の作となつたには月評子の発言とゾライズムの実践のポオズとが主因

1950年、三笠書房刊。『荷風文学』（平凡社ライブラリー）日夏耿之介（1890〜1971）による荷風論

・『冷笑』で一期を劃するまでの二年間は帰京当初の下駄の鼻緒足指につかざる間であり、半西洋化した荷風が見たる日本を描いた時代で此作者の作者生活の第一歩をなした。

・モラリスト彼が、社会に対する批評的探求を有つてゐた事はいふまでもなかつた。彼はそれを擲《なげう》つて、自惰落に身を処すれば身の内心の底が涼しいといふハラであつた。

・荷風はふかく苦悶せずに綿々と悲哀して、その悲哀に酩酊する詩人であつた。悲哀の陶酔も亦彼の享楽の一分岐であるやうな印象を付へたのであつた。

・荷風本来の持味は、むしろ短中篇の前期なら『見果てぬ夢』『すみだ川』、この期なら『花瓶』『妾宅』の類の抒情調がよく代表してゐた。

・かゝる男女の生理と情欲とを前後左右から仮借なく洞察検討して之を撮影する労をいとはぬ技師のやうなしぐさをする。

・私娼お雪（＊『濹東綺譚』の主人公）と「わたくし」といふ昭和聖代からころげ落ちた一人の餘計者との淡泊な情的いきさつの淡彩長巻を通し、目に見る如く鮮かにふかい感慨を籠めて、後世への佳き贈り物として残された。

・『つゆのあとさき』の諸篇はこの老作者の老境に入るに従つて、珍らしく、日本人には全く珍らしく少しもゆるまぬ愛慾相への関心の程度をば、幾つかの変つた筆致説話法で表してゐる。

・たまに意識して諷諧の筆を用ゐると大概は大に失敗する。『おかめ笹』中のある条《くだ》りがそれである。静かな客観者の呼吸を整へると、女妖君江（＊『つゆのあとさき』の登場人物）の半生伝を物する場合のやうに大に功を奏する。
・偏奇館吟草の主観は、浅くひよろついて締りなく一向に昔の骨がない海月《くらげ》の歌である。

❖遠慮会釈などもとより無用！

どうでしょうか、荷風という作家の、断片的とはいえ、あれこれが見えたのではないでしょうか。

ぼくにとっては、この、日夏耿之介による「永井荷風とその時代」は、まさに、このタイトルどおりの、とてもありがたいオリエンテーションとなった。荷風世界が一望できる一巻の絵巻物であり、また矢継ぎ早の機関銃的連発、鋭い批評文でもあった。

前菜のつもりで箸を取ったら、その味覚とボリュームにすっかり感銘を受け、圧倒され、堪能、脱帽の「永井荷風とその時代」であったが、本稿の主眼は「荷風俳諧の粋」の章である。

耿之介大人、荷風俳句を取り上げ語るこのイベントが嬉しくて楽しくて、また、ときにジリジリと腹立たしい様子で、ぼくは、この耿之介の文章に接していて、天才的ボクサーの繰り出すパンチを連想してしまった（たとえばバンタム級世界チャンピオンの井上尚弥といった）。オーソドックスなトレーニングを存分に積み重ねた技倆あってこその華麗なフットワークと、刺すような鋭いジャブ、またショートフックの連打、そして時に重たいボディーブロー。

荷風俳句を偏愛する詩人俳諧師・日夏耿之介は、偏愛するがゆえに、『荷風俳句』を味読し、感嘆し、耽溺し、また身もふたもないほどボロクソに評する。

愛と、それゆえの苦言に、余計な遠慮会釈など、もとより無用なのでしょう。

第9話　日夏耿之介と加藤郁乎が荷風俳句評価の狼火《のろし》をあげる

——おもかげはマスクの上の眼の色香

日夏耿之介は荷風俳句を、昭和十三年、岩波書店刊『おもかげ』中の「自選 荷風百句」から取っている。また、直近では二〇一八年、中公文庫『麻布襍記』の巻末附として「自選 荷風百句」が収録されている。

はじめに耿之介は荷風の俳句を「ざつと江戸座直系の、かなり投げてもかゝつた、あくの抜けた事を心得すぎた作句といふやうに鳥渡《ちよつと》考へられもするが」と、軽く前フリした後に、「事実は必ずしもさう許《ばか》りでないから興がある」とし、「冬の部」の中の、

落る葉は残らず落ちて昼の月

を挙げ、ここはイクヤ氏も引用しているが、「古句集にでもありさうな、若《もし》くはあつても可《よ》かりさうな佳句が、率然として眼睛に入る」とホメていることは前号でも記した。また「いま一つ」として、

「自選 荷風百句」が収録されている中公文庫『麻布襍記』。表紙の写真は麻布区市兵衛町（現在の港区六本木1丁目）にあった偏奇館。昭和20年3月10日の東京大空襲で焼失

昼月や木ずゑに残る柿一つ

の「秋の部」の、こちらも「昼の月」の句を紹介しながら――「これらのすずろなうらさびしさは、江戸期俳諧も漸く本道に入つてから特別に目に付く独自の詩境で、古く万葉になく続万葉になく八代集になく、近世の連歌になく、芭蕉に迄もない」――と、荷風俳句の独自世界、佳句を挙げ、日夏大人ならではの自説を開陳してくれる。ありがたく、目出度い出だしだ。

さらに江戸期の俳人、山本荷兮《かけい》の、

木枯や二日の月の吹きちるか

を挙げ、「さびしみの描写に一図に遊ぶこれ旨とすと言つた按排《あんばい》の句境は絶えてない」と手放しの褒めようだ。蛇足ながら、「二日の月」は「二日月《ふつかづき》」ともいい、仲秋、陰暦八月二日の月で、夕方、わずかの時間だけ西の端に細く光り沈んでしまう細い月とか。

湯帰りや灯ともしころの雪もよひ

は「代地河岸にどんぶり隠れてくらす身のやすさがあり、それ以上の描写の美とロオカル・カラアの味とがある」と、これまた高評価。「代地河岸」は今日の柳橋一丁目。ところが「垣越しの一中節や冬の雨」となると、「何とも救ひ方のない素人的拙劣」「この程度の拙句は外にも少くない」と、じつに手厳しい。

また、

よみさしの小本ふせたる炬燵《こたつ》かな

についても「道具足らずで共感と聯想《れんそう》とが淋しく乏しい」とし、

遠みちも夜寒になりぬ川むかう

にいたっては、「たるみが極度に走つて、言葉のあやばかりか、句尻の調子善悪の撰択さへ忘れてゐる」と、読んでいるこちらに、ジトッと冷汗が出るくらいの喝！　を入れている。荷風さんが、この耿之介の評に接したら、どう思ったかしら。

耿之介は「しかるに」と言葉を続けて、「それらの凡作と一見全く同じやうな凡境でゐるらしい」次の句、

浅草や夜長の町の古着店

には「只夫《ただそ》れ調和の佳なる故に、想像力が忽《たちま》ち集約的に揺《ゆる》がされずにゐられぬものがあり」としている。

荷風の読者ならよく知る、

葉ざくらや人に知られぬ昼遊び

や、

芍薬やつくゑの上の紅楼夢

は「ともに氏らしい句として、その小説を知る人は北叟笑《ほくそえ》むで読み返してもみる事であらう」と、耿之介先生ご自身がほくそ笑んでいる表情がうかがえる。

さて、結びに近く――「荷風句集の佳句といふものは思つたより案外其数《その》が尠い。只夫《ただそ》れ極めて少いが、それは氏ならでは作られない、よしんば作つても、他人であつては一向に味の沸かず、美の発しない句ばかりである」――という。

そうなのか、一つの句が、ある人から生まれれば味わい深く、別の人では単なる凡句となるのでしたか！

耿之介詩人俳諧師は結びとして、

紫陽花や身を持ちくづす庵の主

を挙げ、

そのやうに寛々《ひろびろ》と、そのやうに世を晦《くら》まして、そのやうに自信を以て、衆俗衆愚に対する市隠荷風の手すさびなればこそ、この句に色合と含蓄とが生じて、読む人に一味のコクのある悲壮感をば投げかける。

そして、

よしんば荷風百句のことごとく回禄《かいろく》（＊火災に遭う）に帰しても、この句たまたま一句遺つて後生まで荷風文学の髄脳を端的にものがたるであらう。

と結んでいる。

なにか〝美の司祭たる〟（『荷風文学』帯より）耿之介大人、やはりカッコイイ。

❖「偏奇館吟草」は骨がない海月《くらげ》の歌？

この耿之介先生の句集一冊『婆羅門《バラモン》俳諧』（昭和十九年、昭森社刊。千五百部限定）を所持しているが（旧き知人というか畏敬する古本道の先達、内堀弘氏の石神井書林の目録から入手）、その句にふれるかどうか迷っている。ま、独り、この溝五位（耿之介の俳諧号）の句を選句したりして楽しんで、次に進むのが無難でしょうね。この先生に対して訳知り風の半可通は許されない。今様「酢豆腐」はシャレにもならないでしょうから。

日夏耿之介大人、いまさらながらではあるが一筋縄ではいかない。油断がならない。前号、この先生の『荷風文学』の中の「永井荷風とその時代」で、

偏奇館吟草の主観は、浅くひよろついて締りなく一向に昔の骨がない海月《くらげ》の歌である。

という一節があり、それを紹介し、「骨がない海月の歌」とは、かなりヒドイことをおっしゃるな、と思い、こちらもヘソ曲がりゆえ、そこまで言われるならと「偏奇館吟草」をあらためてチェックしたくなった。記憶をたどって、昭和二十一年、筑摩書房からの『来訪者』を手にする。やはり巻末に「偏奇館吟草」が収められていた。扉に「昭和

十八年十月編」とある。いつもの癖で、まずは植物関係や庭の字句に目がゆく。

「偏奇館吟草」巻頭の第一詩「夏うぐひす」は「樫の葉」の付け句ではじまる。

　樫の葉かくれ夕まぐれ。

第二詩にも植物が詠われている。

合歓の葉は今しづかに眠り
合歓の花に露はかゞやく

また、他の詩にも、

絶望は老樹の幹のうつるより深し

小春の空の晴れつゞき。
返りさく山吹に蝶も舞ふなり。

風はなぎたり庭にでて

落ち葉かきつゝふと見れば
橡《とち》の木の間にきらめく燈火
きのふの風けふの雨
河岸の柳は散つている。

晝顔つゆ草猫じやらし
まかぬに生る草の花

夜の魂は木立を覚し
木立の精《せい》は人を呼ぶ

とキリもない。荷風散人の吟草は、しばし草木に目をやり樹木の音を聴く。一篇「暮《ぼ》春《しゅん》の庭《には》」と題する詩もある。
また、草木に限らず、

われは生まれて町に住み濁りし水のくされゆく
岸に杖ひく身にぞありける。

で、よく引かれる「堀割《ほりわり》の散歩《さんぽ》」や、日比谷線三ノ輪駅近く、〝吉原遊女投げ込み寺〟浄閑寺の墓地に碑が建てられている有名な「震災」も収録されている。この詩の中の「われは明治の兒ならずや。去りし明治の兒ならずや」は「偏奇館吟草」を代表する詩として知られている。

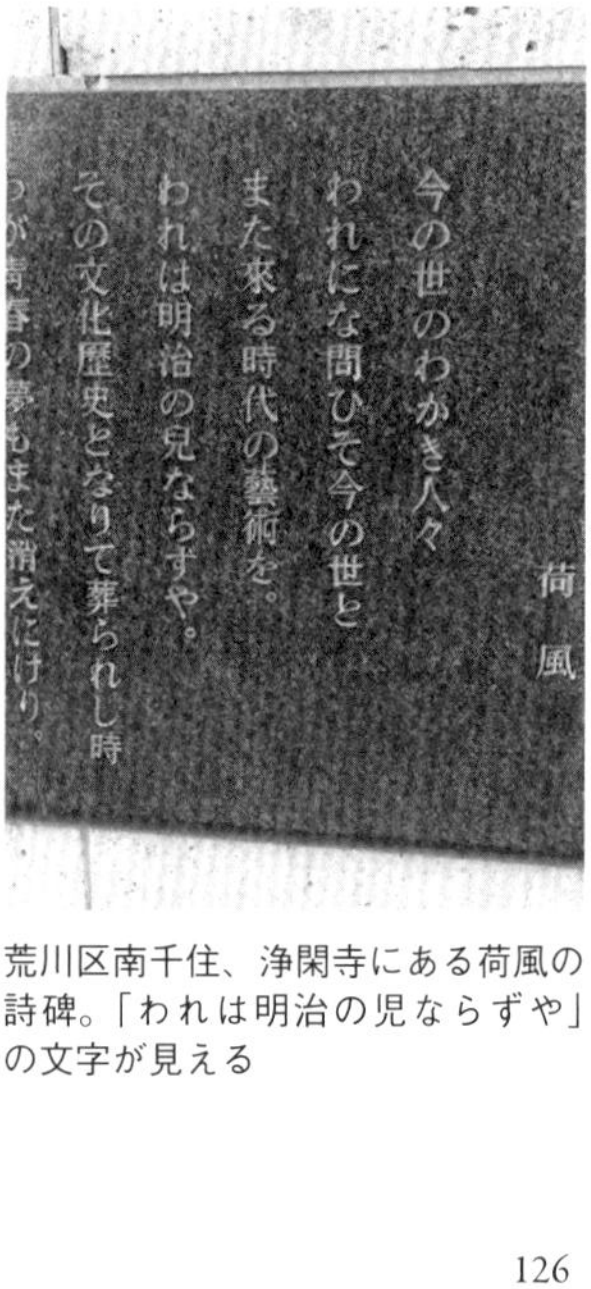

荒川区南千住、浄閑寺にある荷風の詩碑。「われは明治の児ならずや」の文字が見える

ところで――日夏先生が、この詩集を「昔の骨がない海月の歌」と酷評したのだが、なんと、この「偏奇館吟草」には、荷風ご本人による、その、骨のない海月が登場していたのである。題して「海月の歌」。つまり耿之介大人、ちゃんと荷風先生にあいさつを送っているのですね。さすがに技がありますねぇ。単なるベタ足の、小手先だけのジャブのような優等生的陳腐な批評などではない。

❖やはり耿之介大人の『婆羅門俳諧』を見る

そんな耿之介、俳号・溝五位の句集『婆羅門俳諧』（昭和十九年・昭森社刊　千五百部限刊）のページをやはり開くことにする。辛口、強面《こわもて》、狷介不羈《けんかいふき》、そして荷風の俳句を初めて認めたご仁、本人の俳句を見てみたいと思いませんか。

タイトルはすでに記したが、いかにも溝五位にふさわしく（?）『婆羅門俳諧』。この句集を手にしつつも、句会で人の句を選句するようには、しっかり句と対面しない。流し読みでゆく。目に留ったものとして、「悼山本元帥二句」のうちの一句。いきなり字余り。

ひとありて春空にかがやきつ神のごとく

「鵠沼病中六句」のうち

春の風蟹と遊べば蟹悉く笑みまけつ

御陵やすな地を程る小提燈

「其画に題ス（ドウヤラ古句ニ似タケハヒモ之アリ）」

魚一寸草三寸のかすみかな

「根本氏婚賀」

春立やうめの根本にむめを種うる

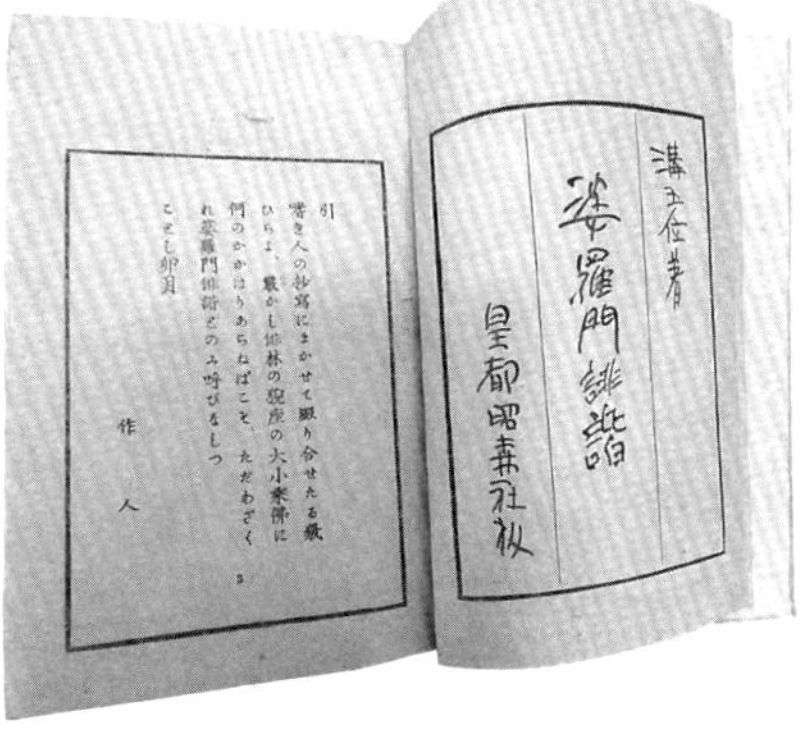

日夏耿之介（俳号は溝五位）の句集『婆羅門俳諧』。
戦時中の昭和 19 年刊行。本文・全 74 頁

「今宵銭無シ」
嚢裡應無一貫銭はるのかぜ
李夫人をいだけば夜半にちるさくら

「象徴派古意」
蟬なくや諳《い》厄《ぎ》利《り》亞《す》牡丹ゆるるほど

「寒林独座草堂曉」
冬ざれてたましひ氷るあしたかも

「紅毛長崎絵」
紅毛のふらここゆする小春哉

などなどという句境、意外とマトモ。また俳句の前の詞書きは文人俳句の特徴でしょうか。これを、説明過多として嫌う専門俳人もいますね。

それはともかく、句について、ひとつだけ。「紅毛の――」の句に接したとき、鏑木清方の築地明石町の居留地を背景とした挿絵や、あの名品、美人画の傑作「築地明石町」をぼくに思い出させてくれた。

『荷風文学』の著者、そして「荷風俳諧の粋」の一文を草した日夏耿之介に関しては、つい先日、神保町の古書店三茶書房の棚に昭森社刊『本の手帖』（一九六八年 No.78）〈特集日夏耿之介〉をみとめ入手。

また、年の暮、三鷹の居酒屋へむかう途中で立ち寄った水中書店で、素晴らしい造本、大著の井村君江著『日夏耿之介の世界』（二〇一五年、国書刊行会刊）と出合い、手にする。奥付をチェックすると、なんと、この装丁は、加藤郁乎大人に連なる句風で自らの豪華な句集を持つ、『銀座百点』句会の句友であり、東京場所桝席での相撲見物仲間、毘沙門天の怪人・間村俊一氏ではないか！

句は句を呼び、人は人を呼ぶ。しかし、日夏耿之介の周辺はこのくらいで切り上げて、荷風の俳句に戻りたい。しかも、庭や草木に関わる句に。

❖『荷風俳句』の中のおびただしい種類の植物群

すでに何度か記したが、昭和十三年、岩波書店刊の『おもかげ』巻末に「自選　荷風百句」が掲載される。

この「荷風百句」に詠まれた植物、花を摘み、列挙する（「第十二話　荷風と花」）という快挙を試みたのが、『荷風文学閑話』の著者、高橋俊夫、ということもすでにふれた。

では、「荷風百句」ではなく、それ以外の草木、庭つながりの句を、加藤郁乎著『荷風俳句集』（岩波文庫）に訪ねてみよう。句の頭に付されたナンバーでいえば、明治三十二年の１１９から昭和二十七年までと「年次未詳」を加えた８３６まで。

七一八句すべてチェックしました（途中で何度か眠くなるが）。そして、庭や草木関連のことばがあるものにはマーカーでライン。あるある、すべて書きうつすつもりはないけど、まあ、行ってみましょうか。

「そで垣」「手水鉢《ちょうずばち》」「石竹《せきちく》」「小庭」「梅」「卯の花」「渋柿」「若楓《かえで》」「葉櫻」「撫子《なでしこ》」「柿のはな」「菊」「冬木立《ふゆこだち》」「桜」「植木鉢」「萩」「枯蓮《かれはす》」「椎の実」「草の海」「屋根草」「かれ葉」「冬の庭」「常盤木《ときわぎ》」「石蕗《つわぶき》」「敷松葉」「垣根」「秋草」「蘆《あし》」「海棠《かいどう》」「牡丹」「竹」「土筆」「紫陽花」「夏草」「散柳」「かぶら」「秋海棠《しゅうかいどう》」……と、そろそろこのへんで止めたいが、「荷風百句」１１８句以降、１１９句から３０４番目の「秋海棠」までの計一八六句のうち、植物や庭関連用語が重複を除いても三八句に登場する。なんと五句に一句の割合となる。くりかえすが、二度、三度の場合はカウントしていない。

３０３の「秋海棠」でチェックを止めたのは、たまたまで、この植物が他ならぬ断腸亭の由来なる「断腸花」の別名だから。このあとも、先に記したように掲載の荷風句は８３６まであるので、庭や植物関連の句は、同様に登場する。

どれだけ、庭や植物に目が行く荷風だったのか。こうも句の中に、それらを登場させたかったのか。ところが、日夏耿之介も加藤郁乎も、ことさら、荷風の句と庭、植物に対しては言及していない。意識にあがっていなかったフシがある。そんなことより、一句一句の出来や好みに注意が向いていたにちがいないし、また、句鑑賞としては当然のことだろう。

そして日夏耿之介は荷風句の中の秀逸として、この一句を挙げる。すでに紹介ずみの句ではあるが、

紫陽花や身を持ちくづす庵の主

――「随筆のなかさながらの口跡で、やんわりと直截に自己を談つてゐる佳句の雄の雄なるものである」――と絶賛、ここに登場する植物が紫陽花でなければ成り立たないことを、少々ムキになっていると思わせるくらいに、こう力説する。

身を持ちくづすと敢て中音で仄かに言はねばならぬところに、この句が産れなければならぬ秘密があつた。その秘密は一に紫陽花やの五文字に懸つて存する。

他の植物、草木ではダメなのだ、と。

この花、あぢさゐでなくては折角口を衝いて出た身を持ちくづすが頓と生きない。外の如何なる五文字を倩ひ来つても、此句の本情とする句品はたやすく生れ出ない。

と――。そこまで耿之介大人に一句を見定められた「身を持ち崩す」荷風散人、もって瞑すべしというべきか。

それにしても散人、たいへんなご仁から贔屓《ひいき》にされたものだ。ところで、不要不急をかこつ人は、この「贔屓」の語源を調べられたし。「贔屓」という名をもつ中国、伝説上の妙な動物が登場する。それが、どこか日夏耿之介大人を思わせる、などというつもりはありませんが。

第10話

芭蕉一辺倒では江戸俳諧の再評価は不可能

――兄弟子の草履揃える野心かな

詩人にして評論家、また短詩型表現の異端傑物、イクヤーク、あるいはイクヤーノフ・加藤郁乎（一九二九〜二〇一二）が、ついに絶筆に至る、偉大な小著、文庫本『俳人荷風』と『荷風俳句集』を手にし、『俳人荷風』の中、日夏耿之介――「荷風を偏愛した詩人俳諧師」――が、きっかけとなって、日夏のイナセな、荷風俳句（というよりやはり俳諧か）理解と、この異貌詩人の偏奇空間を垣間見て、少しく時を過ごしてしまった。

荷風に戻ろう。荷風の俳諧世界に戻ろう。散人の五七五世界をたずねることにしよう。くりかえしになるが、荷風俳句の網羅一冊となれば、やはり加藤郁乎『俳人荷風』しかない。

❖江戸俳諧を再評価したイクヤ大人

荷風の俳句は〝月並み〟、作家の手すさびの句として、これまで専門俳人や文芸評論家から完璧なほどみごとに無視、軽視されてきたわけだが、その江戸以来の〝月並み〟と滑稽句の研究第一人者が、誰あろう、この加藤郁乎であった。

わが本棚から、郁乎、江戸俳諧三部作をおもむろに引き出す。〝おもむろ〟と言ったのは、気持ち的には〝ヨイショ〟と心の中で自分に声をかけないといけないくらいの大著、重さだから。その三部作とは――。

・『近世滑稽俳句大全』（一九九三年、読売新聞社刊／函入／六九八頁）
・『江戸俳諧歳時記』（一九八三年、平凡社刊／函入／六九八頁）
・『俳諧志』（一九八一年、潮出版社刊／函入／六三二頁）

の三冊。これを書棚から下ろし、いっしょに胸にかかえて机の近くまで運ぶ、このドッシリとした重力感の嬉しさ、めでたさ！　さ〜て、（久しぶりに三冊をあれこれ、チラ読みしてみるか）というおだやかな胸のときめき（これでまた、原稿は進まず、春の一夜を過ごしてしまう。これでいいのだ）。

　三冊、なんの考えもなしに順不同で列記してしまったが、すぐにこの誤りに気づかされた。世の中、郁乎大人に対する受容の時間の経過、というものがあるだろう。どの本が先に刊行されたか、

イクヤ氏の俳諧３部作。軽視され続けてきた（？）江戸俳諧への思いが、この大著に結実。３冊合わせると束は約 14cm。ちなみに『広辞苑』は 8cm

というのは、とくに著者にとっても読者にとっても、当然、そう軽々しいことではなかった。

というわけで、まず刊行順に『俳諧志』から。装丁は田村義也。この人ならではの、強い押し出しの文字組みながら、下品にならず格調がある。表紙はざっくりした布製。これだけで嬉しくなる。内容は——。三冊とも、ごくごくざっと流したいので、よろしく。

というわけで、「小序」と目次から。まず「小序」の書き出しは、

四季の別いちじるしく、それぞれの風趣景物に恵まれてきた日本人はいまになお、月を見、花を思うのこころを失い忘れていない。そして、花鳥風月を愛する風流心の絶えぬ一方、滑稽また諧謔をこのむいわば俳おどけごころの折ふし働いてあるのも周知のことであろう。

と〝俳おどけごころ〟という、今日、耳なれぬ言葉を用いて——「面白きことある時興に乗じて言い出し、人をも喜ばしめ我も楽しむ」（松永貞徳『御傘』の序より）——俳諧における滑稽の重要性を、この巻の冒頭で語りはじめる。

江戸俳諧の、まさしく正しき再評価であり、これが近・現代俳人には不真面目な態度であり、陳腐、月並みな句としてしりぞけられてきた。

不真面目さはともかく、江戸の遊びごころを尊ぶ、永井荷風の句も、一見、疑うことな

く〝月並み句〟として軽視、看過されてきたにちがいない。江戸俳諧に精通する加藤郁乎だからこそ、このような荷風の句に親しみ、句集を編んだのも納得がゆく。

この『俳諧志』、目次をながむれば、宗祇、宗鑑、貞徳、西鶴、そして芭蕉、其角――と、ズラリと江戸俳人の名が並ぶ。この一巻を机上に置いて、目次からぼくが拾い読みした俳人の名は、池西言水、秋色、山本荷兮、横井也有、松岡青蘿、酒井抱一、高桑闌更、細木香以などなど。なぜ、ぼくは、この俳人たちに特別興味をもったのだろう？　自問自答は、この際スルー。

次の『江戸俳諧歳時記』に移らねば。こちらも「序」、書き出しの一行目から、郁乎大人はピシッと見栄を切ってきます。

江戸風流を語って江戸俳諧にふれずでは片手落ち、不風流没趣味にすぎよう。

草庵また市井に隠れ勝ちの人物俳諧師を探るのはひそやかに胸おどる楽しみ、いまのこされた俳諧研究くさぐさのうちでも唯一最大のよろこび快事であろう。

――と。また、

と、この未踏の芸林を歩み、探求することのなによりの娯《たの》しみと誇りを語る。そして郁乎大人の指摘したいポイントは、ここだ。

これまでの芭蕉中心、いや芭蕉偏重にすぎる俳諧研究談義の姿勢では江戸俳諧の再検討に不向き

とバッサリ。「不向き」とは、能力の優劣以前の問題なのである。研究者として、もともとが〝不適格者〟ということだろう。いってしまえば絶望的ではないか。でも、実際が絶望的だとしたら仕方がない。ご当人たちが、まったく自覚していないところが幸いなるかな、極楽なのだろう。郁乎大人の文言を続ける。

深川のあら物ぐさの翁みずからは江戸寄留者のひとりにすぎぬと合点納得した上でないと

として、素堂、杉風、其角、嵐雪の名や、そのほかの〝風流子〟のことにも思いをいたし、ときに、たとえば――

風流第一人、晋子其角は決して蕉風その下風に立つひとではない。江戸俳諧の心意気ともいうべきいさぎよい担懐洒落また滑稽真趣味を淡々吐いて示したことでは師翁芭

蕉をはるかにしのぎ、禅道などの助けを借りず風流篤厚の俳一義に徹した
と、宝井其角を強く再評価する。ちなみに先の「深川のあら物ぐさの翁」とは、もちろん
深川に草庵を結んだ松尾芭蕉のことでしょう。また〝禅道などの助けを借りず〟は、禅味
を蕉風とした評価への軽く鋭いジャブか。

❖鍛えられた俳人こそ〝滑稽〟を忘れない

この「序」で郁乎大人は江戸俳諧に対する深い理解を示し、横行する浅学《ワケシリ》、無理解の風
潮に立ちはだかる。そして、取って返す刃が、荷風の句の再評価なのだ。
この、分厚い『江戸俳諧歳時記』の巻頭、「春」に掲げられた例句の先頭は、

鐘ひとつ売れぬ日はなし江戸の春

もちろん其角の句である。
郁乎大人による解説、注は、そこらの学者、研究者も尻《し》っ尾《ぽ》を巻いて退場するしかない
だろうが、ぼくにも、ここで、くわしくふれる余裕も能力もない。
され、最後の一冊、と啖呵売《タンカバイ》めくが『近世滑稽俳句大全』。たしかに、こちらもまさし

く〝大全〟。もう「序」も略す。本文の構成は「春・夏・秋・冬・新年」と歳時記仕立て。いや、しばし待て。やはり「序」の一部でも。文字が目に飛び込んでくるので。

猫の妻へついの崩れより通りけり

という、よく知られる句の他二句を挙げ「芭蕉は滑稽の初心を忘れぬ俳人だった」——と、イクヤール・カトール大人（郁平氏、いろいろな名で称せられる）の其角好みはあっても、芭蕉への評価もまた少しも崩さない。ケチくさい結社、党派体質とは無縁なのだ。こんな一節も、目に入ってしまう。

俳本来の滑稽を忘れぬ初心こそ、折ふしのわび風流に通ずると肌で感じているのが鍛えられた俳人というものだろう。

また、

滑稽句のおもしろ味よろこびを知らずして俳句の滑稽を云々するなぞそれこそ滑稽千万なのだが

と、滑稽句を一段下に見ようとする俳句世間の未熟な青臭い傾きに対し、〝滑稽の初心〟という〝イクヤ基本用語〟を用いて、その非を指摘する。

本文ページをパラリパラリと開いて、挙げられている句を見てゆく。うわぁ、桜のところを開いてしまった！

これは何句あるのかしら。数えたら（もちろん一回だけだけど）一九〇句ほど。

庭掃も慰《なぐさめ》になるさくらかな　尾頭
ちる時に又ほめらるゝ桜かな　北溟
世の中は三日見ぬ間に桜かな　蓼太
油断して花に成たる桜かな　樗良
花の雲鐘は上野か浅草か　芭蕉
叱らるゝ所迄行け花の庭　素洗
見事なる人の独りや花の下　傘下
花ざかりちるより外はなかりけり　樗堂
下戸はそも人に酔也山ざくら　吐月

これまたキリもないので、もう一句だけ。

毎日の春を毎日花がちる　　北川

うち「世の中は―」の句は「三日見ぬ間の」と覚えているし、「油断して―」は「花に成たる」ではなく、「咲いてしまった」と。また、「花の雲―」の、あまりに有名な芭蕉の句も滑稽句に入るのか、と再認識。

にしても「毎日の―」の句、なんか素直というか、まんまで、いいですねぇ。滑稽とは、まさしく初心というか、童心に通うものがありますね。ことばの、したたかな遊戯、手技《てわざ》を堪能しつくしての初心、童心。郁乎大人こそが編むことができた〝大全〟でしょう。

❖「蟹股の神は豪放ライラック」

さて、少しは道を急がねば。人生の夕暮れは、釣瓶《つるべ》落とし。

イクヤご本人の〝論より証拠〟の句を、少しばかり紹介して、本丸の『荷風俳句集』、それも、そのうちの草木、庭にかかわる句を味わってゆくとしよう。

で、郁乎句――。こちらは、先の日夏耿之介異魔神の句よりも、さらに覗きカラクリ的というか万華鏡気味だ。さっきまで読んでいたイクヤ江戸俳諧本の、まだしもマトモな文体、記述が懐かしくなる。

どっかへ行ってしまったかと思っていたが出てきた郁乎本のうちの句集から拾ってみよう。

四月、やらはれ矢場のやたがらす
ライラック來　蟹股の神ら

『えくとぷらすま』（一九七四年、西澤書店刊）の一ページ目、三句の中の二句。ちなみに、もう一句は、トップを飾る、

落丁一騎對岸の草の葉

作者のイクヤ氏はともかく、モトネタも出典も（同じか）もじりもねじりも、こちら、イクヤ言語空間の身内でも、同病でもない、ぼくには分からない。分からなくていい。もちろん、説明など一切、あるわけない。俳句、だもの。ただ、ことばの断片などが相撲部屋の朝稽古のダイヤモンドダストのように霧状に光っては消える。

「落丁」「一騎」「對岸」「草の葉」――やはり、まんまか。「落丁」は、ぼくにとって職業用語。「草の葉」はどうしたってウォルト・ホイットマンを思ってしまう。

「四月―」の句は「や音」。江戸風俗の「矢場」と日本神話の「八咫烏《やたがらす》」のセット。ちな

神武天皇と八咫烏。戦前の子どもにとっては、この図像は親しいものだったのではないでしょうか

みに、このカラス、ご存知のように弓を持つ神武天皇の先導役をつとめている。私娼の場でもあったという「矢場」と「やたがらす」は、「弓」という点で縁がなくもない。

「ライラック――」の句は、やはり分からないけど、笑った。「笑った」ということは、つまり、ぼくなりに分かったということになるのでしょう。

この句を〝自分に対して〟説明してあげる。

「ライラック來」は、読んで音の如し。蟹股《かにまた》は、このように、めったに漢字で見ることはない。ガニマタだ。「ガニマタ」ですよ！　この語が古今の和歌、俳句世界に一回でも登場したことがあるのだろうか？　ま、「神」は「内股」でも「蟹股」「神股」でも不思議はない。神にマナーなどはいらない。「神」「ガニマタ」となると、上に戻って「ライラック」は、ガニマタの神の豪放ライラックを予感しても失礼にはあたらないでしょ。

ま、そんなことを一句一句、楽しんでいたら、また夜が明ける。イクヤ句集、もう一冊だけ。偶然なのか、これまた『えくとぷらすま』刊行の同年、昭和四十九年、『えくと――』より一ヵ月後の天眼社刊『出イクヤ記』。

冒頭の句は、

　春分や四十五年を午後の國

定型でホッとするけど、「四十五年」が……。次の、

　リラリラと前世からの射精かな

リラリラは、そんな感じ？　ま、射精も、もともと前世からの使い回しでしょうから。

次の、

　キ印の木を伐りつつも牧ひらく

分からないけど、「牧ひらく」で、なんか明るい予感。もともと「木」は形態的にも「キ」印し。ほかだって、たとえば「目」は昔の眼科の看板のように「目印」でしょうし。――と、まあ、こういう絢乱剛華たるイクヤ的言語宇宙でのお神楽《かぐら》舞踏振りですから、あれこれ知りもしない他人《ぼく》が言ってもはじまりません。とにかくイクヤ俳句、こんな塩梅。そそくさと退却して、むしろ本丸に逃れたい！　『荷風俳句集』だ。

❖草木には冷たかったか、異魔神と異星人

ふぅー、やっとここまでたどりついた。庭よ、庭の立木よ、草たちよ、少々ご無沙汰いたしました。

荷風先生の世界となります。思えば、日夏耿之介異魔神、加藤イクヤ異星人、ご両人、渦巻く教養、はっそう飛び的遊戯感覚、サイン15度的鋭角的知見を披露していただいたもののの、ご両所に惜しむべきは荷風先生のごとき庭や草木に対する執着はさほどなかったかのような。

ま、そんなことはどうでもいい。ともかく『荷風俳句集』を開こう。いいですねぇ、荷風の句。庭や草木じゃなくてもいい。でも、ここは為《タメ》にしても、草木系の句をチェックしてみましょう。

「自選 荷風百句」の植物関係は、すでに記したように高橋俊夫による『荷風文学閑話』の「荷風と花」での、貴重で嬉しいチェックと言及がある。

ただ、この百句のなかにも、可愛らしかったりして、好きな句があれこれあって紹介したくなる。

羽子板や裏絵さびしき夜の梅

永き日やつばたれ下る古帽子
昼間から錠《ぢやう》さす門《かど》の落葉哉
しのび音も泥の中なる田螺哉

これまた、拾ってゆくとキリがないなあ。可愛らしいだけじゃなくて、なにやらしっとり、秘めごとめいた艶句もあるし。

しかし、やはり「百句」は飛ばそう。

「百句」を除いた荷風俳句は、明治三十二（一八九九）年から始まる。――明治三十二年といえば、永井壮吉・荷風二十歳。

のちの荷風散人にとって、また荷風俳句にとっても、じつに重要な年である。

・広津柳浪の門をたたく
・落語家六代目・朝寝坊むらくに弟子入り、三遊亭夢之助と名乗り高座に上がる
・『萬朝報』の懸賞小説に当選、作品が新聞に掲載される
・友人から巌谷小波を紹介され、小波が主宰する俳句会「木曜会」会員となる
・十八歳で入学した一ツ橋高等商業学校付属外国語学校を欠席が多いため除籍される

という年、永井壮吉が荷風という成虫に〝変態〟する、そのタイミングであった。

第11話

荷風——貪欲な博物学者にも似た横顔

——愛妾の物言う唇《くち》か断腸花

父の期待にそむいて、自ら永井家の、恥さらしの息子となろうとする下降志向――。

明治三十二（一八九九）年、荷風、このとき満二十歳。（※以下満年齢で）落語家・六代目朝寝坊むらくに密かに弟子入り、三遊亭夢之助と名乗るが、たちまち親にそのことが知られて引き戻される。父・久一郎は当時、日本郵船上海支店長という要職にあり、社会的に名士の家である。

❖二十歳、「壮吉」から「荷風」への船出

同じくこの年、既述のように、『萬朝報』の懸賞に応募、小説が掲載されることとなる。さらに巌谷小波率いる「木曜会」に参加、当然のこと俳句とも親しむことに。永井「壮吉」が、荷風となるスタート、あるいは、逸脱変屈軟派人生航路の船出の年となる。

その明治三十二年、荷風弱冠二十歳のときの句が、加藤郁乎編『荷風俳句集』の巻頭に収録されている。

　飛ぶ螢簾《すだれ》そで垣手《かきて》水鉢《うづばち》

このときは「螢」を題に五句作っているが、その中の「後《うしろ》向く女の帯に螢飛ぶ」の視線が、すでに荷風俳句の一貌を示している。双葉より芳し、か。

同じ年「石竹」の題で五句。うち、

石竹《せきちく》や貸家の椽《えん》のくさりたる
石竹のわけて目に立つ小庭かな
石竹や河原を急ぐ旅の人
階《きざはし》に石竹植ゑし異人館

凡人であれば、まだ学生気分抜けきらぬ歳だろう。この年頃で、この句の老成ぶり。次の年、荷風二十一歳、懸賞小説、次々当選。永井家に〝ご注進〟する者あって、落語家の弟子から引き戻されていた荷風は、今度は、当時、歌舞伎座立作家であった福地桜痴（源一郎）の弟子となり拍子木の入れ方から学ぶ。

卯の花に歌よむ人の住ひけり
渋柿の花咲く裏の厩《うまや》かな
情なう蝸牛《まひまひ》落ちて石の上
撫子やすこし日のさす庭の隅
石の上に香《かう》の煙や若かえで

翌三十四年、福地桜痴とともに銀座尾張町の日出新聞社に入社するも、社内の人間関係のいざこざですぐに解雇。

このあと飯田橋の暁星学校の夜学でフランス語を学ぶ。日本郵船上海支店長の父の影響下の一ッ橋清語科から、心はいよいよフランスへと向かう。句作に心がまわらなかったのか、収められている句は四句だけで、そのうちの一句、

淡雪や水涸れ果てし池の石

と淡雪に優しい思いを寄せている。それも涸果てたとはいえ「池の石」あってのことだろうが。

翌明治三十五年、荷風二十三歳、この年も作句は少なく、収められているのは、やはり四句のみ。うち二句が「柿のはな」「卯の花」と、植物関係。

井戸端の物干す上や柿のはな
裏道の卯の花散るや水たまり

他の一句に、

肌ぬぎのむすめうつくし心太《ところてん》

と、未熟な若者らしい俗な句も残っている。しかし、これもまた、のちの荷風の一面を思わせる句か。

❖荷風流、生き方の路線定まる

にしても、この年は低調。しかし、文芸方面では、初の書き下ろし作品、エミール・ゾラの影響を受けたと思われる『野心』『地獄の花』を出刊。また、父・久一郎の弟、つまり叔父・阪本釤《さん》之助（このときは福井県知事）をモデルとしたスキャンダラスな小説を発表、本人より絶縁される。

——と、句作は少ないものの荷風の生き方の路線が自ずと定まった年となる。なお、このモデル小説の一件もあって、父は壮吉の渡米遊学を思い立ったのではなかろうか。社会的に地位のある父（や家族）がドラ息子を外国へ遊ばせるという、今日まで続く、わかりやすいパターンではある。

ところで、この年の『地獄の花』は『文藝界』の懸賞募集に応募した作品で、入選こそ逃したものの七十五円の原稿料を支払われ、金港堂から出版されることになる。のちに森鷗外と初めて会ったときに、鷗外からこの『地獄の花』を読んでいたことを告げられ、激しく感動する。以来、荷風の、鷗外への信奉の念は鷗外の死後も変わらず抱きつづけられる。

荷風俳句に戻る。明治三十六（一九〇三）年、荷風二十四歳。アメリカ遊学が俳句にも反映する。こうしてみると荷風句は、意外と思われるほど、身辺写生句といえるものが多いのかもしれない。この年は十一句。第一句は、なんとローマ字表記。ローマ字日記を綴った石川啄木ですかぁ。

Kanenaruya, Fuyunomakibani, Hinokururu.

日本語にしてみると、「鐘鳴るや冬の牧場に陽の暮るる」。なんとも絵葉書的な、コメントのしようのない句である。気を取り直して——。

凩《こがらし》や電車過ぎたる町の角《かど》
菊さくやペンキ古びし板がこひ
窓あけて見るやそこらの冬木立

このあと「クリスマス」の句が三句あるが、やはり略す。

霧にあけて初日も見ずにしまひけり
腰まげてジャップが申し御慶哉《ぎょけいかな》

以上となるが、「腰まげて——」の句には、なにやら彼の地での、日本人の卑屈な姿を思い抱かされる。自ら「ジャップ」という蔑称を用いる一方、「御慶（おめでたき新年のあいさつ）」という、江戸の春を思わせる言葉を借りてきている。

このときすでに荷風、先進の西欧文化と、それを追随、猿真似する日本人の醜悪さに気づいてしまったようだ。にしても海外の地でも（いや、日本を離れたからこそか）、「菊」や「冬木立」に視線を走らせ、句に詠い込まずにはいられない荷風がいる。

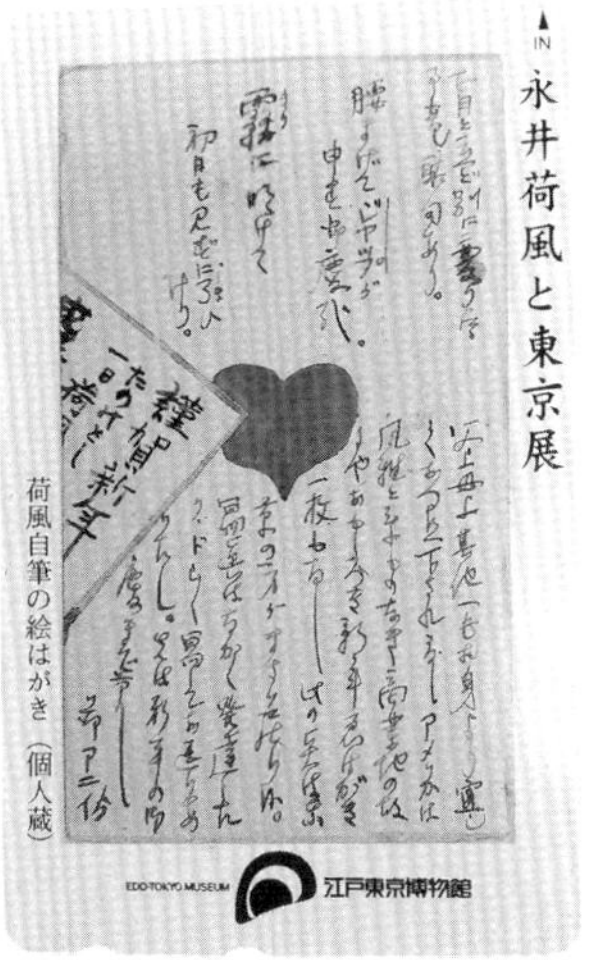

1999年、江戸東京博物館「永井荷風と東京展」のテレホンカード。アメリカからの絵葉書をアレンジしたもの。ジャップの句が見える

この年、アメリカのタコマでハイスクールに通う。『夢の女』を発表。翌明治三十七年にはセントルイス万博など見物、またワシントンで日本公使館に職を得た（といっても臨時雇い）。ここで踊り子であり、娼婦のイデスと知り合い、淫楽にのめり込む。軟派の道楽息子、所を得た。

謹厳な父の目も届かない。
この年はたった二句。

亜米利加《あめりか》の野や冬枯れて三千里
桜散る小道に暑の午睡《ごすい》哉

「桜散る——」の詞書にわざわざ「駄句」の二文字が。荷風、まだ若い。老成を気取っても、しょせんは父の金で海外に遊ぶドラ息子の域であったか。

（途中略して）二十八歳（明治四十年）、憧れのフランス・リヨンに。フランス行きは、荷風にとって、父・久一郎に着せられた選良のコートをさらに一枚脱ぎ捨てる契機となる。

昭和８年・中央公論社刊、谷崎潤一郎『青春物語』中の永井荷風

❖新帰朝者として一躍、フットライトを浴びる

荷風俳句に戻って言えば、明治三十七年の「亜米利加の——」と「桜散る——」の、たった二句から、次の明治四十二（一九〇九）年まで四年間、『荷風俳句集』には一句も収録されていない。なにが彼を俳句から遠ざけたのか？　多少気になる。憶測で言ってし

まえば、米そして仏からの帰国前後のドタバタと、帰国後の〝新帰朝者〟としての文壇からのモテっぷりだろう。

このあと、バターの香りをたっぷりと身に染めた、洋行帰りの荷風は、逆に数年間、ごぶさたしていた俳句に立ち戻る。

明治四十二年に、ふたたび『荷風俳句集』に句がお目見えする。

十二句。句を見るかぎり、欧米生活のバター臭さ、一時は淫楽におぼれたイデスの体臭を、隅田川の川風と日本の遊里の白粉の香りで洗い落とそうとしたかの塩梅。十二句中、まずは五句を掲げてみよう。

鶯や床の間暗らき植木鉢
春寒き大川筋の橋普請
廓出てあき地通るや春の水
取られたる財布の中の守札《まもりふだ》
萩咲くや敷石長き寺の門

もうバター臭さも、イデスの体臭もかなり抜けたご様子。なかでも「取られたる財布」は、（こう来ましたかぁ）と、脱帽というか、技巧秀でた句ではないですか！

明治四十一年から四十三年（荷風二十九〜三十一歳）、帰朝後、『あめりか物語』『ふらん

『あめりか物語』表紙。1908（明治41年・博文館刊）年、荷風はフランスから巌谷小波に出版を依頼した

す物語』、そして発禁となる『歓楽』と、もう荷風は、とうにかつての、プレッシャーを受けつつも父の手の内にいる壮吉ではない。まばゆいまでのフットライトを浴びる洋行帰り、気鋭の若き文学者である。

　四十四年の三句。

ゆあみして爪きる春のとまりかな

枯蓮にちなむ男の散歩かな

椎の実の栗にまじりて拾はれし

　もう、「ここまで来ればサクセス！」とばかり、句でも、三句目の自嘲めいた句も含めて、余裕というか、謙虚のふりはしつつポジションを得た者ならではの大見栄を切っている。それこそ、ここまでくれば、『荷風俳句集』を読むこちらも、ことさら荷風散人の年齢などにこだわらずに、本命であったはずの草木や庭にかかわる句を拾ってゆこうか。

　しかし、

春の雨小窓あくれば草の海

のあとに、庭関連ではないものの、どうしても紹介したくなる――

売文の筆買ひに行く師走かな
亡八に身をおとしけり河豚《ふくと》汁
焼もちの老伎に狎《な》れて今朝の冬
春行くやゆるむ鼻緒の日和下駄

といった、つい右脳か左脳かに染みついてしまう印象深い句がつづられる。
ところで、この間の荷風散人の身辺、公私の生活、いや性的生活のしっちゃかめっちゃか、ヘルタースケルターぶりを参考までに記しておこう。

❖書き写していても煩わしくなる乱脈ぶり

・明治四十三年（三十一歳）　森鷗外、上田敏の推薦により慶應義塾大学文学部教授に。『三田文学』を創刊。新橋の芸者・八重次（藤蔭静枝）と知り合う。
・明治四十四年　『三田文学』七月号と十月号が発禁に。

・明治四十五年（大正元年）　父の差配で湯島の材木商の娘・斎藤ヨネと結婚するも、八重次との関係も続行。父・久一郎、脳溢血で倒れ重態。このとき荷風所在不明（八重次と箱根におしのび旅行中？）。
・大正二年　新年早々、久一郎死去。父の死後、ただちにヨネと離婚。
・大正三年　友人・市川左団次夫妻の媒酌で、かねてからの愛人・八重次と結婚、母弟と住む永井家に引き入れる。これが理由となって弟・威三郎と絶縁。『三田文学』で『日和下駄』連載開始。
・大正四年　八重次、荷風の元を去り、芸妓に戻る。しかし〝焼け棒杭に火〟関係は続く。
・大正五年　慶應大学の職を退く。浅草旅籠町に別宅。八重次にかくれて新橋の芸者・米田みよを身受け、この家に囲う。
・大正六年（三十八歳）のちに荷風生涯の偉業と評される『断腸亭日乗』スタート。

これだけ、身辺、波乱万丈というか不届千万というか、あれこれあれば、日録のつけ甲斐もあることでしょう。大正六年、『断腸亭日乗』が始まったことは、あとから考えれば日本近・現代文学史、また世相史、風俗史にとって実に重要な出来事であった。

翌大正七年の五句のうち、四句は庭関連となる。

松の花筆洗ふ水捨てにけり
夕風の吹くともなしに竹の秋
竹椽に主なく如露《じょろ》と箒《はうき》哉
つゆ晴れの暑き一日《ひとひ》や鳳仙花

残るもう一句は、

粉薬《こぐすり》を呑む口吹くや初嵐

この句を詠んだ散人は、すでに米田みよと別れ、神楽坂の芸伎・中村ふさを身受け、大正六年から七年にかけて、年の暮、売却する前の余丁町で暮らしている。

まあいろいろ出入りの忙しいことで、荷風俳句と、数種の年表と、秋庭太郎『考証 永井荷風』や松本哉『女たちの荷風』などを、並行してチェックするのが煩わしくなる。なにせ、そのあと四十代に入ってからも「中村

荷風と関根歌。荷風は麹町三番町の芸娼妓だった関根を1927(昭和2)年に身請、待合を営ませた

ふさ」「田村百合子」「清元秀梅」「今村栄」「野中直」「大竹トミ」「古田ひさ」「関根歌」「山路さん子」「黒沢きみ」「渡辺美代子」等々と関係し、しかも隠れて同時進行の場合も荷風にとっては特に珍しいことではない。こういった生活が、いわゆる還暦のころまでほとんど途切れることなく続く。こうして名を記しているだけで、つい一人笑いしてしまう。

しかもこれらの他に、いわゆる悪所の青線・赤線、狭斜の地でのその日かぎりの交情は、また別というのだから、なにをか言わんや。荷風先生、どこかで——自分は浮気性で飽きっぽいので、ひとりの女と半年ももたない——とか豪語？ していたが、これを単に「浮気」とか「飽きっぽい」と言って済まされるのだろうか。この多彩、多量、多重の女性たちとの交情は、いうまでもなく常軌を逸脱している。無軌道にも程がある。並の好色漢の可能なことではないだろう。

なんなんだろう、荷風散人の、この、女性との行為に対する依存症的好奇心、淫事に向かうあくなき〝交情心〟は？

❖観察・考察・調査・実行（実験）そして記録

行為——と言ってみたが、それは単に自分の性行為そのものを指すだけではない。すでに紹介ずみだが、他人のそのような行動、姿態を〝視る〟ことにも、異常なほどの情熱を示している。

愛機のカメラを手に、なじみの私娼夫婦の痴態を撮影したり、愛妾（関根歌）に旅館を営ませ、そこに泊まりに来た男女の行為を、あらかじめほどこしておいた隣室の覗き穴から、必死に観察、鑑賞するという、手間ひまかけた涙ぐましい努力を惜しんでいない、これはただ、肉体的な性欲の問題なのだろうか。

観察・調査・実行（実験）、そして記録――しかも可能なかぎりのバリエーションを採集、収集する。

荷風の姿に、貪欲な博物学者のシルエットが浮かぶ。

第12話

『日和下駄』にナチュラリスト荷風を見る

――春の書は「一名　東京散索記」

まずは楽屋噺でごめんなさい。

この稿の雑誌での連載がスタートするきっかけは、世によくあるごとく、編集部の提案。編集長I氏の「連載タイトルは〝荷風の庭〟ではどう?」という言葉によって現実となった。こちらとしては、テーマは理系感覚、ナチュラリスト荷風、と思い定めていたものの、気に入ったタイトルが定まらずに連載は始められない。そんな気持ちになれない。そんなときに、雑談のなかからIさんの〝荷風の庭〟では? という言葉で、雲が晴れた。Iさんのアイデアに乗っかって、それに〝庭の荷風〟と付け足した。

庭は「ば」とも読み、単に庭にとどまらず空間を示す。荷風研究の基本資料の著者、秋庭太郎(あえて氏を略す)は、アキバ姓。饗庭のアイバやアエバも同様。このへんのことは連載時の冒頭で記したようなおぼえが。

それというのも、永井荷風という作家にふれればふれるほど、もちろん、世評の〝不世出の文芸の人〟という評価だけではなく、ぼくなりの視点から、もう少し別な角度、アングルというか偏光というか、この連載の、当初のサブタイトルとして「したたかな〝理系感覚〟を持つ」という言葉を添えたい思いがあったのである。

本当のことを言えば、〝文系〟とか〝理系〟とか、あまり意味はない区分けだろう。自分の経験でもあるが、これは受験科目の違いにすぎない。

ぼくは、ぼくなりの理由があって、いわゆる理系を受験して、その系統の学部に入ったが、いまだにパソコンはじめデジタルが超苦手で、この原稿も神楽坂下の山田紙店(惜しくもしばらく前に閉店）の原稿用紙にマス目を埋めてゆく手書きで、編集部に多大な迷惑をおかけしている。

話は荷風だ。

これまで〝理系〟というキーワードを、かなり強引に、手形の裏書き的に、荷風の文芸世界を楽しもうと目論んできたわけで、また、それを証明するような材料をピックアップ、あれこれを提示、というより（気持ちとしては）展示してきたのだが、連載開始早々、自分自身の腑に落ちるキーワードがもう一つ、ふと浮かんでくれました。

普通の言葉だ。

〝理系〟とともに、荷風にふさわしい言葉は〝ナチュラリスト〟ではなかったか。

❖ナチュラリストであり、文化人類学的でもあり

前号の巻末の、「観察、調査、実行（実験）、そして記録――しかも可能なかぎりのバリエーションを採集、収集する」は〝理系〟でもあるし、〝民俗学的〟でもあるし〝文化人類学的〟でもあるが、（荷風は、もちろん、根っからの文芸の人に他ならないが）その背骨に〝ナチュラリスト〟の感覚があったのではないか。

そして、その対象がたとえば、なんでそこまで？　という、女性への接触や交歓であったり、かの『日和下駄』における「淫祠」「樹」「路地」「崖」であったり、また庭や空地

や、道端の樹々や草花への言及であったりしたのではないだろうか。
そうでした！　忘れぬうちに、その庭や樹や草花、貴重な荷風俳句を（ぼくの勝手な選で）既出の句も含めて、ざっと紹介しておきたい。うるさいようだが、句中の草木、庭関連には「　」をつけた。

「秋草」やむかしの人の足の跡（大正14）
たまに来て看るや夕日の「冬の庭」（大正15）
鉢植《はちうゑ》の「海棠《かいだう》」散るや唐机《たうづくゑ》（昭和2）
「牡丹《ぼたん》」散つて再び竹の小庭《こには》かな（〃）
「紫陽花《あぢさゐ》」や身を持ちくづす庵《いほ》の主《ぬし》（〃）
「夏草」の匂ひも闇の夜ふけ哉（〃）
芋の葉に花を添へたり「秋海棠《しうかいだう》」（〃）
「独活《うど》」掘るや程良《ほどよ》くふりし雨の後（昭和4）
庭下駄《にはげた》のゆるむ鼻緒《はなを》や「萩」の露（昭和5）
「コスモス」や在家《ざいけ》に似たる寺の垣（〃）
「八重梅《やへうめ》」のおそき眺《ながめ》や木芽垣《このめがき》（昭和6）
「木犀《もくせい》」の香《か》を待つ宵の月見かな（〃）
渡場《わたしば》におりる小道や「冬の草」（昭和7）

長雨や庭あれはて、「草紅葉《くさもみじ》」（昭和9）
春寒き闇の小庭《こには》や「沈丁花《ぢんちようげ》」（昭和10）
北向《きたむき》の庭しつかなり「散松葉《ちりまつば》」（〃）
何もなき庭も年経《としへ》てわが「楓《かえで》」（昭和12）
「山茶花《さざんくわ》」や生れし家の「垣根道」（昭和16）
縛られて「竹」にたよるや「菊の花」（〃）
掃《は》きて焚《た》く「夏の落葉」や夕月夜《ゆうづくよ》（昭和18）
窓の燈《ひ》や「落葉」音《おと》する夜の雨（〃）
百舌《もず》なくや「竹」ある庭の朝あらし（昭和19）
植木屋の辦当箱《べんたうばこ》や「草紅葉《くさもみぢ》」（〃）
下駄草履「籾《もみ》」ほす門の秋深し（昭和20）

以上が大正から昭和、終戦の年までの句。

葛飾《かつしか》に住みて間もなし「梅の花」（昭和21）
鶯《うぐひす》や借家の庭の「はうれん草《さう》」（〃）
「牡丹《ぼたん》」散つてまた雨をきく庵《いほり》かな（〃）

年次未詳の句の中から、

市ヶ谷《いちがや》の八幡《はちまん》仰《あふ》ぐ「木《こ》の芽」かな
名も知れぬ路地の稲荷《いなり》や「桐の花」
「竜胆《りんだう》」や山の手早く冬隣《とな》る

長々と引用、ご容赦。これでもしかし、散人ならではの愛しい句であっても、植物関連以外の、当人の身辺や心情を伝える句は、ここでは惜しみながらも外した。

挙げた植物関連の句の数々は、まさしく「荷風の庭 庭の荷風」の証左といえ、また『日和下駄』ほか、荷風随筆の一条を思いおこさせる作句の、嬉しい控といえる。

ということで、一見、〝月並み〟の荷風の句は読んでいて、どれも気持ちよく、一句一句、じっくり味わいたいが、さすがにこのへんで、「庭の荷風俳句」の列挙はいいでしょう。

❖『日和下駄』にナチュラリスト荷風を見る

話は、その『日和下駄』での荷風の〝ナチュラリスト〟ぶり、〝理系感覚〟を覗いてみたい。

『日和下駄』――この荷風随筆の代表作は、文芸的な散歩から生まれたものであることはもちろんのこと、くどいようだが、ナチュラリスト荷風の側面を伝えてくる。

　ここでも、荷風の姿勢は、懐旧の哀傷とともにある心情を吐露しつつも、一方、変わらず観察、実験（行動）、洞察、思考（感想）、採集、記録をやめようとはしない。単に感情や頭でっかちの観念ではなく、つねにフィールドワークの人なのだ。

「日和下駄」は、岩波文庫『荷風随筆集』（上）で読める。三百ページ足らずの文庫には「日和下駄」の他に「伝通院」「夏の町」「霊廟」「銀座」「葡萄棚」「礫川徜徉記《れきせんしょうようき》」「向嶋」「深川の散歩」「元八まん」「里の今昔」「鐘の声」「放水路」「寺じまの記」「葛飾土産」「水のながれ」「向島」等十六篇の、東京風景の現実と懐旧の随筆が収められている。

「日和下駄」が収められている岩波文庫『荷風随筆集』（上）

　編者は（解説も）、この人も実証的東京文芸散策の強《したた》かな実践者、また荷風世界の理解者では人後に落ちない作家・野口冨士男。

「伝通院」以下、編者によって執筆時代順に選び配列された荷風随筆に、あれこれ、ふれたい誘惑にかられるが、ここはまず

「日和下駄」から、カラコロ（日和下駄はカラコロと音がしないか。カタコト）ゆったり歩き出してみたい。

「日和下駄　一名東京散策記」。その「第一」。荷風文芸に少しでも親しむ人には、嬉しくも親しい書き出しである。

改めて引用したい。この文庫の本文扉の荷風自身による画文の一節。ここでは、判型の制約もあってか、図版はかなり縮小されているが、ぼくの手元の昭和三十二年、東都書房刊の『日和下駄』では、折り込みのカラー口絵で楽しむことができる。

それにしても荷風先生、書はお手のものとしても、戯画の味もなかなかのもの。着物姿にハンチング、歯の高い日和下駄にコウモリ傘という散歩スタイルの自画像、まさに隠遁文士の面目躍如。さて、その書き出し。

『日和下駄』（昭和32年、東都書房刊）にある折り込みの口絵（実物はカラー）。散歩スタイルの自画像と自筆書き出し

人並はずれて背《せい》の高い上にわたしはいつも日和下駄《ひよりげた》をはき蝙蝠傘《こうもりがさ》を持って歩く。いか

に好《よ》く晴れた日でも日和下駄に蝙蝠傘でなければ安心がならぬ。これは年中湿気《しっけ》の多い東京の天気に対して全然信用を置かぬからである。

❖まるで気象予報士の天気概況

この、「東京の天気に対して」「信用を置かぬ」で、のちの『濹東綺譚』での、驟雨に見舞われたときのお雪との出会いを思い出させてくれる。ちなみに『日和下駄』の刊行は一九一五（大正四）年。『濹東綺譚』は一九三七（昭和十二）年。「信用を置かぬ」東京の気象が、『濹東綺譚』で主人公の傘の中に、洗い髪のお雪を誘い入れる。『日和下駄』の続きを読もう。

春の花見頃午前《ひるまえ》の晴天は午後《ひるすぎ》の二時三時頃からきまって風にならねば夕方から雨になる。梅雨《つゆ》の中《うち》は申すに及ばず。土用《どよう》

『濹東綺譚』中の木村荘八によるあまりにも有名な挿絵。主人公とお雪の出会いの場面

に入ればいついかなる時驟雨《しゅうう》沛然《はいぜん》として来《きた》らぬとも計《はか》りがたい。

まるで、気象予報士の天気概況である。しかも、

尤《もっと》もこの変りやすい空模様思いがけない雨なるものは昔の小説に出て来る女子佳人が割《わり》なき契《ちぎり》を結ぶよすがになり

と、「昔の小説」どころか、図らずも？　自らの二十年以上も先の『濹東綺譚』の前説をしていることになる。

「閑話休題《それはさておき》」と荷風先生が断ってくれているので、そのつづきの一節。

日和下駄の効能といわば何ぞそれ不意の雨のみに限らんや。天気つづきの冬の日といえども山の手一面赤土を捏返《こねかえ》す霜解《しもどけ》も何のその。アスファルト敷きつめ銀座日本橋の大通《おおどおり》、やたらに溝《どぶ》の水を撒きちらす泥濘《でいねい》とて一向驚くには及ぶまい。

❖関東ローム層の東京ならではの日和下駄の出番

この短い一文で、東京の地質、またそこからくる街の様子、営みも端的に説明される。

関東の土は鉄分を含んだ黒い土で、「赤土」は関東ローム層の地であり、それが冬の霜柱を生む。京都の花崗岩系の〝白砂〟は霜柱を生じにくいので苔の生育をさまたげない。関東ローム層の土地では、よい苔は育たないので、西芳寺のような苔寺はありえない。アスファルトの道に「やたら溝の水を撒きちらす」のも、この砂ぼこりの故である。そして荷風は自慢気に？

私はかくの如く日和下駄をはき蝙蝠傘を持って歩く。

とのべる。たしかに、荷風が描いている『日和下駄』の巻頭の口絵では、歯のかなり高い日和下駄と蝙蝠傘が「どうですか！　私は東京の気象、環境をよく心得ているでしょう」と言いたげに描かれている。

先にちょっとふれた昭和三十二年、東都書房刊の『日和下駄』には、戦後の荷風が信頼した数少ない友人、相磯凌霜による『「日和下駄」余話』と題する小冊子が付されているが、ここに「日和下駄」と題して、日和下駄の写真とともに、その説明が記されている。

ぼくも、浅草や銀座、赤坂見附にあった下駄屋（履物店）の前を通ったときに、「日和下駄はありますか」と聞いたりしたのだが、どうも要領を得ない。どうでもよいことのようだが、相磯凌霜による一文を読んでみたい。

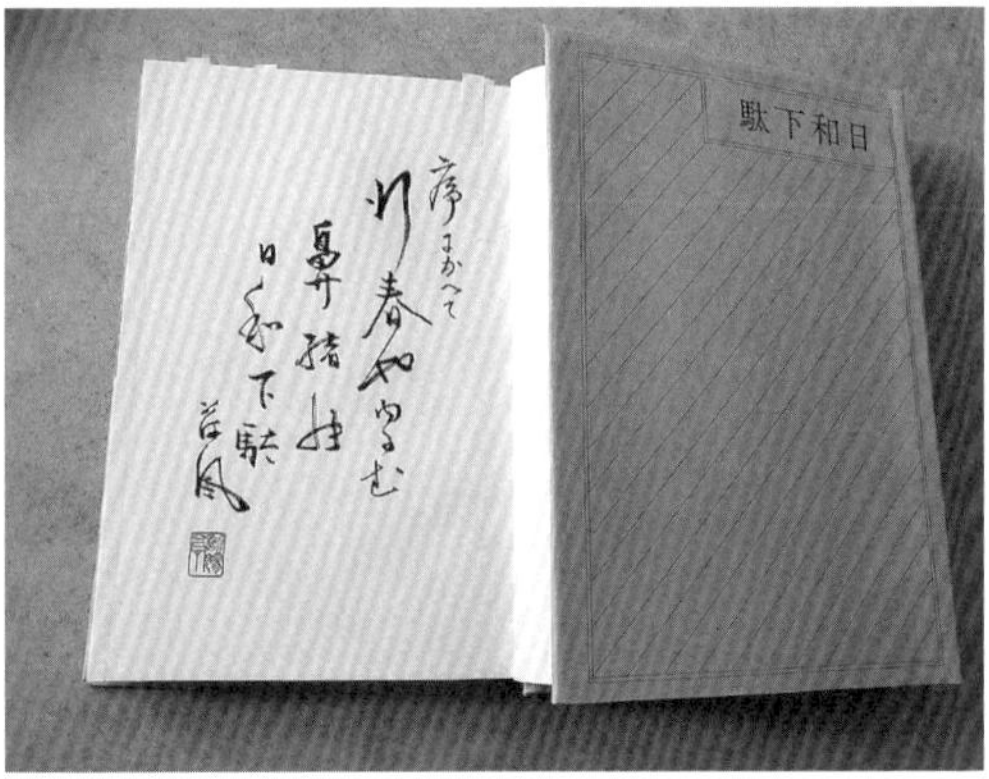

昭和32年、東都書房刊『日和下駄』の序にかえての句「行春やゆるむ鼻緒の日和下駄」。もちろん句も書も荷風による

東都書房版『日和下駄』に別冊として付された相磯凌霜の『「日和下駄」余話』、文中の日和下駄写真

> 日和下駄　題名となって居る「日和下駄」を履いた事のある方は今では五十過ぎの方以外には、そう多くはおいでにならないであろう

くりかえすが、これは昭和三十二年刊行の記。それから六十年以上たった、この令和の時代、「五十過ぎ」でも日和下駄を履く日本人が何人いることか、いや、多くの人はぼく同様、日和下駄が、いかなるものかも知らないだろう。凌霜氏は記す——

柾《まさ》のよく通った幅の狭い桐の臺に赤樫の歯を填《はめ》た下駄で（中略）下町の粋好《いきごの》みの人に愛用されたもので、兜町の人なぞが結城《ゆふき》の上下《うへした》に黒八の前かけ、日和下駄と言ふ拵《こしら》えが澁い好みとされて居た様

とのこと。

「兜町の人」かぁ。いわゆる株屋さんですね。と、すると、池波正太郎さんなんかが小僧のころは、そういった恰好の、人物に会えたのかもしれない。「日和下駄」の説明のあと、荷風のことが語られる。

❖下駄の鼻緒の生地を選んで特注

先生は好みが中中やかましく、當時東京でも名の通った店、つまり新橋の阿波屋か會津屋、京橋大根河岸の長谷川と言った一流の店で買はれた。極く吟味した糸柾の臺に鼻緒は出來合の物ではお氣に召さず、わざわざ切地《きれぢ》を見付けて新規に作らせると言ふ凝《こり》方であった

なるほど！　東都書房版の『日和下駄』には「序にかへて」として、「行く春やゆるむ鼻緒の日和下駄　荷風」の書と「断腸亭」の印が押されているが、この「ゆるむ鼻緒」

は、ときに荷風散人自らが切地を選んで作らせたものだったわけか。

やることがダンディーですね。

若き日のポートレイトに残されている、ハイカラーにボヘミアンタイの姿は、時が変わりコウモリ傘と日和下駄となったとしても、その美意識、ダンディズムは健在だったようである。

そんな荷風の姿を語り残してくれた相磯凌霜については、のちにふれることになるだろう。荷風をめぐる、もっとも重要な人物の一人であるから。

第13話　老樹のリストアップにも〝記録魔〟の本領発揮

——鐘の声根岸の里の御行松

さて、荷風『日和下駄』。

小説ではない、この本格的な意味としての、随筆？　エッセイ？　に、どれだけ多くの物書く人が言及してきたことでしょうか。で、ぼくも尻馬に乗る。とはいえ気分次第のぼくのこと、すべての項目に、あれこれふれるつもりもないので、第一の「日和下駄」の次、「第二　淫祠《いんし》」は、今回は飛ばそう。とはいっても好きなんですけどね。向島近く、育った家のあったあたり、自転車でプラプラしたりしていると、小さな赤い鳥居があって、そこだけ、なにやらビミョーな雰囲気。左右に白い陶器や石で形どった狐さんがいて、その前に小さな御神酒の杯なんかも置いてある。あるいは神社の階段を下り切った脇の○○地蔵。

「淫祠」というと、今日の語感でいうと、なにか「○○秘宝館」のアンテナスポットみたいに受けとられるかもしれませんが、そんなことではない。荷風散人は、「石地蔵」「願掛けの絵馬」「お稲荷様」「石の媼様《ばあさま》」などなど、町の片隅にひっそりとある淫祠を紹介する。ま、それはいいとして、問題は、この章の一文の書き出し。

❖「裏町を行こう、横道を歩もう」

句読点を入れて、たったの十四字。

——裏町を行こう、横道を歩もう——

まいりました！　この十四字に、荷風さんの人生、また、命そのものが詠われているじゃないですか！　挑発的にして、ありがたき〝裏町横道人生訓〟である。

ぼくは、この言葉を百円ショップで買った短冊に筆ペンで書きうつし、積んだ岩波書店『荷風随筆』の上に立てかけている——そんなことはどうでもいい。

文庫本で二ページほどの短い「淫祠」の文中に、ちょっと、こちらの注意をうながす、ある言葉が、さりげなく置かれている。

淫祠は、

「昔から今に至るまで政府の庇護を受けたことはない」

「銅像以上の審美的価値がある」——。

ぼくが戦前の文芸関係の思想をチェックする立場の人間だったら、この二つの文言は見逃さないだろう。反国家、反体制の気配を発しているからだ。銅像に関しては、次の「第三　樹」の項にもチラっと出てくる。都市の中の醜さの例として。散人は偉そうな政治家の銅像をかなり敵視している。日本近代国家

町の片隅にある、庶民の信仰の証、地蔵や庚申塚とか。写真は、ぼくの本置場の近く、散歩エリアの道沿いにある「子安観世音」。花や飲み物が欠かさず手向けられている

権力の表徴として嫌悪したのだろう。

「淫祠」は飛ばして……などと記しながら未練がましく言わずもがなのことをのべてしまった。『日和下駄』、次の「第三　樹」にうつろう。これはまた「荷風の庭　庭の荷風」に恰好のテーマではないか。

❖東京の都会美は樹木と水の流れにあり

「第三　樹」は一片の俳句から書き出される。それは「目に青葉山時鳥《やまほととぎす》初鰹《はつがつお》」。江戸中期の俳人・山口素堂による、あまりにも有名な一句。「目には青葉」と「は」が入るのが正しいとされる。初夏の時節のときなどに、この句が披露されることが少なくない。

　また、この句は俳句の常識的な型としてはかなり例外的なものとしても知られる。普通、一句の中に季語が二つあるものは、「季重なり」として避けたほうがよいとされる。ところが、この句にはご覧のように「青葉」「山時鳥」「初鰹」と、季語に類する言葉が二つどころか三つも入っている。しかも俳句のルールとして、これも嫌われる「二段切れ」はおろか、目に青葉／山時鳥／初鰹の三つにブツブツと切れている。

　俳句の一般的ルールから逸脱はしていても、この素堂の句は、いかにも江戸っ子の好みそうな初夏の風物が詠い込まれて、今日まで人気のある句として人の口の端にのぼる。

荷風は言う。

江戸なる過去の都会の最も美しい時節における情趣は簡単なるこの十七文字にいい尽《つく》されている。

と。そして江戸から「日々《にちにち》開けて行くばかり」の東京でも、

幸いにも社寺の境内、私人の邸宅、また崖地《がけち》や路《みち》のほとりに、まだまだ夥《おびただ》しく樹木を残している。

「九段《くだん》の坂上」「神田《かんだ》の明神《みょうじん》」「湯島《ゆしま》の天神《てんじん》」「芝の愛宕山《あたごやま》」の高台の具体的な場所を列挙し、銀杏、椎、樫、柳などの「新緑の色鮮《あざやか》なる梢《こずえ》に、日の光の麗《うるわ》しく照添《てりそ》うさま」の趣に言及する。そして、

もし今日の東京に果して都会美なるもの

麻布・善福寺の大公孫樹（いちょう）火災のあとの姿。荷風と親交が深かった相磯凌霜の『「日和下駄」余話』に掲載されている写真

があり得るとすれば、私はその第一の要素をば樹木と水流に俟《ま》つものと断言する。山の手を蔽《おお》う老樹と、下町を流れる河とは東京市の有する最も尊い宝である。

と述べ、

もし鬱《うつ》然たる樹なくんばかの壮麗なる芝山内《しばさんない》の霊廟《れいびょう》とても完全にその美とその威儀とを保つ事は出来まい。庭を作るに樹と水の必要なるはいうまでもない。都会の美観を作るにもまたこの二つを除くわけには行《ゆ》かない。幸にも東京の地には昔から夥《おびただ》しく樹木があった。

と、樹木、とくに巨いなる古樹や老樹の東京における景観構成上での大切さを力説する。そして、ここからなのだが、ナチュラリスト荷風ならではの、江戸伝来の東京の老木、巨樹のガイダンス、現存する（当時の）大銀杏、松、柳のカタログが披露される。

❖当時の都内の大銀杏、松、柳などの樹木の列記

『日和下駄』の時から、十年ほどのちの関東大震災、また東京大空襲という徹底的な被災を受けた東京は、これらの老樹、巨木のほとんどを失うこととなるのだが、かつての東京

の景観を想起する意味もあり、煩瑣をいとわず、荷風が紹介している町の樹々のリストを書き出してみたい。

・徳川氏入国以前からの古木といい伝えられている芝田村町に残っている公孫樹《いちょう》
・小石川久堅町《ひさかたまち》、光円寺《こうえんじ》の大銀杏《おおいちょう》
・麻布善福寺《ぜんぷくじ》、親鸞上人手植えとされる銀杏――など、いずれも数百年の老樹であると紹介する。

さらに東京大銀杏案内は続く。

・浅草観音堂脇の名高い二株の銀杏
・小石川植物園内の、維新後、あやうく伐り倒されようとした斧《おの》の跡が残る大銀杏、また、
・それほどの故事来歴を有せざる銀杏の大木、たとえば、小石川水道端《すいどうばた》往来の第六天の祠《ほこら》の側、また柳原通りの古着屋の屋根の上の大銀杏
・神田小川町《おがわまち》の通り、煙草屋の屋根を貫き電信柱より高く聳《そび》える大銀杏などと。

そして、〝東都の公孫樹《こうそんじゅ》中の冠たるもの〟として〝浅草観音堂の銀杏〟が挙げられ、その樹下にあった楊枝《ようじ》屋の看板娘、美女「お藤」の姿が、鈴木春信や一筆斎文調らの錦絵に残されていると語る。

当時の錦絵は、江戸、東京の観光、名所案内とともに、今日の人気アイドルのグラビア雑誌やファッション写真集の役も果たしていた。

荷風はもちろん銀杏だけにこだわっていたわけではない。都内の松の大樹にも言及する。

銀杏に比すれば松は更によく神社仏閣と調和して、あくまで日本らしくまた支那らしい風景をつくる。江戸の武士はその邸宅に花ある木を植えず、常磐木《ときわぎ》の中にても殊に松を尊《たっと》び愛した。

とし、

故に、元《もと》武家のあった処には今もなお緑の色かえぬ松の姿にそぞろ昔を思わせる処が少なくない。

と、これまた松の老樹をリストアップする。

・市《いち》ヶ谷《や》、堀端《ほりばた》の高力松
・高田《たかた》老松町《おいまつちょう》の鶴亀松

また広重の『江戸土産』に描かれ、江戸の人が、名高い松として眺め賞した松として、

・小名木川《おなぎがわ》の五本松
・八景坂《はっけいざか》の鎧掛松《よろいかけまつ》

・麻布《あざぶ》の一本松
・寺島村蓮華寺《てらじまむられんげじ》の末広松《すえひろまつ》
・青山竜巌寺《あおやまりゅうがんじ》の笠松
・亀井戸普門院《かめいどふもんいん》の御腰掛松《おこしかけまつ》
・柳島妙見堂《やなぎしまみょうけんどう》の松《まつ》
・根岸《ねぎし》の御行《おぎょう》の松《まつ》
・隅田川《すみだがわ》の首尾《しゅび》の松《まつ》などが列記され、

その他なおいくらもあろう。しかし大正三年の今日幸に枯死《こし》せざるものいくばくぞや。

と言葉をつぐ。この荷風の記述にもあるように、かつてはランドマークであった名樹が、ほとんど影も形もなく失われてしまっている。ただし地名や社寺の名の一部は今日に残り、その名に縁のある人は、（えっ、このあたりに、そんな江戸名所があったのか）と驚きとともに心嬉しく知らされることになる。

げんに、このぼくが中学生のころ、自分の住んでいる戦後の雑然とした下町、墨田区の吾嬬町（現・立花）という土地を見直したのは、近くの信用金庫が配っていた広重の『名

青山竜巌寺の笠松（広重『江戸名所図絵』）。今日でも、このような松の巨木の姿を江戸川区、小岩・善養寺の境内で見ることができる

所江戸百景』のカレンダーであった。

そこには、近所の、「吾嬬の森」や「柳島妙見堂」かつてのの景観が、色刷りめでたく、描き写されていたのである。

ちなみに荷風の挙げている青山竜巌寺は、浮世絵で見た笠松の偉容こそ、今日、見ることはかなわぬが、寺は現存し、また隅田川の、その名も吉原通いの色っぽい「首尾の松」は、浮世絵や江戸文化に関心をもつ人にとっても親しい名だろう。

さらに「根岸の御行の松」は、今日も中華料理店の向かい西蔵院に、貧相ではあっても、四代目かの姿を見ることができる。しかも、西蔵院境内には初代の松の巨大な根株が保存、祀られているという（未見）。この松は江戸から明治、樋口一葉や正岡子規が記し、昭和の初期まで残っていたというのだからすごい。

松が、常磐木《ときわぎ》といって常に変わらぬ緑を保

歌川芳員が描いた柳島妙見堂。北極星を神格化した妙見大菩薩が祀られ、あの葛飾北斎も熱心に信仰していたとか。往時の姿は今はない

ち、「松籟」「松韻」のごとく、風を受けて妙音を発し、霊性の宿る樹として尊ばれてきたのも、故ないことではないだろう。巨木には心理的な存在理由もあるにちがいないが、周辺の空気の浄化やα波を発す？　など、科学的価値も秘めているのかもしれない。

❖ナチュラリストにして、また景観評論家としての荷風

閑話休題。荷風は、このあと柳をとりあげ、「市中の樹木を愛するもの決してこれを閑《かん》却《きゃく》する訳けに行くまい」と、江戸以来の名高い柳を列挙してゆくが、もうこれらは略す。『日和下駄』本文にあたっていただこう。

ただ、この「第三　樹」の文の〆は、

都下の樹木にして以上の外《ほか》なお有名なるは青山練兵場内のナンジャモンジャの木（＊ヒトツバタゴと同定、上野の科学博物館内にその切り株が展示されていた記憶がある）、本郷西片町《ほんごうにしかたちょう》阿部伯爵家の椎《しい》、同区弓町《ゆみちょう》の大樟《おおくすのき》、芝三田蜂須賀《しばみたはちすか》侯爵邸の椎なぞがある。煩《わずらわ》しければ一々述べず。

と終わるが、この一文に接して、ぼくなどは、つい思わず微笑して、（もう十分に江戸・東京の巨木、老木について植物学者や造園家が顔負けするくらい〝煩わし〟いほど語っています

よ！）とツッコミを入れたくなる。ナチュラリストにして景観評論家（いや、愛好家）の面目躍如。

前号でもふれたように昭和三十二年・東都書房刊『日和下駄』には、相磯凌霜による『「日和下駄」余話』と題する小冊子（本文二十五頁）の附録があり、この中に、「淫祠あれこれ」のあとに「老樹を訪ねて」という一文がある。荷風の『日和下駄』の老樹、巨木の記に誘われて、凌霜氏が、都内の老樹の思い出を語っている。この中で、荷風もふれていた、有名な謎の巨樹、昔の青山練兵場の「ナンジャモンジャ」の樹について。

連れだって散索中の荷風（右）と相磯凌霜。『「日和下駄」余話』から

神宮球場も竣工して居なかった時代、青山練兵場の原は私共にとっては無二の野球場であった。そして、私共が集合する目標は、いつもナンジャモンジャの樹の下と決めて居たのであった。（中略）往来の人も繁しかったが誰もこの樹の名前を知って居る者はなかった。そこで何時とはなしに、ナンジャモンジャの樹と呼ばれる様になった

との事。

すでに記したが、この樹は、のちに植物学者によって、「ひとつばたご」（モクセイ科）と明らかにされた人気のあった巨木。名は知らぬにしても、ランドマークの巨樹と、当時の人びとの親しい交歓の証しだろう。

荷風に限らず、昔の人は樹に対して今日のわたしたちより思い入れがあったようで、先日、小村雪岱（泉鏡花の本の装丁で知られる）の唯一冊の随筆集『日本橋檜物町《ひものちょう》』（平凡社ライブラリー他）を読んでいたら、「教養のある金沢の樹木」という一文のタイトルを見て、嬉しくなってしまった。樹木に〝教養のある〟という形容がいいじゃないですか。

文章は、舞台「滝の白糸」と鏡花にまつわる思い出話なのだが、ここで金沢の樹木の〝風情〟について語っている。

私は各地を旅行して見ましたが、金沢の樹木ほど風情のあるものはおそらく他にないでしょう。枝ぶりや色合が野育ちでなく教養があるのです。町や郊外やその外の森のあらゆる樹木が皆そうです。

金沢の町が、泉鏡花の故郷だから、ということを差し引いたとしても、雪岱に樹木の美しさを見る眼がなければ、〝教養ある〞という言葉は出てこないでしょう。

かつての日本人は、樹を見て、その樹のもつ〝風情〞や〝教養〞を感じとっていたようである。人に人格、風格があるように、樹にも樹格、風格があるようだ。荷風散人が都内の老樹、巨木をリストアップして訪ねて歩いたのも宜《むべ》なるかな、といえる。

荷風の、この老樹趣味は当然のこと小説作品にも反映する。ちなみに『散柳窓夕栄《ちるやなぎまどのゆうばえ》』（大正元年初稿）の文中にこんな節が見える。『偐紫田舎源氏《にせむらさきいなかげんじ》』の作者、柳亭種彦と、種彦と組んだ絵師の五渡亭国貞、版元の主人、鶴屋嘉右衛門らの会話の中、

「御府内には随分名高い松の木があるやうで御座いますが、矢張あの首尾の松に留めを指しますかな。」

「小名木川《おなぎがわ》の五本松は芭蕉翁が川上《かわかみ》とこの川しもや月のともと吟じられた程の絶景ゆえ先ず兄《けい》たりがたく弟《てい》たり難き名木でせう。それから根岸の御行《おぎょう》の松、亀井戸《かめいど》の御腰掛の松、麻布《あざぶ》には一本松、八景坂にも鎧掛《よろいかけ》の松とか申すのがありました」

と、『日和下駄』で紹介される江戸以来の著名なあちこちの松の名を挙げ、登場人物たちに語らせている。

第14話 測量による近代的地図より江戸絵図を重用したわけは

――梅雨霽《は》れて影透きとほる葡萄棚

『日和下駄』、「第三　樹」の次は「第四　地図」。

一般的に世に地図ほど、便利ではあるが無味乾燥、即物的な情報表現はないだろう。ドイツに留学した森鷗外は、かの地で有名な「ぺデカ」の地図に接し、帰国後、明治四十二年、この方式で東京地図を企画・監修する。タイトルは「森林太郎立案」『東京方眼図』（春陽堂刊）。鷗外立案のこの地図の新しいところは、書名にあるように、タテ軸とヨコ軸の方眼、グリッドによって場所、位置を表し、索引を付けたことである。

たとえば牛込○○町の位置を地図で調べたいと思ったら、巻末の地名索引の、いろは軸の「は」と、数字軸の「三」といった表示で確認することができる。

ドイツ由来の近代にふさわしい地図といえる。

鷗外先生、この『東京方眼図』を、よほど自慢したかったのか、（漱石の『三四郎』に対抗して書いたといわれる）『青年』の主人公・小泉純一に、ちゃっかり、この地図を持たせ東京を歩かせている。

ところで、荷風散人は「地図」について、どんな地図を、どのように日々の散策に活用したのだろうか。

その書き出し。

ドイツ留学の森鷗外立案の近代的スタイル（方眼式）の地図。『東京方眼図』（明治 42 年・春陽堂刊）

蝙蝠傘《こうもりがさ》を杖に日和下駄《ひよりげた》を曳摺《ひきず》りながら市中《しちゅう》を歩む時、私はいつも携帯に便なる嘉永《かえい》板《ばん》の江戸《えど》切図《きりず》を懐中《ふところ》にする。

おや？　あの合理主義のかたまりのような荷風先生、意外や敬する鷗外先生立案の近代的東京地図ではなく、江戸の地図を愛用、頼りにするとは。散人、その理由を続けてのべる。

これは何も今時出版する石版摺《せきばんずり》の東京地図を嫌って殊更《ことさら》昔の木版絵図を慕うというわけではない。日和下駄曳摺りながら歩いて行く現代の街路をば、歩きながらに昔の地図に引合せて行けば、おのずから労せずして江戸の昔と今とを目《ま》のあたり比較対照する事ができるからである。

❖江戸切絵図は三次元、さらに四次元の時空を伝える？

これを単に懐古趣味と言ってしまうとしたら、散人の〝凄み〟に対して、あまりにも無警戒、お人が好すぎる。もちろん荷風は過ぎ去った江戸、江戸文化に対する思いは深いが（とくにアメリカ、フランスから帰国してから）、リアルタイムの東京という都市、風俗にも持ち前の観察力を発揮、鋭敏、ときに冷笑的な視線を注いでいる。

考えようによっては、荷風は、タテヨコの軸で確定される二次元の近代的地図に対して、現実を歩く場合に友とする江戸切絵図の力を借りて、現実の都市の姿に江戸の光景を二重写しにしようと目論んだと思える。

つまり、タテ・ヨコ軸、グリッドの二次元の地図に対し、江戸という時間、気配をも付加した、三次元、四次元のメディアとして、嘉永板切絵図を常備、携帯したのではないか。荷風の言葉を聞こう。

また一ツ昔の地図の便利な事は雪月花《せつげつか》の名所や神社仏閣の位置をば殊更日につきやすいように色摺《いろずり》にしてあるのみならず時としては案内記のようにこの処より何々まで凡《およそ》幾町《いくちょう》植木屋多しなぞと説明が加えてある事である。

切絵図は成熟した江戸の視覚文化から生まれたもので、実際の用としても便利で使い勝手がいい、というのだ。しかも、江戸の町の光景を想う縁《よすが》ともなる。これに対し——。

東京の地図にして精密正確なるは陸地測量部の地図に優《まさ》るものはなかろう。しかしこれを眺めても何らの興味も起らず、風景の如何《いかん》をも更に想像する事が出来ない。土地の高低を示す蚰蜒《げじげじ》の足のような符号と、何万分の一とか何とかいう尺度一点張《ものさしいってんばり》の正確と精密とはかえって当意即妙の自由を失い見る人をして唯《ただ》煩雑の思をなさしめるばかりである。

と、官製の近代地図に否《ノン》、を示す。さらに、

不正確なる江戸絵図は正確なる東京の新地図よりも遙《はるか》に直感的また印象的の方法に出でたものと見ねばならぬ。

と、かさねて江戸切絵図の徳をのべ、つづけて、近代的な日本への八ツ当たり的発言となる。

現代西洋風の制度は政治法律教育万般のこと尽《ことごと》くこれに等しい。現代の裁判制度は東京地図の煩雑なるが如く大岡越前守《おおおかえちぜんのかみ》の眼力《がんりき》は江戸絵図の如し。

地図のことを語るときにでも、西洋風の様式をむやみにありがたがる浮薄な時代風潮を嫌い、かえって前時代、江戸の実質的知恵を尊ぶ真情が吐露される。

江戸切絵図を東京散歩のときのよき伴侶にしたことは、のちの、これまた町歩きの達人といいたい作家・池波正太郎に引きつがれている。池波の場合は時代小説作家という職業

柄、必要性もあったかもしれないが、やはり切絵図に、近代の地図からは得られない〝生きた情報〟の価値を認めていたのではないか。

池波も、その生活心情は荷風に劣らず、徹底したリアリストだったようである。

「地図」の次は「第五　寺」だが、この項でも再び冒頭は江戸切絵図の紹介の一文から始まる。先生、まるで切絵図の販売促進担当のようだ。

杖《つえ》のかわりの蝙蝠傘《こうもりがさ》と共に私が市中《しちゅう》散歩の道しるべとなる昔の江戸切絵図《えどきりえず》を開き見れば江戸中には東西南北到る処に夥《おびただ》しく寺院神社の散在していた事がわかる。江戸の都会より諸侯の館邸と武家《ぶけ》の屋敷と神社仏閣を除いたなら残る処の面積は殆どない位《くらい》であろう。

明治の世となって「神仏の区別を分明《ぶんめい》にして以来」、また「市区改正のため仏寺の取払いとなったものは尠《すくな》くない」にもかかわらず「各区に渡ってこれを見出すことが出来る」と切絵図礼賛の言葉をつぐ。

❖アイデア満載の江戸切絵図

荷風は「目的《めあて》なく散歩する中《うち》おのずからこの寺の多い町の方へとのみ日和下駄《ひよりげた》を曳摺《ひきず》って行く」。荷風散人の好む気ままな寺巡りの魅力を本人の言葉からさぐってみよう。当然、反時代の精神がここでもシブトク働いている。しかし、その前に、もう少々「地図」について。

荷風が「携帯に便なる嘉永板の江戸切図を懐中にする」の「江戸切図」は、ぼくなどには「尾張屋版」の「切絵図」という呼び名のほうが親しい。嘉永二（一八四九）年に尾張屋という絵草子（浮世絵等の版元）から刊行された江戸の地図で五色刷りの、今日でいうイラストマップとして人気を博したという。

その、尾張屋版の江戸切絵図だが、まず、その「絵図」という呼び名。どうかすると、「図絵」とごっちゃになる。絵図と図絵――簡単に説明すると「絵図」はイラストマップ。「図絵」は図画と絵でイラストレーション。ぼくは、この二文字目、「図」と「絵」で、その違いを頭に入れている。地図と絵だ。つまり図と絵。

そんなことはともかく、この尾張屋版江戸切絵図だが、江戸の絵草子屋、尾張屋から出版されたものであることはすでに記したが、その地図作りにはいろいろなアイデアが盛り込まれている。たとえば刷り色だが、神社仏閣は紅、町屋は薄墨、道や橋は黄色、川や溝《どぶ》

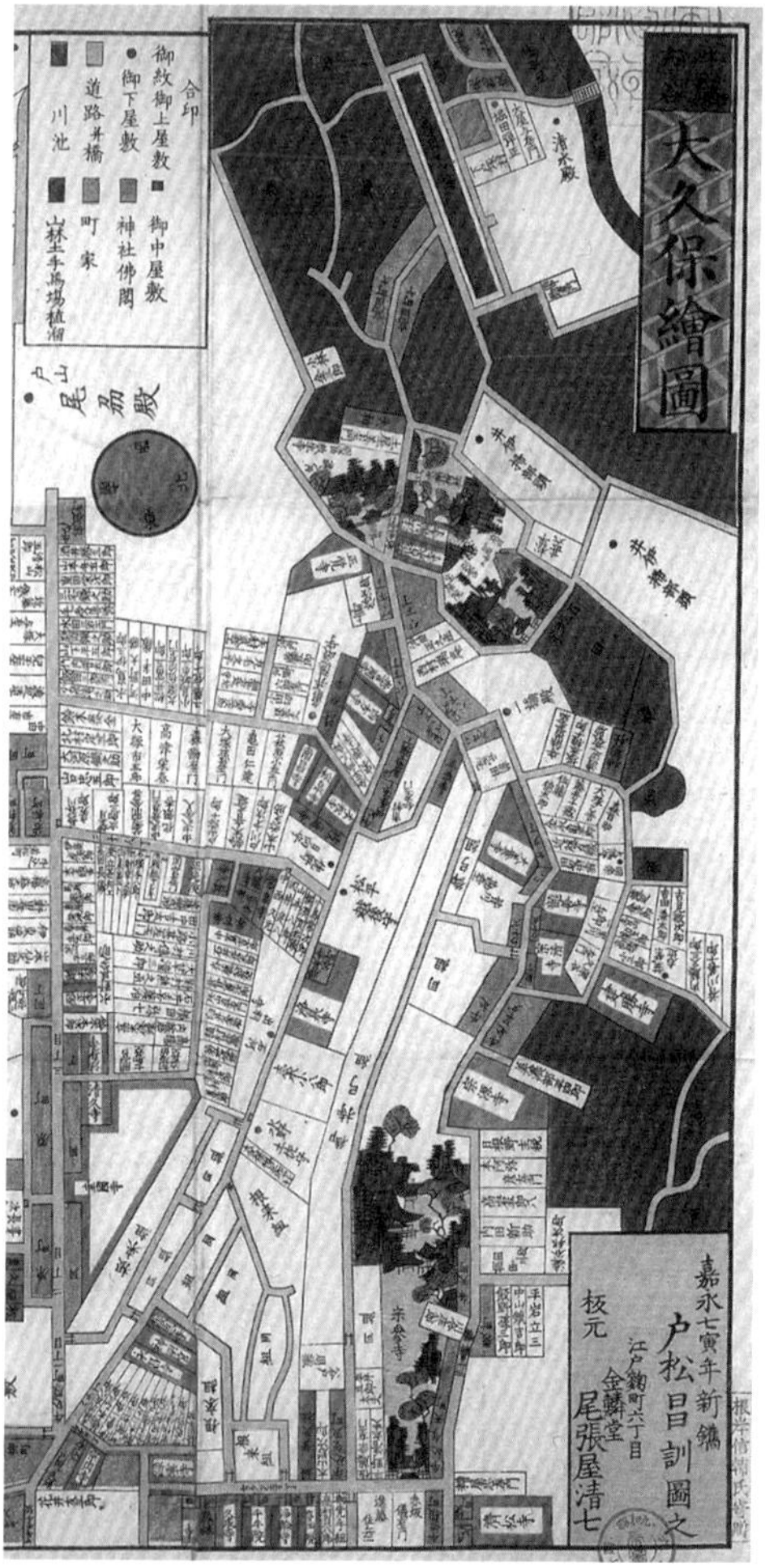

荷風愛用の嘉永版（尾張屋）江戸切絵図（部分）

が紺。武家屋敷は下屋敷、中屋敷がそれぞれ黒丸、黒四角、そして上屋敷は、その家紋で識別できるようになっている。また、地図に示される屋敷名の文字は、その入口、門の方向に向いている。

これはたしかにある面、今日の都市・住宅地図より便利だ。今の地図でも、たとえば大きなビルが建ち並んでいても、どちらがエントランスか、などは表示されていない。

ともかく荷風先生、この尾張屋版切絵図を懐に入れ、日和下駄で、杖がわりのコウモリ傘を手に、東京のあちこちを歩き回る。まさに、かつて遊学したパリのフラヌール（Flaneur）遊歩人そのもの。

『日和下駄』に戻ろう。


江戸絵図によって見知らぬ裏町を歩《あゆ》み行けば身は自《おのずか》らその時代にあるが如き心持ちとなる。


というのは、「現在の東京中《じゅう》には」「いろいろと無理な方法を取りこれによって纔《わずか》に幾分の興味を作《つくり》出《だ》さねばならぬ」からだ、と。ここには現実の姿に直面した〝不能者の嘆き〟がある。愛し憧れてきた対象と接することはすでに不可能、となればなにか〝無理な方法を取りこれによって〟つまり、なにかをテコとして、その気持ちをわきたたせなければならない。

「切絵図」は、その〝テコ〟となるよき媒体、メディアであったのだ。

「現代日本の西洋式偽文明《ぎぶんめい》」を「無味拙劣」と感じる人間にとっては、「東京なる都会の興味は勢《いきおい》尚古的《しょうこてき》退歩的たらざるを得ない」と先生は愚痴る。

❖東京中、もっとも美しい景色の一つ

そして「市《いち》ヶ谷《がや》外堀《そとぼり》の埋立工事を見て」「愛惜《あいせき》の情《じょう》は自らをしてこの堀に藕花《ぐうか》の馥郁《ふくいく》とした昔を思わしめる」、つまり、過ぎし日を思い起こし懐かしむ心は、自分に対して、（この市ヶ谷の外堀に）藕花つまり蓮《はす》の花香り高く咲く昔を思い起こさせる、と述懐する。

というのは、荷風は、

私は四谷見附《よつやみつけ》を出てから迂曲《うきょく》した外堀の堤《つつみ》の、丁度その曲角《まがりかど》になっている本村町《ほんむらちょう》の坂上に立って、次第に地勢の低くなり行くにつれ、目のとどくかぎり市ヶ谷から牛込《うしごめ》を経て遠く小石川の高台を望む景色をば東京中での最も美しい景色の中に数えている。

現在、四谷駅から外堀に沿って市ヶ谷に至る新宿区側の土手、市谷八幡の手前左には「ファミリーマート本村町店」があって住居表示はされているが、本村町は「丁目」のない「単独町名」。その本村町の坂の上に立てば、「目のとどくかぎり」「市ヶ谷から牛込（神楽坂）を経て遠く小石川の高台」まで眺望できたというのだ。巨大な墓石のようなビルが林立する今日では考えられない。

その市ヶ谷・本村町の近く、市谷八幡、正しくは市谷亀岡八幡宮についても散人は、次のように言及する。詠うようなリズムをもった江戸前の名文と思う。荷風散人、さりげなく、こういう芸を披露する。

> 市ヶ谷八幡《はちまん》の桜早くも散って、茶《ちゃ》の木《き》稲荷《いなり》の茶の木の生垣《いけがき》伸び茂る頃、濠端《ほりばた》づたいの道すがら、行手《ゆくて》に望む牛込小石川の高台にかけて、緑《みどり》滴《したた》る新樹の梢《こずえ》に、ゆらゆらと初夏《しょか》の雲涼し気《げ》に動く空を見る時――

と「桜早くも散って」から「茶の木の生垣伸び茂る」「緑」「滴る」「新樹」「初夏の雲」「涼し」等々と、俳句でいえば初夏の季語を書き連ねて、ここ市谷八幡と宮内の茶の木稲荷（正しくは茶の木神社）について語って……というより詠《うた》って、江戸天明のころを偲んでいる。散人自身の言葉を聴こう。

> 私は何のいわれもなく山の手のこの辺《あたり》を中心にして江戸の狂歌が勃興した天明《てんめい》時代の風流を思起《おもいおこ》すのである。『狂歌才蔵集《さいぞうしゅう》』夏の巻《まき》にいわずや、
>
> 首夏《しゅか》　馬場金埒《ばばきんらち》
>
> 花はみなおろし大根《だいこ》となりぬらし鰹《かつお》に似たる今朝《けさ》の横雲

新樹

花の山にほひ袋の春過ぎて青葉ばかりとなりにけるかな　紀躬鹿《きのみじか》

更衣《ころもがえ》

夏たちて布子《ぬのこ》の綿はぬきながらたもとにのこる春のはな帋《がみ》　地形方丸《じぎょうかたまる》

『狂歌才蔵集』は四方赤良・太田南畝（蜀山人の狂歌名）の選による狂歌撰集（天明三・一七八三年）。荷風は、ここでは、この狂歌集の中から、自分の文章の季に合わせて、初夏にちなむ歌を取り上げている。

❖天明・戯作者の詩文に自身の先達を見る

「首夏」は初夏と同じ。花はみな、おろし、つまり散り（おろし大根とつながる）。鰹はもちろん「目には青葉山ほととぎす初鰹」の、〝女房を質に入れても〟江戸っ子が食いたい旬の魚。しかも今朝の横雲は、鰹の背のあの藍色——というわけか。

「新樹」ももちろん初夏の景物。「花の山」と「にほい」ときて「香袋」につながる。その、にほい袋の春も過ぎて青葉光る季節となったなあ、と。

「更衣」もまた、夏となって、着る物も「綿抜き」となったが、たもとのなかには春のころの鼻紙が、という、いかにも下世話な日常の生活で経験しそうな歌。この下世話加減が天明振りというのだろうか。にしても狂歌の作者の号が笑わせてくれる。

「狂歌の作者名、馬場金埒」――埒とは馬場を囲む柵。「埒があかない」は現代でも日常的に使われる言葉だが、男女間のやりとりと関わる意味もあったらしい。馬場の柵に金の埒とは豪勢である。


　次の「紀躬鹿」はストレートにわかる。きのみじか（気の短か）。しかし、そこはかとなく百人一首の世界あたりも連想させてくれるのが面白い。

「地形方丸」は、「地形」は「知行合一」――陽明学を唱えた王陽明の思想で、知識と行動が一致する生き方。日本では吉田松陰の座右の銘だったというが、「地形方丸」は「知行固まる」。悪ふざけを得意とする狂歌作家の号としてパロられるとは……。

東都書房版『日和下駄』（昭和32年刊）の「寺」の項に付された、三ノ輪「浄閑寺」を訪れた荷風

　これら狂歌の世界、まっとうな伝統、権威、深刻ぶった姿勢に茶々を入れ、笑いの種とする。自らの生き死にも含めて茶化す。いわば〝茶にする〟わけだ。二宮尊徳的勤倹力行をよしとする時代に、

「世の中に寝るより楽はなかりけり　浮世の馬鹿が起きて働く」

も、これまた四方赤良（蜀山人）の作といわれるが「浮世の馬鹿が起きて働く」が強烈なカウンターパンチ。心強いではないか。マジメ、マトモ世間に対する斜に構えたスタイルと、権威を皮肉る縦横無尽の言語能力。荷風さん、天明戯作者に先達を見る思いだったのではないでしょうか。

荷風は「江戸切図」を重宝したが「江戸の東京を改称せられた当時の東京絵図」もまた日和下駄の散歩の供としたらしい。

私は柳北《りゅうほく》の随筆、芳幾《よしいく》の錦絵《にしきえ》、清親《きよちか》の名所絵、これに東京絵図を合せ照してしばしば明治初年の混沌《こんとん》たる新時代の感覚に触るる事を楽しみとする。

とし、かつての大名屋敷が、たいてい陸海軍の用地に変じたことを具体的な地名、場所を挙げて列記している。この中で、

鉄砲洲《てつぽうず》なる白河楽翁公《しらかわらくおうこう》が御下屋敷《おしもやしき》の浴恩園《よくおんえん》は小石川の後楽園《こうらくえん》と並んで江戸名苑の一に数えられたものであるが、今は海軍省の軍人ががやがや寄集《よりあつま》って酒を呑む倶楽部《クラブ》のようなものになってしまった。

と記しているが、小石川後楽園は縮小されたとはいえ、また内庭の池の水面に東京ドームの巨大な白い蛹《さなぎ》のような屋根が映るにしても、今日、その水戸様の別邸のおもかげをたどることはできる。しかし白河楽翁公（松平定信）の浴恩園は……。

築地の魚河岸が移転するというので、場内の寿司屋へ食べ納めに、「波除け稲荷」や築地魚河岸周辺を散歩したときのこと。「水神社」近く、「場内」の駐車場の入り口あたりに、そこが元海軍の敷地であった由の案内板に、さらに昔、江戸時代には定信公の築庭した広大な「浴恩園」の場所であることが示されていて驚いた。奥の壁には絵図の銅版もはめ込まれていた（サビでよく見えず）。

自ら文化人であり、またプロデューサー感覚に秀でた松平定信の築いた浴恩園の総覧は、定信の命により、その全体像から細部まで時の文人画の大家、谷文晁をはじめ、定信のおかかえ絵師たちによる絵巻物に描き残され、その多色刷り図版を見て舌を巻いた記憶があったのだ。荷風も言う。

仏蘭西の市民《シトワイヤン》は政変のために軽々しくヴェルサイユの如きルウブルの如き大なる国民的美術的建築物を壊《こぼ》ちはしなかったからである。現代官僚の教育は常に孔孟《こうもう》の教を尊び忠孝仁義の道を説くと聞いているが、お茶の水を過《すぎ》る度々「仰高《ぎょうこう》」の二字を掲げた大成殿《たいせいでん》の表門を仰げば、瓦は落ちたるままに雑草も除かず風雨の破壊するがままに任せてある。しかして世人の更にこれを怪しまざるが如きに至っては、われらは唯唖然《あぜん》たるより外《ほか》はない。

大成殿とはもちろん、お茶の水聖橋を渡ってすぐ、湯島聖堂の「孔子廟」の正殿のことで、さすがに今日は整備されている……が、平日、ここを訪れる人影は少ない。

「博文約礼《ひろくまなびただしくおこなう》」「温故知新《ふるきをたずねてあたらしきをしる》」――双方とも『論語』の中の言葉である。

第15話　街を幻視するロマンと鋭利な文明批評の複眼をもつ

——夏姿馴染《なじ》みもくぐる二天門

荷風散人は嘉永年間、絵草子屋・尾張屋の江戸切絵図を懐ろにしのばせて、本当によく、あちこちを歩いているが、今回は「寺」、寺町。

寺町《てらまち》といわれた処は下谷《したや》浅草《あさくさ》牛込《うしごめ》四谷《よつや》芝《しば》を始め各区に渡ってこれを見出すことが出来る。

寺町といって、スルスルと、さり気なく、その目ぼしい町の名を挙げているが、これなども平素から町を歩き込んでいないと、なかなかこうはいかない。

よく町歩きや店案内などの特集で文士、作家などの名前が出て〝町通《まちつう》〟を自認したエッセーなどもお目にかかりますが、限られた行きつけ、馴染みの町や店はともかく、たとえば、この荷風先生のように、あちこちの町をほっつき歩きまわっている人をあまり知らない。ちょっと思い浮かべてみると、下町通で元祖B級グルメであった先に名を挙げた池波正太郎、古本屋とジャズ喫茶巡りの先達・植草甚一、あとは文学散歩を提唱、普及させた野田宇太郎、そして作家・野口冨士男あたりか。これらの人士にしても、ただ闇雲にプラプラ、町をというより、それぞれ、多かれ少なかれ目標というか目的がある。

荷風散人のような散歩のありかたは実は日本人としては極めてまれなスタイルだったのではないだろうか。もともと、明治維新の前後まで、日本人は〝散歩という行為〟をしなかった。というより、〝散歩〟ということ、そのものを知らなかった。

たしかに、江戸庶民は花見、お祭り、紅葉狩り、雪見、あるいは、遠出とすればお伊勢参り、大山参りなど楽しんだかもしれないが、それらは物見遊山か神社仏閣への信仰を含めた〝詣で〟で、今日の〝散歩〟や単なる〝観光旅行〟ですらない。

❖「散歩」という行動はもともと舶来のもの

もともと、江戸時代、一般の人間は、用もないのに、あちこちの町をほっつき歩いてはいけなかったのである。ましてや、興味本位で勝手に他県や隣町まで出かけてゆくなど、ルール違反とされた。江戸の要所要所には「見付」もありましたしね。

実は日本人が散歩という行為を知り、自分たちも暇にあかせて町を歩き出したのは、江戸末期から明治に入り海外生活を経験した、いわゆる〝帰朝者〟の影響を受けてのことだった。

その帰朝者の例を挙げよう。幕末では勝海舟、福澤諭吉（「散歩党」なる同好会を主宰！）。明治となってからは、よく知られるところでは森鷗外、夏目漱石。そしてこの永井荷風。彼らは、海外の地を踏んで、そこで初めて外国人の〝散歩〟という行為を目にした。彼の地の人たちは、とりたてて用事や目的もなさそうなのに、一人で、あるいは誰かと供に、男性ならステッキを手にしたりして、女性なら犬を連れたりしながら、町をそぞろ歩くのである。

それを見聞きした、わが邦の人士たちは、この、紳士、淑女習慣を日本に持ち帰った。用もないのに町をフラフラ歩く。それは、ある種、選ばれた有閑階級に属する人間という証にもなった。当然、エリートの学生たちも、その類いに入る。漱石の小説の三四郎をはじめ、若き登場人物はよく町を歩き巡る。鷗外の『雁』の作品中の帝大生も日課のように本郷近くの下宿から不忍池の周辺を散歩する。

鷗外、漱石は社会的名声を得ると同時に、その日常は、気ままな散歩どころではなくなってしまっただろう。しかし、幸か不幸か、わが荷風散人には、思うように使える時間がたっぷりとあった。さらに、生活に困らぬ資産も父より受けついでいた。

それらが相まっての『日和下駄』日常。この、貴重な「散歩文芸」が生まれたこと自体が、いくつかの大きな条件が重なってこそ可能となった奇跡的といってもいいことなのである。

おっと、また横丁に入り込んでしまった。寺町だ。散人は語る。

私は目的《めあて》なく散歩する中《うち》おのずからこの寺の多い町の方へとのみ日和下駄《ひよりげた》を曳摺《ひきず》って行く。（中略）私は秩序を立てて東京中の寺院を歴訪しようという訳でもなく、また強《し》いて人の知らない寺院をさがし出そうと企《くわだ》てている訳でもない。

散人の散歩中で出合う、きわめて個人的な寺との交歓は、その一文に接していると、荷風さんの姿が浮かび、読む側に微笑を誘うものがある。

あきこんな処にこんなお寺があったのかと思いながら、そっとその門口《もんぐち》から境内《けいだい》を窺《うかが》い、青々とした苔と古池に茂った水草の花を見るのが何となく嬉しいというに過ぎない。

荷風先生、京都や鎌倉あたりの古寺、名刹ではなく、「東京市中に散在したつまらない寺にはまた別種の興味がある」と、町中にひっそりと存在する寺に対してのシンパシーを吐露する。

「つまらない寺」とは、ずいぶんなお言葉だが、たしかに、ときどき門前を通り過ぎている寺に、われわれは格別の興味を抱かない。「つまらない寺」は実感ともいえる。そんな町の中の寺にも荷風は興味を抱く。それは
単独で寺の建築やその歴史から感ずる興味ではなく、いわば小説の叙景もしくは芝居の道具立《どうぐだ》てを見るような興味に似ている。

なるほど……「芝居の道具立て」か。先生、すでに記したが若き日、歌舞伎座の立作家をもくろみ福地桜痴の門をたたいたりしている。〝芝居っ気〟のある御仁なのだ。

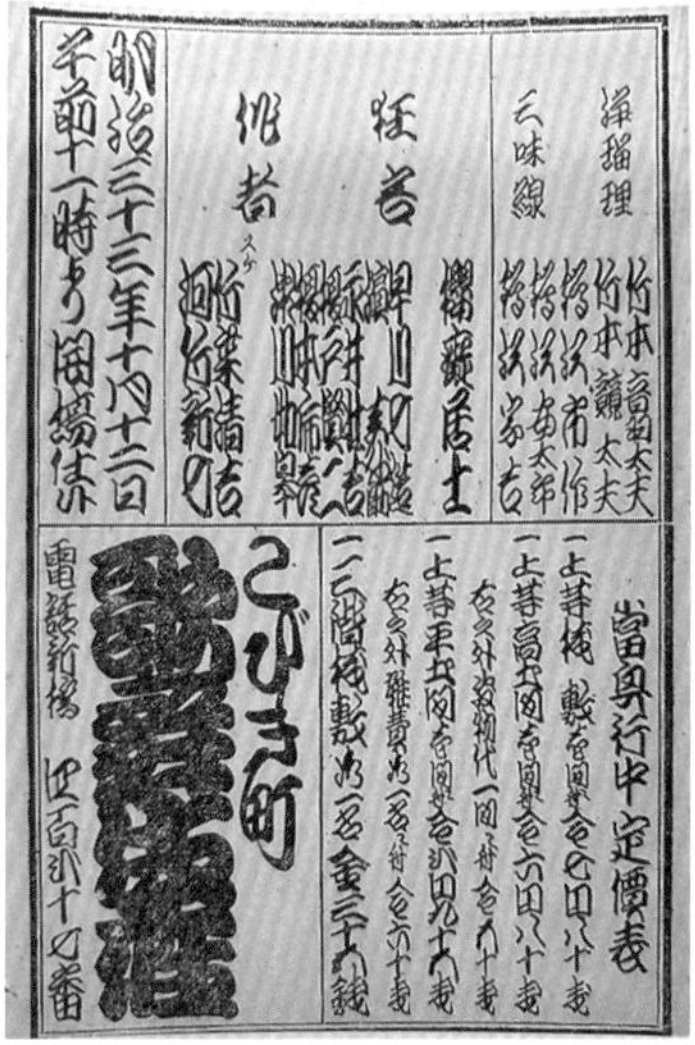

明治33年10月の「歌舞伎座総本番付」。上段中央あたりに永井壮吉の名が見える

そもそも、その一年ほど前、家族に内緒で、落語家・朝寝坊むらくに弟子入り、三遊亭夢之助名で高座にも上がった（それをたまたま見た永井家に出入りしていた者がご注進、荷風（壮吉）は家族に引き戻される）。

名家の長男、後継ぎなのに困った道楽息子です。これが、もし、荷風（壮吉）の希望どおり、歌舞伎座の台本書きとなっていたら……と思うと、人の運命はわからない。これ自体が、ひとつのドラマとなっていたかもしれない。

落語家、また歌舞伎の台本書きを失格して、作家となり、こうして『日和下駄』を書くことになる荷風だが、若き日の感覚は消えることなく、町中の、どうということもないような寺に接し、「小説の叙景もしくは芝居の道具立て」を連想したりしている。

散人の散歩は、この寺散歩だけでなく、どこを歩いていても、現実の空間に、きわめて鋭利・明晰な批評家的視線を走らせながら、また同時に、その光景、音、匂いなどから、夢空間というか、フィクションの世界の中で自分を遊ばせている。

❖現実の街にフィクションの世界を幻視

私は本所深川辺《ほんじょふかがわへん》の堀割を散歩する折夕汐《ゆうしお》の水が低い岸から往来まで溢れかかって、荷《に》船《ぶね》や肥料船《こえぶね》の苫《とま》が貧家の屋根よりもかえって高く見える間からふと彼方かなたに巍然《ぎぜん》として聳《そび》ゆる寺院の屋根を望み見る時、しばしば黙阿弥《もくあみ》劇中の背景を想い起すのである。

下町の向こうに高くそびえる寺院は築地の西本願寺。散人は、寺院の屋根に黙阿弥の舞台を幻視した

東京下町に四通八達、走っていた堀割のほとんどが戦後、埋め立てられたり、暗渠となってしまったいま、この荷風の一文は、今日、一般の人は、まずそこに浮かぶ「荷船」や「肥料船」という実態を想像することができない。からくもぼくが子供のころ、隅田川や中川をゆっくり行く平たい船を〝おわい船〟（畑の肥料のために糞尿を運ぶ船）と聞いた記憶がある。

ましてや「黙阿弥」、河竹黙阿弥の劇中の背景といわれても、河内山宗俊と直侍の

『天衣紛上野初花《くもにまごううえののはつはな》』、〝三人吉三〟の『三人吉三廓初買《さんにんきちさくるわのはつかい》』、白波五人男の『青砥稿花紅彩画《あおとぞうしはなのにしきえ》』といった外題が頭に浮かぶ程度の、歌舞伎座通とは無縁な不粋者にとっては、黙阿弥のどの舞台背景か目に浮かばない。今度、歌舞伎通の知人に、この『日和下駄』の一文を示しながら聞いてみたい。

下町の寺の瓦屋根に黙阿弥の舞台を幻視した散人は、一転我に返ったか、現実の日本の状況に物言いをする。こちらは文明批評家の眼だ。

> 私は敢て自分一家の趣味ばかりのために、古寺《ふるでら》と荒れた墓場とその附近なる裏屋の貧しい光景とを喜ぶのではない。（中略）下谷浅草本所深川あたりの古寺の多い溝《どぶ》際の町を通る度々、見るもの聞くものから幾多の教訓と感慨とを授《さず》けられるか知れない。

と前ふり的に断ったうえで

> その生活の簡易なるとに対して深く敬意の念なきを得ない。およそ近世人の喜び迎えて「便利」と呼ぶものほど意味なきものはない。東京の書生がアメリカ人の如く万年筆を便利として使用し始めて以来文学に科学にどれほどの進歩が見られたであろう。電車と自動車とは東京市民をして能よく時間の節倹を実施させているのであろうか。

文明は逆戻りできない。万年筆や電車、自動車の「便利」さに異を唱えた荷風だが、今日、「便利」な万年筆を使う人など、よっぽどの趣味人かヘソ曲がり、あるいはパソコンのできない機械《メカ》オンチということになる。

電車、自動車に至っては、電車の場合は過密ダイヤの新幹線はもう〝新〟幹線でもなんでもなく、完全に〝主〟幹線。さらに高速の磁気で走る？　地上のロケット、リニアモーターカーすら登場しようとしている。

自動車社会は、日本で毎年何千何万の死傷者を出し続けている。合わせた数からいえば、戦時下、軍人、兵隊の犠牲者をかなり上まわり続けている。この今日の現実を見たら、荷風先生、どのような感慨を抱いたことか。原発に『濹東綺譚』や『日和下駄』は似合わない。ひょっとして絶望のあまり、自ら作家の筆を折っていたか。あるいは初志の戯作者、またはコメディのタレントとして、徹底してこの世界をオチョクリ、笑いのめしたか。

❖寺院建築に対する美学者の視線

寺の話に戻ろう。東京の下町の寺の存在について記してきた荷風だが、きちんと山の手もフォローする。こういう偏りのない〝公平さ〟も散人の批評家としての天分である。

私はかように好んで下町《したまち》の寺とその付近の裏町を尋ねて歩くと共にまた山の手の坂道に臨んだ寺をも決して閑却しない。

と言ったうえで、山の手の坂道の途上からながめる寺院の景観、とくにその屋根について語る。

山の手の坂道はしばしばその麓《ふもと》に聳え立つ寺院の屋根樹木と相俟《あいま》って一幅の好画図《こうがと》をつくることがある。私は寺の屋根を眺めるほど愉快なことはない。怪異なる鬼瓦《おにがわら》を起点として奔流の如く傾斜する寺院の瓦屋根はこれを下から打仰《うちあお》ぐ時も、あるいはこれを上から見下《みおろ》す時も共に言うべからざる爽快の感を催させる。

と、寺院の瓦屋根の美しさを伝えている。とくに「奔流の如く傾斜する寺院の瓦屋根」という表現など、一言でサラッと述べているために、つい読み流してしまうかもしれないが、寺院建築に対する美学者の、たしかな視線と表現といっていいだろう。

さらに荷風は〝新時代の建築〟と植栽樹木の関係、調和についても言及を止めない。

新時代の建築に対するわれわれの失望は啻《ただ》に建築の様式のみに留まらず、建築と周囲の風景樹木等の不調和なる事である。現代人の好んで用ゆる煉瓦の赤色《あかいろ》と松杉の如き植物の濃く強き緑色《りょくしょく》と、光線の烈しき日本固有の藍色《らんしょく》の空とは何たる永遠の不調和であろう。日本の自然は尽《ことごと》く強い色彩を持っている。これにペンキあるいは煉瓦の色彩を対峙せしめるのは余りに無謀といわねばならぬ。試《こころ》みに寺院の屋根と廂《ひさし》と廻廊を見よ。日本寺院の建築は山に河に村に都に、いかなる処においても、必ずその周囲の風景と樹木と、また空の色とに調和して、ここに特色ある日本固有の風景美を組織している。

これは欧米の風土、光景を体験し、改めて日本の景観を見直すことができた人の視覚による言葉だろう。そして「それほど誇るに足らざる我が東京市中のものについてこれを観《み》よう」と、荷風散人ならではの得意技、謙遜しつつも東京名所案内的ガイダンスとなる。散歩通ならではの具体的記述。

❖ほとんどランドスケープアーキテクチャーの識見

不忍《しのばず》の池《いけ》に泛《う》かぶ弁天堂とその前の石橋《いしばし》とは、上野の山を蔽《おお》う杉と松とに対して、または池一面に咲く蓮花《はすのはな》に対して最もよく調和したものではないか。（中略）浅草観音堂とその境内《けいだい》に立つ銀杏《いちょう》の老樹、上野の清水堂《きよみずどう》と春の桜秋の紅葉《もみじ》の対照もまた日本固有の植物と建築との調和を示す一例である。

このあと植物、樹木に親しい心を抱く散人は、植物への応援歌を唱う。それは、また、ほとんど造園家、landscape architecture（ランドスケープ アーキテクチャー）の識見である。

無情の植物はこの点において最大の芸術家哲学者よりも遥《はる》かによく己れを知っている。私は日本人が日本の国土に生ずる特有の植物に対して最少《もすこ》し深厚なる愛情を持っていたなら、たとえ西洋文明を模倣するにしても今日の如く故国の風景と建築とを毀損《きそん》せずに済んだであろうと思っている。

散人の常に変わらぬ植物礼賛である。

不調和な市街の光景に接した目を転じて、一度《ひとたび》市内に残された寺院神社を訪《と》えばいかにつまらない堂宇もまたいかに狭い境内《けいだい》も私の心には無限の慰藉《いしゃ》を与えずにはいない。

雨中の蓮見。不忍池と弁天堂。タイコモチ連れの若旦那と、振り返るのは馴染みの芸者か

と、樹木とのよき調和からなる寺社への思いを吐露する。

路傍に立つ惣門《そうもん》を潜《くぐ》り、彼方《かなた》なる境内の樹木と本堂鐘楼等《とう》の屋根を背景にして、その前に聳《そび》える中門《ちゅうもん》または山門をば、長い敷石道の此方《こなた》から遠く静に眺め渡す時である。

と、〝寺社鑑賞〟の手引きをしてくれている。「寺の門は宛《さなが》ら西洋管弦楽の序曲《プレリュード》の如きもの」「神社について見るもまず鳥居あり次に楼門あり、これを過ぎて始めて本殿に到る」とアプローチの大切さを強調。さらに次の言葉など、まるで建築美学、マスタープランの講義の一節ではないか。

されば寺院神社の建築を美術として研究せんと欲するものは、単独にその建築を観《み》るに先立って、広く境内の敷地全体の設計並びにその地勢から観察して行かねばならぬ。

そして散人の言は「市街の生命たる古社寺の風致と歴史」の価値に気づかず、「眼前の

荷風は寺の門を「西洋管弦楽の序曲の如きもの」と表した。明治期石版『東京名所』の芝増上寺の立派な山門

利にのみ齷齪《あくせく》」するのは、「あまりに小国人《しょうこくじん》の面目を活躍させ過ぎた話」と、この貧しき〝面目〟に冷笑を浴びせる。

❖「世の中はどうでも勝手に棕櫚箒《しゅろぼうき》」

で、そのあとが、まさに散人節。自分が少々真面目にムキになって物言いをしたことにテレたのか、こんな戯作者的文言で、この章を終えている。

思わず畠違いへ例の口癖とはいいながら愚痴が廻り過ぎた。世の中はどうでも勝手に棕櫚箒《しゅろぼうき》。私は自分勝手に唯一人日和下駄《ひよりげた》を曳《ひ》きずりながら黙って裏町を歩いていればよかったのだ。

「どうでも勝手に棕櫚箒《しゅろぼうき》」はもちろん「勝手にしろ」と棕櫚を重ね合わせた地口。ところでこの棕櫚箒とは、よく建物の前庭などに植えられるヤシ科の樹木で、けば立った樹皮の繊維で和ボウキが作られる。また、これをひも状に編んだ棕櫚縄は、日本庭園の四つ目垣を組むときなどの必需の資材。

それにしても荷風先生、よくぞ棕櫚を用いて、まるで高座の噺家が口にするような啖呵と、それに続くご挨拶で、マトモな論のオチをつけたものである。さすが若き日、親に内緒で落語家に弟子入りした御仁だけのことはある。お行儀のいい、ただの作家、評論家先生、著名文化人などの芸ではありません。

「棕櫚箒」ではないが、なかなか一筋縄ではいかない。

第16話　『日和下駄』は真摯な警世の書でもある

——涼風に言問渡る艶隠者

荷風による東京散策記『日和下駄』の第六は「水　附渡船」。
柔らかげなもの、優しいもの、また刻々、その姿や気配が変わるもの――このような物事を人一倍好み、それを求めてやまない荷風散人が、花や女人を求めるように水の流れ、河川の風景にこだわらないはずがない。

理系感覚の文学者としては、森鷗外はもともと医学が本業なので別として、なんといっても幸田露伴という豪腕の先達を忘れるわけにはいかない。露伴には、すでに触れたが、『一国の首都』と題する今日の都市計画家も脱帽するしかないような、都市論、都市行政提言の書がある（岩波文庫に収録）。

この露伴先生にはまた、「水の東京」という、東京の河川を巡る画期的な随筆もある（明治三十五年）。こういう文章をものするときの露伴先生はガチンコ理系、それも都市工学、建築、土木、環境計画などのジャンルを横断する。

これに対して、わが荷風散人の河川とその周辺、また水の流れ、水景への志向は、理系感覚はあるものの、より情緒的、感覚的である。

荷風と川というと、たとえば隅田川にかかる吾妻橋や言問橋の上から、水の流れをぼおーっと眺めている姿や、たたんだ傘を手に、草の繁る荒川の土手や市川・真間川ぞいを歩いて行く姿などが眼に浮かぶ。

❖水の流れは東京の美観を保つ貴重なファクター

荷風と「水の流れ」ということを考えていたら、いくつかの俗曲、歌謡曲が頭に浮かんだ。古今、人が、なにかと川の流れに、世の常、自らの人生を重ねあわせてきたことを、あらためて知らされる。備忘のために試みに記しておこう。

美空ひばりが歌手人生の総まとめのように歌った『川の流れのように』は大ヒットした名曲だろうが、ぼくにはピンとこない。あまりにもちゃんとしていて、ケレンの感じがしないのだ。ひばりさんの歌唱力もあってか、妙に立派すぎる？　もし荷風が現代、この歌を聴いたとしても、たぶん反応しなかったのでは、と勝手に推測する。

川辺に立つ芸妓（鏑木清方画）。右側の着物の柄の文字から言問の歌と推測できる。都島の姿も描かれ、つまり、目の前の流れは当然、隅田川

では、この歌はどうか。「東雲節」。明治後期、名古屋・東雲の娼妓のストライキを、添田唖蝉坊ら演歌師が歌って全国で流行したというが、なぜかぼくも若いころから、ときどきこの歌を口ずさんだりしてきた。門前の小僧か。

歌詞が、「何をくよくよ川端柳　焦がるるナントショ　水の流れを見て暮らす」という歌い出し。ね、いいでしょう。「水の流れを見て暮らす」って、荷風さんっぽいでしょ。

『船頭小唄』も、いい。「おれは河原の　枯れすすき」から始まりますが、二番の歌詞、「死ぬも生きるも　ねえおまえ　水の流れに　何変わろ」と、ここでも「水の流れ」。大正時代、関東大震災の前後に大ヒット。のちの森繁久弥の歌が実に洒脱にして、シブいです。

思えば「水の流れ」といえば、

行く川のながれは絶えずして、しかももとの水にあらず。淀みに浮かぶうたかたは、かつ消えかつ結びて久しくとどまることなし。

もちろん、鴨長明『方丈記』。

また、ぼくの好きな話。忠臣蔵、大高源五と、俳句の師・宝井其角の両国橋の上での出会い。年の瀬、落ちぶれたなりをして、暮れのすす払いのための煤竹を売り歩いていた大高源五とバッタリ両国橋の上で出会った其角宗匠は、君主の敵《かたき》を討つ赤穂浪士でもある

べき源五の、そのうらぶれた姿を見て、本懐の志を失ったものと悲しみ、

年の瀬や水の流れと人の身は

と一句を記し源五に差し示す。と、其角の俳句の弟子でもあった源五は、少し考えたあと、

明日待たるるその宝船

と付ける。このときは其角、源五の句が、一瞬、単なる年の瀬の付句かと思ったのだが、実は、その明日、源五ほか四十七士は吉良邸に討ち入りすることになっていたのだ。だから「明日待たるる」となる。胸にぐっとくる話ではありませんか。

ちなみに、このことを唄った端唄「笹や節」、寄席かどこかで覚えたのか、大好きで、なぜか歌い出しくらいは歌えます。

と、いうわけで「水の流れ」——『日和下駄』「第六　水　附渡船」に戻ります。冒頭はフランス人の著した『都市美論』を、散人が「大窪だより」（岩波書店『荷風随筆一』に収録）でふれたことをのべたあと、わが邦の論となる。

『日和下駄』は真摯な警世の書でもある

明治の版画家・小林清親の弟子、井上安治による明治の東京風景「本所御蔵橋」。ステッキつく紳士と川の流れを見やる二人。登場人物のひとりひとりが荷風散人に見えてくる。空の広さが水の流れをほのめかす。

今試《こころみ》に東京の市街と水との審美的関係を考うるに、水は江戸時代より継続して今日《こんにち》においても東京の美観を保つ最も貴重なる要素となっている。（中略）天然の河流たる隅田川《すみだがわ》とこれに通ずる幾筋の運河とは、いうまでもなく江戸商業の生命であったが、それと共に都会の住民に対しては春秋四季の娯楽を与え、時に不朽の価値ある詩歌《しいか》絵画をつくらしめた。

〝時に不朽の価値ある〟と記しているが、このとき荷風は、この文章の五年ほど前に著した自らの〝不朽〟の名作『すみだ川』（籾山書店刊）は頭をよぎったのだろうか。いや、半畳を入れるのはやめよう。荷風先生、「今日市内の水流」に対して、愚痴《ぐち》る愚痴る。いや、「静かな、しかし執拗な」怒り、というべきでしょうか。

「市内の水流は単に運輸のためのみとなり」「伝来の審美的価値を失うに至った」とし、

最早《もはや》現代のわれわれには昔の人が船宿《ふなやど》の桟橋《さんばし》から猪牙船《ちょきぶね》に乗って山谷《さんや》に通い柳島《やなぎしま》に遊び深川島《ふかがわ》に戯《たわむ》れたような風流を許さず、また釣や網の娯楽をも与えなくなった。

と嘆き、「今日の隅田川」はパリのセーヌ、ニューヨークのハドソン、ロンドンのテームズなどと比べて「さして美しくもなく大きくもなくまたさほどに繁華でもなく」「極めてつまらない景色」に過ぎないとする。たしかに誰もが、そう思うだろう。しかしこれに続けて、誰もがそう思わないだろうことを、散人は思う。このあたりが荷風の底力というか、タフな〝景観愛〟である。

❖変わりはてた「水の流れ」でも見捨てない

しかしそれにもかかわらず東京市中の散歩において、今日なお比較的興味あるものはやはり水流れ船動き橋かかる処の景色である。

と、昔日の情趣は見る影もないにせよ、「水の流れ」を見捨てず、支援する。ここらが、単に美的感覚の鋭さを自認する批評家や文学者との差だろう。そして「東京の水を論ずるに当って」と、ごていねいにも〝水の流れの種類〟を、いちいち区別してゆく。このあたりも（理系の人だなあ）と思わざるをえない。随時改行、「 」を付して引用する。

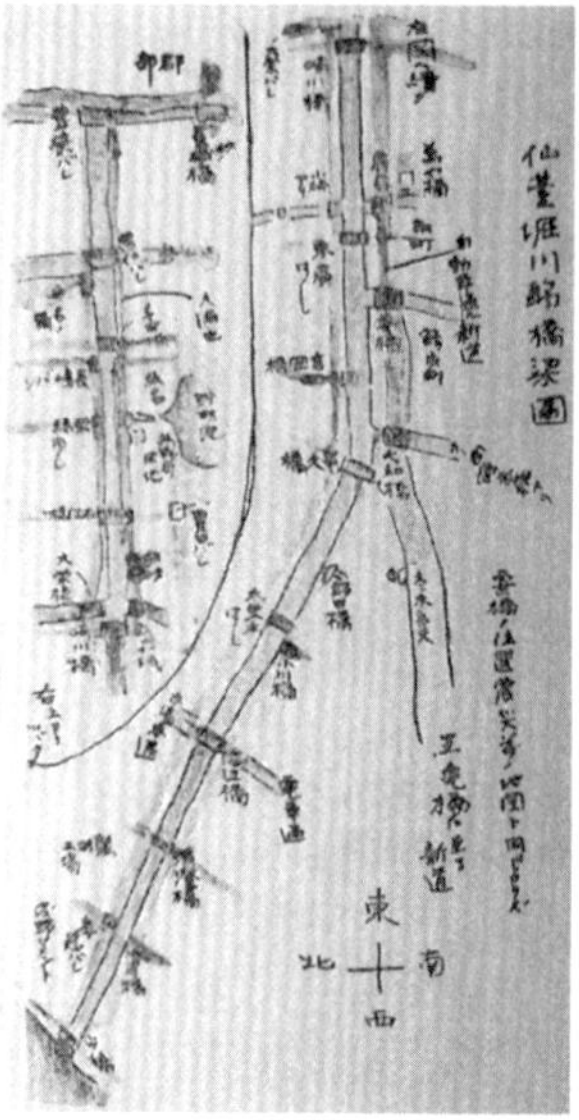

荷風自筆の仙台堀川筋に架かる橋の図。『断腸亭日乗』（昭和７年４月）

・第一は品川の「海湾」
・第二は隅田川中川《なかがわ》六郷川《ろくごうがわ》の如き天然の「河流」
・第三は小石川の江戸川、神田の神田川、王子の音無川《おとなしがわ》の如き「細流《さいりゅう》」
・第四は本所深川日本橋京橋《きょうばし》下谷《したや》浅草《あさくさ》等市中繁華の町に通ずる純然たる「運河」
・第五は芝の桜川《さくらがわ》、根津《ねず》の藍染川《あいぞめがわ》、麻布の古川《ふるかわ》、下谷の忍川《しのぶがわ》の如きその名のみ美しき「溝渠《こうきょ》」、もしくは「下水」
・第六は江戸城を取巻く幾重《いくえ》の「濠《ほり》」
・第七は不忍池《しのばずのいけ》、角筈十二社《つのはずじゅうにそう》の如き「池」

さらに江戸時代には知られた「井戸」にも言及するが、それらは「東京になってから全く世人に忘れられ所在の地さえ大抵は不明となった」と筆を止める。

そして前述の各「水の流れ」に関しては、品川の海湾の項からは、さらに詳細を記述してゆく。文中、永代橋の河下に碇泊していた帆前舟の「こわい顔した船長」から椰子の実をもらったことがあり、船長から、その船で「遠く南洋まで航海する」と聞いて、「ロビンソンの冒険談を読むような感に打たれ」、自分たちも「あのような勇猛なる航海者になりたいと思った」と、少年ならではの夢想的思い出も語ったりしている。

❖パリにもロンドンにもこの香ばしい光景はない

荷風の東京の水景については、各所、それぞれ語られるが、とくに「池」に関しての記述が印象に残る。

「池には古来より不忍池《しのばずのいけ》の勝景ある事これも今更説く必要がない」と前置きしたのちに、秋に上野の山の美術館で開かれる展覧会よりも、その帰り道、意欲満々たる出品作品よりも、「敗荷《はいか》の池に反映する天然の絵画に対して杖を留《とど》むるを常とした」と語る（まさに同感！）。ちなみに敗荷とは、秋になって枯れ破れた蓮の葉のこと。

さらに不忍池に関して、

もし上野の山より不忍池の水を奪ってしまったなら、それはあたかも両腕をもぎ取られた人形に等しいものとなるであろう。都会は繁華となるに従って益々自然の地勢から生ずる風景の美を大切に保護せねばならぬ。都会における自然の風景はその都市に対して金力を以て造《つく》る事の出来ぬ威厳と品格とを帯《おび》させるものである。

と、「金力を以て」という言葉を用いて、とかく経済や効率を優先して、かけがえのない残された都市の自然美を損なう愚にクギを刺す。そしてこの文章の締めが、なにより素晴らしい。とかく欧米に劣る日本の景観を指摘してきた荷風だが、そしてそれはもちろん妥当なことだが、不忍池に関しては、

巴里《パリー》にも倫敦《ロンドン》にもあんな大きな、そしてあのように香《かんば》しい蓮の花の咲く池は見られまい。

と、珍しく胸を張る。この荷風の不忍池に対する思いは、そののち散人が危ぶんだとおり、戦時中は、この池をつぶして畑にすべき、とか、戦後も、駐車場にしようとする愚案が提言されたりした。「不忍池駐車場案」のときは、ぼく自身、具体的に何の行動も起こさなかったことを恥じる気持ちがある。「良きにつけ悪しきにつけ、集団、団体行動は肌に合わない」などと言っている場合ではなかったのです。

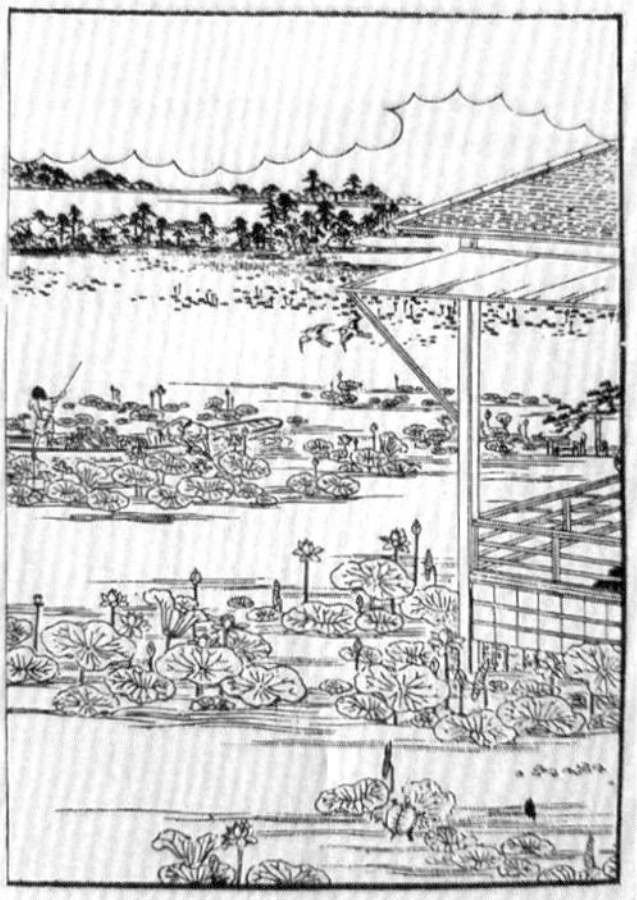

不忍池の蓮。長谷川雪旦『江戸名所花暦』。右は蓮見茶屋の一部

❖渡し船はもっとも尊い骨董の一つ

さて『日和下駄』、「水」に付して「渡船」がある。「渡船」とは、もちろん「渡し船」。散人は「水の流れ」をのべたあとで、東京の川の両岸を渡し行き来する渡し船についてふれずにはいられない。文は、こう書き出される。

> 都会の水に関して最後に渡船《わたしぶね》の事を一言《いちごん》したい。渡船は東京の都市が漸次《ぜんじ》整理されて行くにつれて、即ち橋梁の便宜を得るに従ってやがては廃絶すべきものであろう。江戸時代に遡《さかのぼ》ってこれを見れば元禄九年に永代橋《えいたいばし》が懸《かか》って、大渡《おおわたし》と呼ばれた大川口《おおかわぐち》の渡場《わたしば》は『江戸鹿子《えどかのこ》』や『江戸爵《えどすずめ》』などの古書にその跡を残すばかりとなった。

と記したあとで、しかし、この『日和下駄』の当時には、まだ東京の河川に渡しが往来していることを書きとめている。今日《こんにち》から思えば、うらやましいような記録である。

両国橋川上の「富士見《ふじみ》の渡し」、その川下の「安宅《あたけ》の渡し」。月島と築地を渡す（これは「佃の渡し」のことだろう）。向島の堤から浅草・待乳山《まっちやま》下の岸をむすぶ、文芸、舞台、落語の高座などにもよく登場する「竹屋《たけや》の渡し」（待乳山の一角、隅田川に面してポツンと碑が立っている）。その「竹屋の渡し」の少し川上、橋場には「橋場の渡し」。その他に、本所・堅川《たてかわ》、深川、小名木川の川筋を荷足船《にたりぶね》で人を渡す小さな渡し場が何ヵ所もあったという。散人は、かつての渡しの一例として、「竹屋の渡し」を語る。

河水《かわみず》に洗《あらい》出《だ》された木目《もくめ》の美しい木造《きづく》りの船、樫《かし》の艪《ろ》、竹の棹《さお》を以てする絵の如き渡船はない。私は向島の三囲《みめぐり》や白髯《しらひげ》に新しく橋梁の出来る事を決して悲しむ者ではない。

と言いそえながら、

私は唯両国橋の有無《ゆうむ》にかかわらずその上下《かみしも》に今なお渡場が残されてある如く隅田川その他の川筋にいつまでも昔のままの渡船のあらん事を　希《こいねが》うのである。（中略）木で造った渡船と年老いた船頭とは現在並びに将来の東京に対して最も尊い骨董《こっとう》の一つである。古樹と寺院と城壁と同じくあくまで保存せしむべき都市の宝物《ほうもつ》である

と「宝物」という言葉まで使い、都会というものは、

その活動的ならざる他《た》の一面において極力伝来の古蹟を保存し以てその品位を保《たも》たしめねばならぬ。

1966年、廃止直前の「佃の渡し」の乗船場。自転車でも乗り込めた

「佃の渡し」が廃止されると聞いて向島から自転車で乗船に来たという少年

救命輪に「東京都」のマークが見える。自転車で来たという少年はサンダルばきだった

と、力をこめて説く。そして、

渡船の如きは独《ひと》りわれら一個の偏狭なる退歩趣味からのみこれを論ずべきものではあるまい。

という一文で、『日和下駄』、「第六　水　附渡船」は終わる。

荷風の願いは、そのあとの関東大震災、また第二次世界大戦での東京大空襲、そして戦後の愚かしい経済偏重の環境破壊によって、夢と消えた。今日唯一、かつての渡し船の面影をしのぶことができるのは、柴又と松戸側の矢切を結ぶ「矢切の渡し」のみ。天気のよい日の午後、この渡しに乗るだけで、とても貴重な体験をしている気になる。川風に吹かれての渡し船の気分は、山本周五郎か池波正太郎の小説世界である。

荷風散人が嘆いたように、美しい流れをもたぬ都市は貧しい。その貧しさを自覚できない国民と国家は恥ずかしいくらい貧しい。

『日和下駄』は〝一国の首都〟たる東京のあるべき姿を訴え、今日も警鐘を鳴らしつづける。

第17話

隅田川の変貌ゆえ、足はやむをえず小松川に

――永代をくぐれば冥き舟遊び

荷風散人の『日和下駄』を読みすすめ、前回は第六「水　附渡船」の項をたどってみた。荷風散人と〝水の流れ〟は重要なテーマといえる。

『日和下駄』を手近に読むことができる岩波文庫『荷風随筆集』（上）は、荷風作品の編者としてもっともふさわしい一人と思われる作家・野口冨士男による構成・編集で「日和下駄」の他に十六編の随筆が収められている。

小説では、発禁をくらうほどのキワドイ男女のやりとりを好んで描いた散人だが、随筆はうって変わって、かなりお行儀よく、（じつは荷風先生、その素顔の一面はこちらの方だったのではないか?）と思わされるくらい、全篇通じて、江戸文人、儒者の面影をとどめ、また一方でときに自虐的、戯作者的物言いをして、この不朽の散歩文芸を成り立たせている。

『日和下駄』の、「水　附渡船」の一文に関連しては、後の作品として「夏の町」「向嶋」「深川の散歩」「放水路」「葛飾土産」「水のながれ」（作品発表順）などがあり、ぜひ併読したい。

散人の東京の川や両岸への思い——〝荒涼もまた〟、というより、〝だからこそ一層のこと良し〟と思い定めようとする水景への志向——散人は〝汚れちまった悲しみ〟を悲しむだけではなく、それとともに生き、荒涼の水景の町を歩もうとする。いや、途方もなく歩いて行く。

江戸の懐旧や記憶をあくまでも大切に描きながらも〝汚れちまった東京〟の姿を見捨て

ることなく、受容し、だれに頼まれたわけでもないのに歩く。歩きつづける。目前の悲しい、無惨な流れは、それ故にいっそう愛されるべし、愛されて不思議ではない、と言葉なく訴えるかのように。

葛西（現・江戸川区）の雷川を歩く永井荷風。昭和 32 年、東都書房『日和下駄』に掲載。いい光景ですねぇ

❖遊冶郎《ゆうやろう》的擬態

荷風にとっては、水の流れへの思いとは、また、その気配や景色への思いとは、ことによると、汚濁の境界に身を落とした女人に対する関わりと同様だったのかもしれない。

なににせよ、中途半端なストイシズム、これみよがしのダンディズムなどとは、もとより無縁のようである。良家の育ちでありながら、いや、だからこそか、ヘソの曲がり具合が込み入っている。〝悲しみの凄み〟というか。その凄みは、なにより、どうあっても愛さずにはいられない、というところからも生ずるのではないだろうか。そして、その愛は、「世の中のことは勝手に棕櫚箒《しゅろぼうき》」といった遊治郎的擬態で、用心深くカムフラージュされる。

さて、その荷風散人と、水の流れとのかかわりを、この岩波文庫本で見てみよう。まずは「夏の町」。明治四十三年、荷風三十一歳の作。フランスより帰り、二年ほど経った時期。ここでは、中学生のころ、隅田川で泳いだ夏の思い出が語られるのだが（「夏の町」の「一」）、この一文も、ほかでもない植物の記述から始まる。

枇杷《びわ》の実は熟して百合《ゆり》の花は既に散り、昼も蚊の鳴く植込《うえごみ》の蔭には、七度《ななたび》も色を変えるという盛りの長い紫陽花《あじさい》の花さえ早や萎《しお》れてしまった。梅雨《つゆ》が過ぎて盆芝居《ぼんしばい》の興行も千秋楽《せんしゅうらく》に近づくと誰も彼も避暑に行く。郷里へ帰る。そして炎暑の明《あかる》い寂寞《せきばく》が都会を占領する。

❖少年荷風（壮吉）、隅田川で泳ぐ

「夏の町」の冒頭の一節、これはもう一篇の詩ですね。それはともかく、永井壮吉少年は家族が逗子とか箱根とかに避暑に行くのに対し、「留守番という体《てい》のいい名義の下《もと》に自《みずか》ら辞退」、「両親の眼から遠ざかる事を無上の幸福としていた」という。

ま、毎年、夏ともなれば避暑地ですごす良家と、そのチャンスにひとり東京に居残り、

親の眼のとどかぬところで羽根をのばしたい軟派少年の姿が目に見えるよう。この暑中休暇のあいだに壮吉君は、隅田川、大川端の水練場にかよい「神伝流《じんでんりゅう》」の水練をマスターする。

「肌襦袢《はだじゅばん》のような短い水着一枚になって大川筋をば汐の流れに任《まか》して上流《かみ》は向島《むこうじま》下流《しも》は佃《つくだ》のあたりまで泳いで行き」というから、これは、かなりの泳ぎっぷりである。だから、

自分は今日になっても大川の流のどの辺《へん》が最も浅くどの辺が最も深く、そして上汐《あげしお》下汐《ひきしお》の潮流がどの辺においても最も急激であるかを、もし質問する人でもあったら一々明細に説明する事の出来るのは皆当時の経験の賜物《たまもの》である。

と自慢気に記している。また壮吉少年は隅田川を泳ぐばかりではなく、舟で、ボートより借り賃のぐんと安い「荷足舟《にたりぶね》」を漕ぎ出しては、

蔵前《くらまえ》の水門《すいもん》、本所の百本杭《ひゃっぽんぐい》、代地《だいち》の料理屋の桟橋《さんばし》、橋場《はしば》の別荘の石垣、あるいはまた小松島《こまつしま》、鐘《かね》ヶ淵《ふち》、綾瀬川《あやせがわ》なぞの蘆の茂りの蔭に舟をつないで、代数や幾何学の宿題を考えた事もあった。同時にまた、教科書の間に隠した『梅暦《うめごよみ》』や小三金五郎《こさんきんごろう》の叙景文をば目《ま》の当《あた》りに見る川筋の実景に対照させて喜んだ事も度々であった。

といい、このような少年時代の経験から隅田川と江戸文学は切り離して考えられなくなったと語る。

このあと散人は、モーパッサンとセーヌ川の舟遊び、ゴンクール兄弟のムウドンの情景、またゾラのセーヌ河畔と「巴里人《パリーじん》」などを例にあげ、「巴里人と江戸の人との風流を比較」に思いをいたし、この「夏の町」の「一」は、つぎのような一節で終える。締めもまた書き出しに対応、植物の叙景から。

縁先《えんさき》の萩《はぎ》が長く延びて、柔かそうな葉の面《おもて》に朝露が水晶の玉を綴《つづ》っている。石榴《ざくろ》の花と百日紅《ひゃくじつこう》とは燃えるような強い色彩を午後《ひるすぎ》の炎天に輝《かがやか》し、眠むそうな薄色の合歓《ねむ》の花はぼやけた紅《べに》の刷毛《はけ》をば植込《うえご》みの蔭なる夕方の微風《そよかぜ》にゆすぶっている。単調な蟬の歌。とぎれとぎれの風鈴《ふうりん》の音―自分はまだ何処へも行こうという心持にはならずにいる。

この「夏の町」が書かれたのは『日和下駄』に先立つ五年前。

下って昭和二年、荷風四十八歳のときの作「向嶋」。記されたのは関東大震災のあと。隅田川の河畔、向島墨堤の過去、桜花史を述べ、この地を詠った林述斎や蜀山人また寺門静軒、遠山雲如の詩を紹介、とくに柳と蘆、萩への思いをつづる。

この七年後の「深川の散歩」でもまた、散人の、水の流れへの志向が語られる。

多年坂ばかりの山の手に家《いえ》する身には、時たま浅草川の流を見ると、何ということなく川を渡って見たくなるのである。雨の降りそうな日には川筋の眺めのかすみわたる面白さに、散策の興はかえって盛《さかん》になる。

長年「坂ばかりの山の手」の家に棲んだからといって、だれもが川を見たい気持ちになるとはかぎらないだろう。これは荷風が壮吉少年だったころの、すでにふれた〝隅田川との交歓体験〟があってのことではなかろうか。山の手の住人で、東京に流れる河川など、まったく関心を持たない人のほうが圧倒的多数ではなかったか。

今日も、たとえば電車の中、川の鉄橋を渡るとき、川を眺める人は皆無といっていい。川面の光や上げ潮時の川の水の量感などには、まったく無関心で、ほとんどの車中の客の目と神経はスマホに注がれている。

ましてや散人が記しているように「雨の降りそうな日」に、わざわざ川筋を歩いてみようなどと思う人は、今も昔も、変人の部類に属するにちがいない。よほどの〝川癖＝川フェチ〟の荷風ならではの言といえよう。「深川の散歩」は、

『断腸亭日乗（三）』の函には荷風のスケッチによる葛西橋周辺の風景が描かれている。なんという文人ぶり

或日わたくしはいつもの如く中洲の岸から清洲橋を渡りかけた時、向に見える万年橋のほとりには、かつて芭蕉庵の古址《こし》と、柾木稲荷《まつさきいなり》の社《やしろ》とが残っていたが、震災後はどうなったであろうと、ふと思出すがまま、これを尋ねて見たことがあった。

と、「ふと」した気分で深川散歩となるのだが、この一文では、周辺の情景描写とともに、若き日からの友であった、亡友「A」こと「夜烏子」(井上唖々)の思い出が語られる。

夜烏子は山の手の町に居住している人たちが、意義なき体面に累址《わずら》わされ、虚名のために齷齪《あくせく》しているのに比して、裏長屋に棲息している貧民の生活が遥に廉潔《れんけつ》で、また自由である事をよろこび、病余失意の一生をここに隠してしまったのである。

「夜烏子」は、深川・東森下町の裏長屋に住んでいたことがあったという。

ここで、まったくの余談だが、散人の〝雨もよいの日に、かえって散歩の興がわく〟で思い出したのは、同じく深川の地にある清澄庭園のこと。元禄時代の豪商・紀伊国屋文左衛門の屋敷跡を明治の財閥、三菱の創業者・岩崎弥太郎(この人がまた希代の〝庭癖《マニア》〟)が全国から奇岩珍石を集め、隅田川の流れを引き込んで大改修した、回遊式築山林泉庭園。じつは今日もこの庭園を訪れるのは雨の日が一興となる。

というのは、岩崎弥太郎が財を築いた海運業の力によって集められた庭石は、雨にぬれると一変、艶やかに、その岩石のもつ美質を浮きあがらせ照り輝くからだ。また、かつては隅田川からの潮入りの庭だったといわれる海の磯浜を思わせる光景は、雨の中でぐんと水かさを増しているように見える。

雨中での岩を踏んでの磯渡りは、足を滑らせぬよう注意が肝心だが（近くに救命用の浮輪も設置されている）、雨の日の清澄庭園ならではのスリルがある。

財閥嫌い（と思われる）、また財を投じて造られた〝名園〟などには一顧だにしなかったろう散人に対して言わずもがなの駄弁を弄してしまった。荷風と川の話に戻ろう。昭和十一年、散人、五十六歳の筆「放水路」は、こう書き始められる。

❖「探検の興は勃然として湧き起こる」

隅田川《すみだがわ》の両岸は、千住《せんじゅ》から永代《えいたい》の橋畔《きょうはん》に至るまで、今はいずこも散策の興を催すには適しなくなった。やむことをえず、わたくしはこれに代るところを荒川《あらかわ》放水路の堤《つつみ》に求めて、折々杖を曳くのである。

つまり、隅田川はもう、散人にとって、残念ながらそぞろ歩く地ではなくなったと語る。「やむことをえず」というのは、少年の日の隅田川との交わり、また、江戸文人の風姿を偲ぶよすがとした、この東京の中心を流れる川がすでに散策に適さぬものとなってしまったら、〝川癖〟の散人にとっては、これに代わる地を他に求めなければならない。愛犬や愛猫を失ってのペットロスならぬ、〝リバーロス〟といっていいか。

散人、ことは偶然なのだが荒川放水路と出合う。

荷風が描いた「女木塚」のスケッチ。『断腸亭日乗』(昭和7年4月)

昭和改元の後、五年の冬さえまた早く尽きようとするころであった。或日、深川の町はずれを処定めず、やがて扇橋《おうぎばし》のあたりから釜屋堀《かまやぼり》の岸づたいに歩みを運ぶ中《うち》、わたくしはふと路傍の朽廃《きゅうはい》した小祠《しょうし》の前に一片の断碑を見た。碑には女木塚《おなぎづか》として、その下に、

秋に添《そう》て行《ゆか》ばや末は小松川《こまつがわ》　芭蕉翁

と刻してあった。

これを読んだ散人は、芭蕉の句のように、秋の流れに添って小松川まで歩いて見ようと思い立った。「秋の流れに添って」はいいとしても、なんと深川から荒川放水路を小松川まで⁉ 何キロの行程になるのか定かではないが、これは一般に散策というレベルの距離ではないだろう。むしろちょっとした遠出、というのがふさわしい。

案の定、船堀橋を経て、土手づたいに葛西橋を望んだころには日は暮れてしまう。

夜は忽ち暗黒の中に眺望を遮るのみか、橋際に立てた掲示板《けいしいた》の文字さえ顔を近づけねば読まれぬほどにしていた。掲示は通行の妨害になるから橋の上で釣をすることを禁ずるというのである。しかしわたくしは橋の欄干に身を倚《よ》せ、見えぬながらも水の流れを見ようとした時、風というよりも頬《ほほ》に触《ふ》れる空気の動揺と、磯臭い匂と、また前方には一点の燈影《とうえい》も見えない事、それらによって、陸地は近くに尽きて海になっているらしい事を感じたのである。

（なんでそこまでするの！）という散人の、この追究癖？ しかも散人、ここに至っても「探検の興は勃然として湧起ってきたが」「暗夜に起る不慮の禍《わざわい》を思い」「他日を期して」帰路を求めることとしたという。再チャレンジですか！ つい微笑を誘う。

そんな荒川放水路に思いを寄せる散人。

放水路の眺望が限りもなくわたくしを喜ばせるのは、蘆荻《ろてき》と雑草と空との外、何物をも見ぬことである。殆ど人に逢わぬことである。平素市中《しちゅう》の百貨店や停車場《ていしゃじょう》などで、疲れもせず我先きにと先を争っている喧騒な優越人種に逢わぬことである。

と、その理由をのべる。さらに自らの『日和下駄』のことにもふれる。

❖その脚と心情は現実から逃れ、彷徨《さまよ》う

四、五年来、わたくしが郊外を散行するのは、かつて『日和下駄《ひよりげた》』の一書を著《あらわ》した時のように、市街河川の美観を論述するのでもなく、また寺社墳墓を尋ねるためでもない。自分から造出す果敢《はかな》い空想に身を打沈めたいためである。

そして、

平生《へいぜい》胸底に往来している感想に能《よ》

昭和13年、岩波書店刊『おもかげ』に収められている、荷風撮影の堀切橋と自作の句「釣ぼりの旗あちこちに風薫る」

く調和する風景を求めて、瞬間の慰藉《いしゃ》にしたいためである。

それが、なぜまた、なんのためにと問い詰められても「答えたくない」としながらも、唯おりおり寂漠を追求して止まない一種の慾情を禁じ得ないのだというより外はない。

哀れなるかな荷風散人。風景愛（一種の欲情！）を抱いたがために「ふと」、やみくもに出遊し、隅田川両岸、また街の変貌に追い立てられるように、辺鄙な郊外へ郊外へと、その脚と心情は逃れ、彷徨うこととなる。

隅田川から深川へ、そして荒川放水路、さらには東京の境を越えて葛飾の地へ、と。

第18話　深川から小名木川へ。荷風の散歩力に舌を巻く

――小名木川白粉花《おしろいばな》も色褪せて

それこそ運動や体育とは、まったく縁のない印象を受ける永井荷風だが、意外や、すでに記したように、彼の壮吉少年時代には、隅田川の大川端の水練場に通い「神伝流《じんでんりゅう》」の水練を修得、なんと、向島から佃島あたりまで泳いでいたという（明治四十三年「夏の町」）。その壮吉少年は、長じて永井荷風となり、父・久一郎の助力によって、アメリカ、そしてフランスへ遊学、帰朝した一年少しのちには（三十歳）、名品「すみだ川」を発表している。

この隅田川の流れと、その両岸の四季折々の風光は多くの江戸文人墨客に愛でられ、おびただしいほどの詩文に詠われた地である。

「浮世絵の鑑賞」「江戸藝術論」、あるいは『偐紫田舎源氏』の作者・柳亭種彦と、その挿絵を担った浮世絵師・五渡亭国貞を登場人物とした『散柳窓夕栄』といった作品を生んだ荷風散人が、この江戸以来の隅田川と、その文化に余人を許さぬほどの深い思いを寄せていたことはいうまでもない。

その隅田川の流れと光景が目も当てられぬほど荒廃し、かつての面影を失うのにいたたまれぬ思いあってか散人は、まるで追われるように、テクテク、トボトボと、むしろ、あえて情緒のない堀割や荒川の放水路へと歩を進めてゆく。散人の、執拗ともいえる日々の散歩癖には、追慕と断念の雰囲気がまとわりつく。そして、ついには戦後、水の流れへの思いは葛飾、江戸川の畔《ほとり》にまで至る。

『日和下駄』が収められている岩波文庫『荷風随筆集』(上)の中の、水の流れ、河川にかかわる作品として、執筆年代順に「夏の町」「向嶋」「深川の散歩」「放水路」と見てきたが、この野口冨士男による編では、さらに「葛飾土産」、そして「水のながれ」、さらに戦後再び「向島」と続いて収録されている。

「葛飾土産」は昭和二十二年、つまり敗戦後二年目の暮、十二月の記である。昭和二十年三月の東京大空襲で、麻布市兵衛町の「偏奇館」の炎上、すべての蔵書の焼亡を見とどけた荷風は、戦火がおさまると、住みなれた東京の地から、江戸川を越えた葛飾、千葉県市川市に居を移すことになる。

この市川を選んだのは、東京と隣り合う県であり、また、ほど近くを流れる江戸川の光景が蘆荻《ろてき》の茂る、かつての隅田川河畔を偲ばせるためだったのではないだろうかとされている。

市川、葛飾の地に移り住んで、散人の「葛飾土産」は記されることになる。この「葛飾土産」、激動の戦時下、ついに戦禍を受けて、すべてを失った二年のちの筆なのだが、さすがは荷風散人、このような状況下にあっ

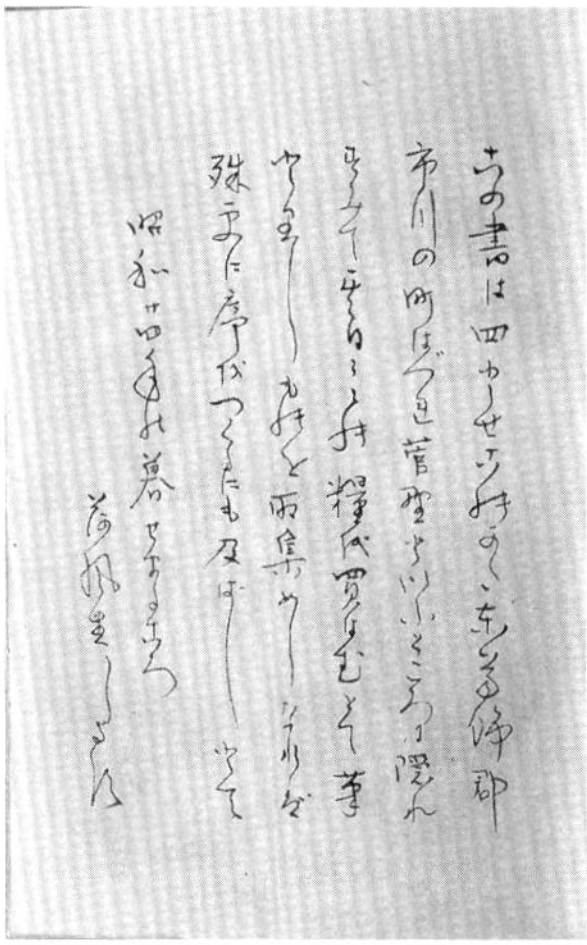

『葛飾土産』元本の荷風自筆の序。新しい中公文庫では、この書が漢字、仮名まじりで掲載。ありがたい

ても、その文藻はぶれることなく、静かな書き出しであり、しかも市川の地との出合いの喜びをしたためている。梅花への思いである。強靱な精神力といえる。

菅野《すがの》に移り住んでわたくしは早くも二度目の春に逢おうとしている。わたくしは今心待ちに梅の蕾《つぼみ》の綻《ほころ》びるのを待っているのだ。去年の春、初めて人家の庭、また農家の垣に梅花の咲いていているのを見て喜んだのは、わたくしの身に取っては全く予想の外にあったが故である。

敗戦後の窮乏下でありながら、いや、そのような状況であるからこそか、荷風は梅の咲くのに接し、望外の喜びを得る。この人の文人的不良ぶりというか、不逞ぶりは、危機の時にこそポジティブに出る。

❖葛飾の地にかつての東京を味わう

戦災の後、東京からさして遠くもない市川の町の付近に、むかしの向嶋《むこうじま》を思出させるような好風景の残っていたのを知ったのは、全く思い掛けない仕合せであった。

この一文は、読んでいるこちらも（荷風さん、よかったね）と、ほっとした気持ちにさせられる。このあと散人の文は、現代の日本人が草木のすべてに興味をいだかなくなってしまったことを嘆くが、移り住むことになった、この市川の地では、荷風が壮吉・学生のころ、町で聴き慣れた巷の声にも接し、かつての路地・横丁住まいを心懐かしく思い出されることにもなる。

また、この町での、砂ぼこりを防ぐため、長い柄杓《ひしゃく》で溝の水を汲んで撒いている光景に接し、「溝の多かった下谷浅草《したやあさくさ》の町や横町《よこちょう》を、風の吹く日、人力車に乗って通り過ぎたころのむかしを思い出させずには置かない」となつかしみ、「東京下町の溝の中には川のながれと同じように、長く都人に記憶されていた名高いものも少なくはなかった」と記す。

かつての東京に〝名高い〟溝《どぶ》があった、ということを、この散人の記述によって初めて知ったのだが、さらに記録魔的気質を有する荷風先生は、「むかしあって後に埋められた市中溝川の所在を心覚《こころおぼえ》に識《しる》して置いた」のを再録してゆく。

散人の癖《へき》ともいえる、マニアックなリストアップ行為である。これもまた、貴重といえば貴重な記録だろう。今日、それこそ不要不急のことがらだろうが、あえて、転記しておきたい。散人の類まれな地誌的関心の深さがうかがえて興味ぶかい。

これまで他のどのような文学者が、市中の溝川《どぶがわ》のリストなどを書き残そうとしただろうか。土木学上の記録ともなる（一部字間をあけて引用したい）。

・京橋区内では——木挽町《こびきちょう》一、二丁目辺《へん》の浅利河岸《あさりがし》（震災前埋立）・新富町《しんとみちょう》旧新富座裏を流れて築地川に入る溝渠・明石町《あかしちょう》旧居留地の中央を流れた溝渠。むかし見当橋のかかっていた川・八丁堀《はっちょうぼり》地蔵橋かかりし川、その他。
・日本橋区内では——本柳橋《もとやなぎばし》かかりし薬研堀《やげんぼり》の溝渠（震災前埋立）
・浅草下谷区内では——浅草新堀・御徒町忍川・天王橋かかりし鳥越川《とりごえがわ》・白鬚橋《しらひげばし》瓦斯タンクの辺橋場のおもい川・千束町《せんぞくまち》小松橋かかりし溝・吉原遊郭周囲の鉄漿溝《おはぐろどぶ》・下谷二長町《にちょうまち》竹町辺の溝・三味線堀。その他なお多し。
・牛込区内では——市ヶ谷富久町《とみひさちょう》饅頭谷《まんじゅうだに》より市ヶ谷八幡鳥居前を流れて外堀《そとぼり》に入る溝川・弁天町《べんてんちょう》の細流・早稲田鶴巻町《つるまきちょう》山吹町《やまぶきちょう》辺を流れて江戸川に入る細流。
・四谷新宿辺では——御苑外《ぎょえんそと》の上水堀・千駄ヶ谷水車ありし細流。
・小石川区内では——植物園門前の小石川・柳町《やなぎちょう》指《さす》ヶ谷町《やちょう》の溝・竹島町《たけしまちょう》の人参川・音羽《おとわ》久世山《くぜやま》崖下の細流・音羽町西側雑司《ぞうし》ヶ谷《や》より関口台町《せきぐちだいまち》下を流れし弦巻川《つるまきがわ》。
・芝区内では——愛宕下《あたごした》の桜川また宇田川・芝橋かかりし入堀（これは震災前埋立）
・赤坂区内では——溜池《ためいけ》桐畠の溝渠。
・本所深川区内では——御蔵橋《おくらばし》かかりし埋堀・南北の割下水・黒江《くろえ》町黒江橋ありし辺の溝渠。その他。
・砂町《すなまち》では——元〆川・境川おんぼう堀。その他。

とし、「こんな事を識るすのも今は落した財布の銭を数えるにも似ているであろう。」（傍点筆者）と、散人ならではの捨てゼリフというか自嘲気味のことばで、この〝覚え〟の記を終えている。

ぼくの、この連載時の原稿は（すでに記してもいるが）編集の人には申し訳ないのだが、いまだに原稿用紙に手書きで、荷風のこの溝川のくだりを書き写していると、すでに消えてしまって知らない、好ましい地名、町名、あるいはおおよその土地勘があるところに、そんな細流や溝があったのかと、自ずと興がわいてきたりする。楽しい。

荷風文学の愛読者といえども、このような溝川の列記など、さほど気にかけることなく読み流すのではないだろうか、と邪推するが、こういう事柄を記述せずにはいられない荷風散人の心根を理解し、楽しまなくては、荷風随筆を読むことは、もったいないことだと思う。

それにしても荷風先生、本当に市中のあれこれ、細部にくわしい。この溝川の記述にしても、ただ書物から得た知識ではない実践による現場感というか、実感が伝わってくる。（歩いてるなあ、この人は……）と脱帽するしかない。

❖散人の歩いた小名木川《おなぎがわ》散歩に挑戦

歩くといえば、じつは前話で散人が深川から葛西橋近くまで歩いて行ったのにならって、よし、自分もそのコースをたどってみようと思い立った。散人は、葛西橋に至らぬうちに日没となってしまった、と悔しまぎれに記していたので、こちらは、その轍をふまぬよう、昼過ぎの一時半に森下からスタート。地図も「深川・木場」「砂町」「江東広域図」の三種を用意、まずは芭蕉稲荷から芭蕉庵展望庭園へ、清洲橋を眺めたのち萬年橋のたもとから小名木川沿いの遊歩道におり、東へ向かうことにした。

　この日は土曜日だったが、川沿いを歩く人はほとんどいない。たまに、この近くの人か、ジョギングのランナーとすれちがうくらい。こちらがまず目指すは、散人が扇橋をすぎて、しばらく歩いたところ、小さな祠の前に立つ碑をみとめ、それが芭蕉の「秋に添《そう》て行《ゆか》ばや末は小松川《こまつがわ》」の句碑であったという、その「女木塚《おなぎづか》」。荷風がスケッチまでしているその女木塚をともかく見てみたい。その先の旧小松川閘門《こうもん》、さらに葛西橋は、そのあとの成り行き、と考えた。

挫折の散歩から１週間後の再チャレンジで、めでたく「女木塚」へ。丸八橋下、大島稲荷神社境内、荷風の目にとまった女木塚と新しい芭蕉翁像

　ところが扇橋をすぎたあたりから、体がかったるくなってきた。秋の午後の陽は想像以

上にきつく、それこそ芭蕉の句ではないが、「あかあかと日はつれなくも――」である。早々に女木塚は断念、タクシーをつかまえて、勝手知ったる食堂兼居酒屋で、この時間(三時前)でも開いている店のある「砂町銀座」へと向かってしまった。

小松川、さらには葛西橋どころではなかった。散人の想像以上のタフな散歩力を再認識させられた次第。(しかし、女木塚へは今月中に必ず!)と言い訳がましく自らに課した(一週間後に再チャレンジ)。それにしても小名木川、まったくといっていいくらい、行き交う船の姿も見えず、たまに川面に浮かぶ船をながめれば、川底の泥をさらう不粋な浚渫《しゅんせつ》船《せん》。時はちょうど満潮時か干潮時か潮の流れはピタッととまったまま。しかも川筋は、なんの変化もなく、ただ一直線。

荷風先生、よくぞこんな単調で退屈な川筋を歩かれた。しかも、この小名木川の様子を散人ご自身が俳句に作られ、ごていねいに写真まで撮っていた。本当にタフな散歩怪人《モンスター》ではある。

ふと思いつき、記憶をたどってまたもや岩波書店『おもかげ』を手に取る。奥付を見ると昭和十三年第一刷。この連載でも何度かお世話になっている荷風本。函と表紙そして別丁扉は、散人本人の手による蓮の葉より頭を出す蓮の実の絵柄。荷風のデザイン感覚の非凡さがうかがえて嬉しい装丁、造本。

この『おもかげ』の「放水路」の章に、

まっすぐな川筋いく里日のみじか

の句に「小名木川」とネームが付された、渡し船の桟橋と川面がうつる写真が添えられている（下段）。たしかに小名木川、昔も今も「まっすぐ」だったようだ。ただ、散人の遊歩したころの川の光景は、散人の写真で見るかぎり、渡し船も通り、沿岸も今日よりも人の生活の匂いが感じ取れる。

にしても、散人自らの句にしたように「川筋いく里日のみじか」って、くりかえしますが、（よくぞ歩いたな〝幾里〟も、そりゃあ秋の日も暮れるって！）というのが、ぼくの実感。ぼくは予定した行程の半ばも行かぬうちにギブアップしてしまったが、荷風さんの文に誘われて、自分でもこのコースを体験したことによって、深川から

左の芭蕉の句のように、ひたすら真っ直ぐに走る、かつては行徳の塩ほか生活品の運搬船が行き交った小名木川（2021 年、秋）

『おもかげ』中の「放水路」の文に添えられた戦前の小名木川の写真と俳句。「まっすぐな川筋いく里日のみじか」

小名木川筋を歩き小松川まで至った、という散人の体験の一端は共有することができた。少なくともぼくにとって、小名木川とその周辺（仙台堀川や砂町も）がぐんと身近かなものになりました。

❖いよいよ終生の地・葛飾散歩に興ず

ところで散人の『おもかげ』の巻末には「自選　荷風百句」が収められていて、その中の一句に、

よし切《きり》や葛飾ひろき北《きた》みなみ

がある。この句や「葛飾土産」の後半に関しては、このあとの稿でふれてゆきたい。

〝小名木川中途断念散歩〟から戻ってからややあって、ぼくは二冊の、東京下町に縁の深いお二人の俳人本を本棚から引き出した。一冊は安住敦『東京歳時記』（昭和四十四年　読売新聞社刊）。もう一冊は石田波郷『江東歳時記』（昭和四十一年　東京美術刊）。

この二著を久しぶりに手にしたのは、深川から砂町への江東散歩と、荷風散人の俳句を思い出したからだろう。二著とも写真がたっぷり添えられた俳文随筆集。『東京歳時記』の著者・安住敦は東京、芝の生まれ（明治四十年）。久保田万太郎を師とし万太郎主宰の結

社「春燈」を引き継ぐ。「しぐるるや駅に西口東口」は、人々の生活への共感を詠って代表句とされる。

日本エッセイスト・クラブ賞を受けているこの俳人の随筆、とくに東京の四季にかかわる随筆は、どの一文も読んでいて懐かしい気持ちにさせられるが、挿入されている写真がまた、戦後の東京の時代を映していて貴重。たとえば、佃の渡しの一文に添えられた金子弘（安藤鶴夫『寄席はるあき』昭和四十三年・東京美術刊など）による写真は、ぼく自身の記憶をめざめさせてくれる。しかし、この本に深入りするのは別の機会に。

もう一冊の『江東歳時記』は砂町在住の〝人間探求派〟といわれた俳人・石田波郷が読売新聞江東版に連載したコラムをまとめた一冊。右頁には写真（か挿画）と波郷の俳句、左頁に短いエッセーという構成。

この俳人に葛西橋を詠んだ句で、「立春の米こぼれをり葛西橋」という、じつに印象深い代表句がある。この一句によって「葛西橋」は、実際には見知ってなくても、俳句を親しむ人たちの頭の中には否応なく存在している橋となっているのではないか。

例によって『おもかげ』から、つい俳人の東京歳時記本に寄り道してしまった。本道に戻って、荷風の「葛飾土産」の溝、堀川につづく文章を見てゆきたい。これがまた、東京の草花のあれこれがとりあげられている一文なのだ。

書き出しは、

東京の郊外が田園の風趣を失い、市中に劣らぬ繁華熱閙《ねっとう》の巷となったのは重《おも》に大正十二年震災あってより後である。田園調布の町も尾久《おぐ》三河島《みかわしま》あたりの町々も震災のころにはまだ薄《すすき》の穂に西風のそよいでいた野原であった。

と、東京郊外の風景の時代的転換点を示す。そして話は、桜草、ダリア、コスモス等の記述から、いよいよ終生の地、市川、葛飾への散歩となる。

第19話　東京空爆、「偏奇館」を焼失。散人、市川と出合う

——秋の日や川見る人の影伸びて

日本の散策文芸の傑作、すでに近代文学の古典とも目される永井荷風『日和下駄』が収められている岩波文庫『荷風随筆集』(上)に、東京周辺の水の流れ、河川に関わる作品として「夏の町」「向嶋」「深川の散歩」「放水路」「葛飾土産」「水のながれ」「向島」といった好ましい小品が一括収録されていることは、すでに述べた。

東京の川筋、溝、運河をながめ、歩きめぐった荷風は、江東から荒川放水路、さらに旧中川へと歩を進めてゆく。そして、昭和二十年三月の東京大空襲によって麻布の「偏奇館」を焼失した散人は、八月十五日の敗戦のあと、難を逃れて、岡山、熱海と疎開ののち、江戸川を越えた千葉県市川市(葛飾の地)に生活の拠点を移す。

「葛飾土産」は、荷風が市川に移り住んで二年後に雑誌「中央公論」誌上で発表される(単行本は昭和二十五年、中央公論社刊)。

戦後まもない元本『葛飾土産』は、荷風散人の、葛飾暮らしをはじめたころの風姿を撮った写真が収められていて、ぼくにとって、なんとも嬉しい一冊だが、この稿は、今日、入手しやすい岩波文庫の『荷風随筆集』(上)をテキストとしよう。

この「葛飾土産」の中の、散人ならではの植物話。まずは小学生のころの思い出からはじまる。

わたくしが小学生のころには草花といえばまず桜草《さくらそう》くらいに止《とど》まって、殆どその他のものを知らなかった。荒川堤《あらかわづつみ》の南岸浮間《うきま》ヶ原《はら》には野生の桜草が多くあったのを聞き

つたえて、草鞋《わらじ》ばきで採集に出かけた。（傍点筆者）

この桜草の一文中の「浮間ヶ原」は、この荷風の文で初めて知った地名。「荒川堤の南岸」とあるが（どのへんなんだろう）と気になったので調べることにした。手元の『角川地名大辞典13東京都』（昭和五十三年刊）にあたる。

ぼくは勝手に、すでに消えた地名か、と思い込んでいたがとんでもない。北区に浮間一～五丁目として現存する。しかも荒川、岩淵に隣接している。

岩淵といえば赤羽へ居酒屋漫歩に出向くとき、事務所のある飯田橋からは南北線の赤羽岩淵駅で降りて、荒川と隅田川が分岐する水景をしばし眺めやったあと、JR赤羽駅近くのラビリンス的飲食街に向かうことが多い。

この辞典には、浮間［近世］の項に、「浮間ヶ原のサクラソウは人々に愛賞された」と記されている。この地は、江戸時代からサクラソウの名所だったようだ。

荷風の記述に戻ろう。散人は小学生のころは、なんと「草鞋ばきで」この浮間ヶ原に出かけたとあるが、サクラソウを観に行ったとか、摘草に行った、ではなく、「採集に出かけた」というあたりが、いかにも理系少年的。牧野富太郎（独学の大植物学者）の少年時代などを思いおこさせてくれて微笑ましい。

❖外国より渡来の草花の記録

サクラソウに続く一文。

ダリヤは天竺牡丹《てんじくぼたん》といわれ稀に見るものとして珍重された。それはコスモスの流行よりも年代はずっと早かったであろう。チュリップ、ヒヤシンス、ベコニヤなどもダリヤと同じく珍奇なる異草として尊まれていたが、いつか普及せられてコスモスの流行《はや》るころには、西河岸の地蔵尊、虎ノ門の金毘羅《こんぴら》などの縁日《えんにち》にも、アセチリンの悪臭鼻を突く燈火の下に陳列されるようになっていた。

今日では、まったく身近な草花の、日本への渡来、また普及の時期や当時の呼び名などを荷風が書き残してくれたことにより知ることができる。さらに散人は、こんな考察もする。

わたくしは西洋種《だね》の草花の流行に関して、それは自然主義文学の勃興、ついで婦人雑誌の流行、女優の輩出などと、ほぼ年代を同じくしていたように考えている。

と考現学的言及まで付け加えている。

以上は、昭和二十二年十月の記述。これにつづく同じく二十二年、これは十二月の記。よく知られる荷風、「葛羅之井《かつらのい》」発見のくだりとなる。

松杉椿のような冬樹《ふゆき》が林をなした小高い岡の麓《ふもと》に、葛飾《かつしか》という京成電車の静な停車場がある。線路の片側は千葉街道までつづいているらしい畠。片側は人の歩むだけの小径《こみち》を残して、農家の生垣が柾木《まさき》や槙《まき》、また木槿《むくげ》や南天燭《なんてん》の茂りをつらねている。夏冬ともに人の声よりも小鳥の囀《さえず》る声が耳立つかと思われる。

❖忘れられていた蜀山人の碑を発見

ここから「葛羅之井」発見の記述。

今年の春、田家《でんか》にさく梅花を探りに歩

「葛羅之井」の石碑と荷風。碑文の文字は江戸時代を代表する文人・大田南畝（1749〜1823）。蜀山人の名でも知られる。うち忘れていた南畝の碑を、たまたま葛飾散歩の途中で見つけだした散人

いていた時である。わたくしは古木と古碑との様子の何やらいわれがあるらしく、尋常の一里塚ではないような気がしたので、立寄って見ると、正面に「葛羅之井《かつらのい》」。側面に「文化九年壬申三月建、本郷村中世話人惣四郎」と勒《ろく》されていた。

「探梅」——梅の花を見にと訪れた葛飾散策の途中の道端の古い碑に油断なく目を止めたのが、なんとも荷風散人らしい。そして碑文の文字が「何となく大田南畝《おおたなんぽ》の筆らしく思われたので」と、ハンカチを取り出し、水にぬらし石の面に、幾重にも貼りついていたビラなどを洗い落としてみると、「案の定《じょう》、蜀山人《しょくさんじん》の筆で葛羅の井戸のいわれがしるされていた」という。

「南畝の筆らしく思われたので」というあたり、荷風の江戸末文化への理解の深さを伝えてくる。

石を囲《めぐら》した一坪ほどの水溜りは碑文に言う醴泉《れいせん》の湧き出た井の名残であろう。しかし今見れば散りつもる落葉の朽ち腐された汚水の溜りに過ぎない。

散人の「葛羅之井」の文を読んで、ある日の午後、京成の西船（旧・葛飾）駅から、その地をたずね歩いたのは、もう十年以上前になるだろうか。たしか、小さな池のような溝のような脇に古い碑と薄汚れた標示板が立っていたように記憶する。

わざわざ、ここを訪れる人がいるような気配などまったくなく、ただ隣接する民家のどこからか、琴を練習する音が聞こえてきて、（これが三味線の音だったらなぁ）と思ったことを覚えている。今回、船橋市の広報による市内の「湧水地について」を見ると、近年、この「葛羅の井」の周辺も柵を作ったり、池中の泥をさらったり整備しているとあったので、近々、あらためてたずねてみたい（この稿のすぐ後に実行、井の水面には山茶花の花が散り浮かんでいました）。

「葛飾土産」は「葛羅之井」のあと、八幡から市川周辺の水の流れへと移る。八幡は言うまでもなく散人が戦後、市川市内の地を何度か転居したあと、家を建て終生の地としたところである。江戸東京博物館の「永井荷風と東京」展（一九九九年）の図録中「荷風の住んだ市川」によると、

①昭和21年1月より22年1月まで――大島一雄（杵屋五叟）の借家（菅野258）
②昭和22年1月より23年12月まで――小西茂也宅（菅野278）
③昭和23年12月より32年3月まで――旧宅（菅野112）
④昭和32年3月より34年4月まで――終焉の地（八幡町四丁目1228）

となる。そしてこの間、荷風作品は続々と出版され、いわば〝売れっ子〟となり、ご当

人はマスコミの眼を避けつつ市川から浅草に通いつめ、ストリップ劇場の楽屋に顔を出したり、踊子たちを食事に誘ったりの日々を過ごしているうちに昭和二十七年、文化勲章を受章する。

話は戻って「葛飾土産」の最終項、八幡〜市川、水の流れに添っての散策記。

千葉街道の道端に茂っている八幡不知《やわたしらず》の藪《やぶ》の前をあるいて行くと、やがて道をよこぎる一条《ひとすじ》の細流に出会う。両側の土手には草の中に野菊や露草がその時節には花をさかせている。流の幅は二間くらいはあるであろう。通る人に川の名をきいて見たがわからなかった。しかし真間川《ままがわ》の流の末だということだけは知ることができた。

現在の「葛羅之井」。小さな池の周辺は整備されている

ぼくはJR本八幡にほど近い、京成・八幡とほぼ等距離に建っていた木造モルタルアパートの一室を本置場兼物書き場として十年ほど前まで借りていた。八幡は自宅と、飯田橋の職場の中間にあり、なによりいい古書店があるのが魅力だった。その町はもちろん荷風散人の住居のある地で、京成・八幡駅のすぐ近くの「大黒屋」（しばらく前に店を閉じ

た）は散人が死の直前まで日課のように通い、カツ丼と菊正宗一本（いわゆる「荷風セット」）の食事をしていた店で、ぼくも時々、荷風をしのびつつ、散人と同じテーブルで同じメニューを注文したりしていた。

その八幡に「八幡の藪知らず」がある。JR本八幡駅、京成八幡駅から、ともに歩いて五分ほど、市川市役所の斜め向かいの千葉街道沿い。「八幡の藪知らず」――〝禁足地〟として一度、足を踏み入れたら祟《たた》りがあり、二度と出られないとか、藪の中の窪地から毒ガスが出ているとか、何やら不気味な雰囲気の言い伝えがあるが、今日、ある期待をもって訪れても、石柵で囲われた単なる竹藪としか見えない。

しかも、荷風の記では「一条《ひとすじ》の細流に出会う」とあるが、すでに暗渠となっているのか、そんな細流を目にすることもできない。

❖散人の奇特なる〝水の流れ探求癖〟

市川の町に来てから折々の散歩に、わたくしは図《はか》らず江戸川の水が国府台《こうのだい》の麓の水門から導かれて、深く町中に流込んでいるのを見た。それ以来、この流のいずこを過ぎて、いずこに行くものか、その

石柵で囲われた「八幡の藪知らず」（2021年11月撮影）

道筋を見きわめたい心になっていた。

荷風散人の〝水の流れ探求癖〟、これは自身〝奇癖〟と称している。「道を歩いてふと小流《こなが》れに会えば、何のわけとも知らずその源委《げんい》がたずねて見たくなる」というのだ。旺盛なる地形、風景への好奇心、探求心です。

> 真間川の水は堤の下を低く流れて、弘法寺の岡の麓、手児奈の宮のあるあたりに至ると、数町にわたってその堤の上に桜の樹が列植されている。その古幹と樹姿とを見て考えると、真間の桜の樹齢は明治三十年頃われわれが隅田堤《すみだづつみ》に見た桜と同じくらいかと思われる。

と、ここでも戦後の市川の地で、明治中頃の墨堤の桜を思いおこしている。やはり市川、葛飾は、東京の街がすでに失ってしまった景観や気配が残る、散人にとって追憶の情をわかせる地であったのですね。

市川に移り住んだ荷風散人。背後は真間川。『葛飾土産』の元本（昭和25年、中央公論社刊）に掲載

真間川の水は絶えず東へ東へと流れ、八幡から宮久保という村へとつづくやや広い道路を貫くと、やがて中山の方から流れてくる水と合して、この辺では珍しいほど堅固に見える石づくりの堰《せき》に遮《さえぎ》られて、雨の降って来るような水音を立てている。

そして荷風先生、「わたくしは偶然この水の流れに出会ってから、生来好奇の癖はまたしてもその行衛《ゆくえ》とその沿岸の風景とを究《きわ》めずにはいられないような心持にならせた」と告げたあと、「たどりたどって尋ねて来た真間川の果ももう遠くはあるまい」という地点まで足をのばす。そこは「原木《ばらき》といい、あのお寺は妙行寺と呼ばれることを教えられた」と記している。

東西線の西船橋のつぎの駅の名は原木中山《ばらきなかやま》。千葉県の主要エリア地図でチェックすると、たしかに真間川、原木橋の少し南に妙行寺という寺がある。日蓮宗の古刹で、春の枝垂れ桜で知られているという。原木大橋の少し先はもう東京湾への河口だ。この「葛飾土産」はつぎのような一節で、水の流れと草木観賞三昧の散策を終える。

寺の太鼓が鳴り出した。初冬の日はもう斜である。わたくしは遂に海を見ず、その日は腑甲斐《ふがい》なく踵《きびす》をかえした。

いやいや、荷風さん、「腑甲斐なく」と、おっしゃいますが、そのまま真間川にそって小一時間も歩けば、もう東京湾は目前だったはず。もっとも陽が暮れては仕方がありませんが。この「葛飾土産」のあとに続く一文のタイトルがずばり「水のながれ」。これも戦後、市川に移り住んでから、かえって、かつての東京の姿が思いだされることを語っている。「水のながれ」の書き出し――。

戦争後、市川の町はずれに卜居《ぼくきょ》したことから、以前麻布《あざぶ》に住んでいた頃よりも東京へ出るたびたび隅田川《すみだがわ》の流れを越して浅草の町々を行過る折が多くなったので、おのずと忘れられたその時々の思出を繰返して見る日もまた少くないようになった。

この「水のながれ」の、文庫本にして四ページに満たない短章は、散人による隅田川の過去から現在に至る追憶と詠嘆の記といえる。散人の隅田川とその周辺の景観への深い思いは宿痾《しゅくあ》と言ってもいいのかもしれない。

隅田川両岸の眺めがむかしとは全然変ってしまったのは、大正十二年九月震災の火で東京の市街が焼払われてから後《のち》の事で、それまでは向嶋《むこうじま》にも土手があって、どうにか昔の絵に見るような景色を見せていた。

と書き出され、思い出は「竹屋の渡し」と山谷堀、待乳山、そして待乳山の下、今戸焼の今戸、さらに白鬚神社近くの百花園にふれられるが、敗戦後の百花園は、――「貧し気な裏町の小道を辿って、わざわざ見に行くにも及ばぬであろう」と語らざるを得ない。長命寺の堂宇、向島の土手、吉原の遊郭外《くるわそと》の日本堤も、かつての姿は消え去ってしまっている。隅田川の水も「いつも濁って澄むことなく、時には臭気を放つことさえあるようになった」と。

しかし、にもかかわらず散人は、

わたくしは言問橋や吾妻橋《あずまばし》を渡るたびたび眉を顰《ひそ》め鼻を掩《おお》いながらも、むかしの追想を喜ぶあまり欄干《らんかん》に身を倚《よせ》て濁った水の流を眺めなければならない。

（なにもそこまでして……）、と思いたくもなるが、この散人にとって、

水の流ほど見ているものに言い知れぬ空想の喜びを与えるものはない。薄く曇った風のない秋の日の夕暮近くは、ここのみならず何処《いずこ》の河、いずこの流れも見るには最もよき時であろう。

とし、結びとして、

江戸時代からの俗謡にも「夕暮に眺め見渡す隅田川……。」というのがあったではないか。

と、江戸端唄「夕暮れ」の歌い出しを援用、ピタリと〆《しめ》をきめている。因みに、「夕暮れ」の歌詞を紹介しておきたい。

夕暮れに　眺め見渡す　隅田川　月に風情を待乳山
帆上げた船が　見ゆるぞえ　アレ　鳥が鳴く　鳥の名も
都に名所があるわいな

まさに江戸名所錦絵に描かれている隅田川だ。

第20話　ここに至って『荷風随筆』全五巻を手にする

――冬の花　小岩　市川　本八幡

岩波文庫『荷風随筆集』（上）に収録されている「葛飾土産」の最末尾の部は「向島」。この作品も「水のながれ」と同様、文庫版で四頁という短文。

思えば荷風は、この、戦後の「向島」の文章の前、昭和二年にやはり「向嶋」と題する比較的長文（十八頁分）の短章をしたためている。

二度目の「向島」の記は、昭和三十四年、散人が葛飾の地、八幡の自邸で急死する、その年に発表された。生前最後の随筆となったわけだ。

この頃、戦後の日本は、闇雲な経済成長優先で環境破壊なぞ頭の片隅にもなく、隅田川も沿岸の工場の廃液の放流などで汚れによごれ、両国・柳橋の料亭などの簞笥の金具が、川から発生するメタンガス（？）で錆びてしまう、と話題になったりした。

そんな時代背景、散人の「向島」は、こう書き出される。

隅田川《すみだがわ》の水はいよいよ濁りいよいよ悪臭をさえ放つようになってしまったので、その後わたくしは一度も河船には乗らないようになったが、思い返すとこの河水も明治大正の頃には綺麗《きれい》であった。その頃、両国《りょうごく》の川下《かわしも》には葭簀張《よしずばり》の水練場《すいれんば》が四、五軒も並んでいて、夕方近くには柳橋《やなぎばし》あたりの芸者が泳ぎに来たくらいで、かなり賑《にぎや》かなものであった。

❖渡し船から隅田川の水で手を洗う！

芸妓さんたちが隅田川の水練場に⁉　いまでいえば人気アイドルが出そろって水着で大はしゃぎ、みたいなものでしょ。そりゃ、見物人もでて、にぎやかになるでしょうね。

水練場といえば、戦後すぐぼくが小学生のころ（昭和二十五、六年ころ）、墨田区の隣り町、江戸川区平井の荒川沿いには夏ともなれば木枠で囲まれた水練場が作られ、ここで水泳の真似事などをして遊んだりした。このころ、わずかな一時《いっとき》、東京の川も汚れてなかったのだ。

散人の向島の思い出に戻ろう。

西洋から帰って来てまだ間もない頃のことである。以前日本にいた頃、柳橋で親しくなった女から、わたくしは突然手紙を貰い、番地を尋ねて行くと、昔から妾宅《しょうたく》なぞの多くある堤下の静な町である。

明治末期か大正の頃に撮影された芸者さん（？）の“二百三高地”的な髪型に水着姿。今でいうブロマイド

散人、三十を越すか越さない身、ま、散人としては当然のこと向島から、「すぐさま女をさそい出して浅草公園へ夕飯をたべに行った」とか。

いずれにしても山の手から下町へ出て隅田の水を渡って逢いに行くのがいかにも詩のように美しく思われた。

いいなぁ、散人の「昔から妾宅なぞの多くある堤下の静な町」から、かっての馴染みの女性を連れ出して浅草かぁ。……そういえば、ぼくの通った本所高校のある向島・小梅町も〝お妾さんが囲われている家が多い〟といわれていた。

散人がアメリカ、フランスから帰り〝新帰朝者〟の気鋭の作家として名をあげる、そのころ、

隅田の水はまだ濁らず悪臭も放たず清く澄んでいたので渡船《わたしぶね》で河を越す人の中には、舷《ふなべり》から河水で手を洗うものさえあった。

という。なんとまあ、うらやましい光景。

荷風『すみだ川』（明治四十四年、籾山書店刊）は、散人三十二歳のときである。ところ

が、そんな隅田川は戦後、とくに荷風がこの、二度目の「向島」を書いた前ころから急激に汚染が進み、

向嶋も今では瓢簞《ひょうたん》を下げた風流人の杖を曳く処ではなく、自動車を飛《と》ばして工場の製作物を見に行く処であろう。

と、この文章を終えている（昭和三十四年一月『中央公論』誌上）。そして、これから半年もたたぬ、この年の四月三十日、数え年八十一、満で七十九歳四ヵ月、市川・八幡の部屋で、周知のような突然の孤独死を迎えることとなる。

なお隅田川の汚染は、さすがに問題となり、一九七〇（昭和四十五）年、遅まきながらも水質汚染対策が講じられ、河川への工場廃水等が禁じられることとなる。

❖風俗記録作家、荷風散人は健在

この連載で何度かふれてきたが、昭和二十五年、中央公論社刊の『葛飾土産』は、荷風が罹災、偏奇館焼失の後、東京から江戸川を越えた市川市、葛飾の地での暮らしから生まれた作品である。この巻頭には散人の流麗すぎるほどの自筆による序が掲げられ、それを

前々号の本誌でも転載したが（自分を含め）今日の読者には読み解けないのでは、と改めて思った。

比較的最近、中公文庫から『葛飾土産』が刊行されている（二〇一九年）。ありがたいことに、この版に、元本『葛飾土産』の散人の筆描きによる、序が、あらためて活字で組まれている。

『葛飾土産』（2019年刊・中公文庫）

この書は四とせこのかた東葛飾郡市川の町はずれ菅野というところに隠れすみて其日々々の糧を買わんとて筆とりしものを取集めしなれば殊更に序をつくるにも及ばしとて
昭和廿四年の暮せまるころ　荷風生しるす

と。いかにも散人、「序をつくるにも及ばし」と述べつつも、書による序を記している。

ところで、この中公文庫『葛飾土産』には、元本での散人の数葉のスナップ写真の再録はないものの、作品、構成は元本とすべて同様、加えて付録として、久保田万太郎の〝映画のための構成〟「葛飾土産」、石川淳「敗荷落日」の二作、また巻末エッセイとして、石川美子による「川散歩と時節の花」が収録されている。

その帯に大きな文字でメインコピーとして、「水辺を歩き、梅花を愛でる」、サブコピーは小さく「生誕１４０年／没後60年」とある。また、この帯によって、この文庫判『葛飾土産』が、荷風、敗戦の後の四年間に書き下ろされた、小説、随筆、戯曲を収めた作品の、初の文庫であることも改めて知らされる。

作家、文芸評論家の中には――戦後の荷風の作品は、表題の「葛飾土産」の他、ほとんど評価すべきものがないと論ずる人も多いようだが（たとえば石川淳「敗荷落日」）、風俗記録作家としての荷風の、世情への変わらぬ好奇心、取材癖は変わらず健在というしかない。そして、微妙な、都市の地形への関心も。

❖「眺望にところどころ画興を催す」

ことに、葛飾に移住してからのこれら小作品のあれこれに、船橋、本八幡、市川、行徳、小岩、新小岩といった地名がひんぱんに登場するのが、同じく東京下町から千葉の学校に通い、八幡に小部屋を借りて偽独居生活をしてきた人間《ぼく》には、なにやら親しい思いにとらわれる。しかし、『葛飾土産』の諸篇についてふれるのは、ここでは控えることにしよう。

ただ「畦道」の一篇は、いかにも〝地形、景観作家〟荷風ならではの出だし。冒頭のみ引用しておく。

国府台《こうのだい》から中山を過ぎて船橋の方へと松林に蔽われた一脈の丘陵が延長している。丘陵に沿うてはひろびろした平野が或は高く或は低く、ゆるやかに起伏して、単調な眺望にところどころ画興を催すに足るべき変化を示している。

今日、たとえば、ぼくの土地勘のある京成・津田沼の先、京成、実籾から八千代台に至る間の景観と似ていなくもない。

市川に移り住んでから、わたくしは殆ど毎日のように処を定めずそのあたりの田舎道を歩み、人家に遠い松林の中または窪地の草むらに身を没して、青空と雲とを仰ぎ、小鳥と風のささやきを聞き、初夏の永い日にさえその暮れかけるのを惜しむようなこともあった。（中略）特徴のないだけ、平凡であるだけ、激しい賛美の情に責めつけられないだけ、これ等の眺望は却て一層の慰安と親愛とを催させる。

と。さらに、これに続く一行が、いかにも散人ならではの文飾――。

普段着のままのつくろわない女の姿を簾外《れんがい》に見る趣にも譬えられるであろう。

こんな下総の地、中山、船橋の風景の描写で始まる「畦道」なのだが、物語は、たまたま中山の競馬場からエスケープした見知らぬ男女が、途中の畦道で、ただならぬ関係を生じてしまう、という好色本まがいの展開となる。興味があれば本文を。

ところで、戦後の市川暮らしから生まれた作品の多くは、たしかに、文芸的には大きな評価を得たとはいいがたいが、折からの〝荷風ブーム〟や、その独り暮らしぶりによって世間やジャーナリズムからは耳目を集めることとなる。

いつものことながら、ぼく自身の覚えのために、目にとまった手元の入門書的「戦後荷風関連本」をリストアップしておきたい（基本資料及び純文芸評論風、学者論文的研究書刊行物は除く）。

まずはビジュアルなムック本三冊

・『永井荷風の愛した東京下町』（監修・近藤富枝　文芸散策の会編　一九九六年、日本交通公社出版事業局）
・『荷風流東京ひとり歩き』（監修・近藤富枝　二〇〇八年、ＪＴＢパブリッシング）
・『永井荷風ひとり暮らしの贅沢』（永井永光・水野恵美子・坂本真典　二〇〇六年、新潮社とんぼの本）

文庫および単行本形式の関連本

・『荷風さんの戦後』（半藤一利　二〇〇六年、筑摩書房／二〇〇九年、ちくま文庫）

・『荷風好日』（川本三郎　二〇〇二年、岩波書店／二〇〇七年、岩波現代文庫）
・『永井荷風ひとり暮し』（松本哉　一九九四年、三省堂／一九九九年、朝日新聞社）
・『荷風極楽』（松本哉　一九九八年、三省堂／二〇〇一年、朝日新聞社）
・『荷風のいた街』（橋本敏男　二〇〇五年、文芸社／増補版二〇〇九年、ウェッジ文庫）
・『葛飾の永井荷風』（高橋俊夫　一九八〇年、崙書房）
・『父荷風』（永井永光　二〇〇五年、白水社）
・『荷風と市川』（秋山征夫　二〇一二年、慶應義塾大学出版会）
・『荷風余話』（相磯凌霜著・小出昌洋編　二〇一〇年、岩波書店）

などなど。また、雑誌『東京人』での何度かの荷風特集（一九九八年九月「荷風と東京の戦後」、二〇〇九年十二月「永井荷風の愉しき孤独」、二〇一七年十二月「永井荷風・愛すべき散歩者」）などもありがたい編集である。

❖荷風の『葛飾土産』と秋桜子の代表句集『葛飾』

そうそう、葛飾といえば「馬酔木」を率いた俳人、水原秋桜子に『葛飾』と題する著名な句集、一巻がある。荷風散人の『葛飾土産』中、スナップ写真に添えられた荷風短歌と並べて秋桜子の「葛飾の春」から句をいくつか紹介しておこう。まずは荷風短歌、

江戸川の風にちり行く弘法寺の　しだれ櫻に惜しむ春かな
この里も住めば都となりにけり　三たび来て見るま丶川の花

秋桜子、「葛飾の春」

梨咲くと葛飾の野はとの曇り
しろじろと遅き梅あり藪の中
葛飾や桃の籬も水田べり
廢園の門とし見れば蘆の角

ちなみに、秋桜子の「梨咲くと――」の句は、市川、真間山弘法寺境内の句碑にあり、荷風の「弘法寺のしだれ櫻」の短歌と共に、荷風と秋桜子の二人、弘法寺の縁で結ばれたことになる。葛飾は歌枕、句枕の地でもあった。

水原秋桜子の『葛飾』。虚子が主宰する「ホトトギス」の全盛期を支えたが、客観写生に飽き足らず独立。その秋桜子の代表句集。葛飾の地に句碑がある

さて、『日和下駄』から『葛飾土産』と、荷風散人の散索癖にあちこちと付き合わされ（いや勝手に付き合って）〝獺祭〟、ここに至って『荷風随筆』全五巻を手にする

よろしく、座卓の周りにグルリと積み重ねられたり、散り置かれたりしている種々の荷風関連本を、いったん元の棚、元の位置に戻して、あらためて散人の随筆を、まとめて通観してみよう。

昭和五十六年、岩波書店からの『荷風随筆』（全五巻）を脇に置く。函入布装。こげ茶紬風の布に背の金箔押しの散人の文字が美しい。

この連載中、すでに取り上げた作品も収録されているが、煩を厭わずに全巻一望したい。とはいえ全文精読などしない。興のおもむくまま、草むらの中の野イチゴなどを見つけるような、草摘み感覚で。はたしてそこにどのような博物学者的、理系的、散人の姿、作品があるのだろうか。荷風随筆の森に入ってみよう。

『荷風随筆』（全五巻）の一、巻頭の〈第一章〉にあたるタイトルは「小品集」。その中に、とくに庭と関わりがあると思われるのが「春のおとづれ」「花より雨に」、そしてずばり「日本の庭」。

「春のおとづれ」は、すでに、全集ではなく、また、この随筆集でもなく、敗戦後、一年もたたぬうちに、いかにも貧しい紙質、いわゆる仙花紙本の『問はずがたり』（昭和二十一年七月、扶桑書房刊）の巻末に添え物のように収録されていた「春のおとづれ」を手にして読み、その内容のあらましは記した。ここでは話を先に進める。

まったく余談ですが、これまでこの連載を続けてきたが、荷風について語るならば、もっとも重要とされている、基本中の基本資料、『断腸亭日乗』（全七巻）に依ったことはほとんどない。当然所持はしていて、時に記述にあたったり、函の散人によるスケッチなどは、写真に撮って掲載はしたものの、また『荷風全集』（ただし岩波書店　旧版）を真剣に開いた素振りも見せていないはずだ。

これは単に、ぼくがヘソ曲がりで、荷風といえば、当然のことながら『日乗』、あるいは新旧の荷風全集、というオーソドックスな資料探索に依るよりは、まずは外堀を埋めていこうと、たとえば、いま記した、かつての荷風本の美麗な装丁を思えば、悲しくなるような造本の扶桑書房版『問はずがたり』『冬の蠅』『すみだ川』『罹災日録』『夏姿』『小説勲章』などを手にしてページを繰りたいのである。まさに「裏町を行こう、横道を歩こう」の実践？

そして、たとえば（おーっ、中央公論社といえども、昭和三十二年の『踊子』は、こんな踊子そのものの写真をカバーに使っていましたか！）と感心というか、面白がりたいのである。

昭和32年、中央公論社刊『踊子』表紙。清水宏監督の映画では淡島千景（左）と京マチ子（右）が演じた

まさに閑話休題。本筋の『荷風随筆』(一)に収録されている「花より雨に」から見てゆきたい。例によって書き出しから。

しづかな山の手の古庭に、春の花は支那の詩人が春風二十四香と数へたやう、梅、連《れん》翹《ぎょう》、桃、木蘭、藤、山吹、牡丹、芍薬《しゃくやく》と順々に吹いては散って行った。

まさに「荷風の庭　庭の荷風」のためのスタートのようなものではないですか。読み進めよう。

第21話　吉田健一と荷風　庭における廃墟願望

——四阿《あずまや》の春に微睡《まどろ》む偽隠者

すでに、サラッと記したが、この連載「荷風の庭　庭の荷風」の執筆にあたっては、基本資料中の基本資料、『断腸亭日乗』や『荷風全集』からの、専らの引用は意識的に控えた。なにか言葉の意味を説明するときに「広辞苑によれば」、を避ける気分と似たものかも知れない。

荷風研究者から言わせれば、無意味、無謀な執筆姿勢と断じられても仕方がない。ただ、ぼくにとって、全集は、都市の道にたとえれば、いわば整備された道幅の広い国道、あるいは大通りである。その街の概要を知り、また、あちこちの施設や目的地を訪ねる場合、まずはこの、地図でもわかりやすいメインの道を頼りにするのが当然だし、正しい方法だろう。細部に至る路地、横丁も、ここに示されている。しかし、ぼくは、こと、この稿を書くにあたっては、これを避けようと思った。大きな通りからではなく、いきなり、その街の生活臭に満ちた古い商店街や路地、横丁に入り込み、荷風世界を味わいたいと考えた。

❖ぼくの読書姿勢も「裏町を行こう、横道を歩もう」

テキストも、まさか、いちいち初出の雑誌にあたるほどマニアック、学究的ではありえないが、これまでさしたる目的もなく古書店などで目にとまり買い置いてあった荷風本を手に取り、「荷風の庭　庭の荷風」というテーマに似つかわしい部分に接し、ウキウキ、楽しみながら荷風散人の文を引用、このような稿として編み上げてきたのです。再度、言う。「裏町を行こう、横道を歩もう」。この一節は『日和下駄』の中の、あまりにも有名な散人の散策スタイル、いや〝思想〟を表明したフレーズである。

で、ぼくはメインロードたる全集（当然、「日乗」もすべて収められている）を頼りに拙稿を進めるのではなく、まったく気まま、気分次第で、いつのまにか手元に集まっていた、たとえば敗戦直後の貧しい装本、すぐにでも破れそうな仙花紙による扶桑書房版などのページを繰ったりしてきたのです。

研究者、評論家ではないので荷風散人の作品等は記述すべき〝研究対象〟などではなく、この〝うきよ〟（憂き世でも浮き世でもどちらでもいい）で、生ある時間を自分なりに大切に楽しむために、いわば、荷風本と一緒に遊ばせてもらいたかっただけなのです。ゆえに大通り、広小路、ブロードウエイからではなく、いきなり路地、横丁に迷い込むことにしたのです――と、遅ればせながら、あらためて執筆にあたっての所信表明をしておいて、前号に続く『荷風随筆』（全五巻）のうちの「一」から。

この全五巻本は、これまでの路地、横丁感覚のテキストというよりは、全集等の〝国道〟といわないまでも、やはりかなりの立派

敗戦直後の1945年11月に扶桑書房から刊行された『随筆　冬の蠅』。これが戦後初の敗戦直後の極めて貧弱な荷風本

な広い道である。路地、横丁を抜けて、駅前の道路に出てしまった感じである。これはこれで、またよし。

その巻「一」を開く。目次の巻頭「小品集」の章では順番に「春のおとづれ」「花より雨に」「夏の町」ほか計七作品が並ぶ。「春のおとづれ」と「夏の町」は、すでに記したが、別のテキストで接し、引用もしているので、その「花より雨に」を読み進めよう。

わが家《や》の古庭は非常に暗く狭くなつた。繁つた木立は其枝を蔽ふ木の葉の重さに堪へぬやうな苦し氣な惱しげな樣子を見せるばかりか、壓迫の苦惱は目に見えぬ空氣の中に漲りはじめる。西からとも東からとも殆ど方向の定まらぬ風が突然吹き下りて突然消えると、こんもりした暗い樹木は蛇の鱗を動すやうな氣味惡い波動をば俯向いた木の葉の茂りから茂りへと傳える。

「わが家《や》」の庭の描写。しかも「古庭」。あまりにも身近な自分の家の庭を、人はここまで、陰鬱な空気の気配に至るまで、微細、感覚的に観察するだろうか。続く文章も、庭の情景の細部を描いて感嘆するしかない。

❖古庭ゆえの退廃、そして暗い官能

　折々雨が降つて來ても、庭の地面は冬のやうに直樣濡れはせぬ。濡れると却つて土地の熱氣を吐き出すやうに一體の氣候を厭に蒸暑くさせる。伸び切つた若葉の尖つた葉末から滴りもせずに留つて居る雨の雫が、曇りながらも何處か知らパッと明い空の光で寶石のやうに麗しく輝く。石に蒸す青苔にも樹の根元の雜草にも小さな花が咲いて、植込の蔭には雨を避よける蚊の群が雨の絲と同じやうに細かく動く。

　纖細な神経を思わせる文章だが、この「花より雨に」で気づかされるのは――以後も重ねて登場する「古庭」というキーワード。散人の庭を眺める視線は、きわめて理系的に観察的ではあると同時に、象徴詩的雰囲気も感じられてならない。「古庭」ゆえの退廃、それゆえの暗い官能がゆらめき立つのではあるまいか。

　新しい庭、あるいは、きちんと管理、手入れされた庭では、この散人の描写は生まれようがない。朽ちゆくもの、廃れゆくものだからこそ、散人の感覚が詩魂に訴え、表現への刺激となるのだろう。

　古庭といえば、先日、偶然一冊の文庫を手にしていた。吉田健一『金沢　酒宴』（一九九〇年刊、講談社文芸文庫）の「金沢」、書き出しから一頁ほど後に、

「路次の一つに小さな門の茅葺きの屋根に雑草が茂っていて誰かの住居の入口と取れるものがあった。そこから飛び石が奥に続き、その先がどうなっているか解からなかったのは壁土が落ち掛けた家の一角が突き出ていて眺めを遮っているからだった」

ほとんど廃屋といっていい屋敷の描写。作家は、この荒れはてたような家のたたずまいに興味を抱くことになる。ところが……のちにわかったことは、

「そこをそのように荒れた感じにして置く為にもかなりの手が掛けられていたので本当にそのままほうって置けば何れ家も門も倒れて木も草も茂り放題になるのを適宜に食い止めて入口から覗いた印象だけでは廃屋がその先に廃園を抱えていると見せるのがそうしたことを心得た出入りの大工や植木屋の苦労しての狙いだった」

吉田健一は、ことのほか親しんだ金沢という町の美意識のレベルの高さの一例として、この一見、廃家（風）屋敷を物語の導入として持ってきたのだろうが、ここまで読んだぼくは、あることに思いあたった。というか、ちょっとした連想が浮かんだ。

これは、先の荷風の「花より雨に」の古庭の描写を読んだ、すぐあとに吉田健一のこの「金沢」を読んだためだったからにちがいない。ここから先は、単なるぼくの推論である。

荷風も吉田健一もヨーロッパの歴史、文化にくわしい。というか、深く親しみ憧憬を抱いている。一方はフランス、また一方はイギリス。両者に共通する美的感覚の一典型というのが〝廃墟趣味〟のようだ。

とくに十八世紀、イギリス風景式庭園における〝作られた廃墟〟の流行は、少しでも庭園史に親しんだ者ならおなじみの事柄だろう。ロマン主義的な風景画に接したイギリス人貴族たちは自庭を、その絵画のような空間を実現しようとした。いわゆるイギリス式庭園の様式となった〝風景式〟、さらに正しく言えば〝絵画的〟、ピクチュアレスク（picturesque）な庭園である。

そして、その庭には、どうしても古式のイメージの〝廃墟〟が用意、設置されることが必要だったのである。それらが当然のことながら、新たに作られた、廃墟もどきであったとしても。しかも、これをさらに徹底させるためには、その廃墟のような四阿《あずまや》に、一日中、なにもせずにただそこにいるだけの隠者のような人物を配することまで画策した。当時の新聞に〝隠者募集〟の広告が掲載されていたというから、驚き、というか笑える。

イギリス文化にどっぷりつかった吉田健一に、そんな廃墟、廃屋願望が感染しなかったという保証はない。「金沢」でわざわざ廃屋じみた屋敷を腕利きの職人を雇ってまでして演出、維持するという話は、イギリス貴族が庭内に廃墟を擬したピクチュアレスクな庭を造営したことと似てなくもない。

❖絶望した心が美しい物の代りに……求めるものは

一方、荷風散人。こちらは、『珊瑚集』でボードレール、ヴェルレーヌの詩を訳し、とくに沈みゆく水都、ベネツィアを愛したアンリ・ド・レニエに心酔した荷風もまた、退廃趣味に耽溺した作家で、立派な庭、新しき豪庭など一顧だにしない。廃れ、滅亡してゆくものだけが散人を振り向かせ、視線を走らせるのだ。

「花より雨に」に戻ろう。先に引用した一文に続く文章――やはり庭の情景。

> 雲が流れて強い日光が照り初めると直ぐに苺が熟した。枇杷の實が次第に色付いて、無花果《いちじく》の葉裏にはもう鳩の卵ほどの實がなつて居た。

これに続く文の、ノァールな感じが象徴詩風といっていいだろうか。

> 日當の惡い木立の奥に青白い紫陽花《あぢさゐ》が氣味わるく咲きかけるばかりで、最早や庭中何處を見ても花と云ふものは一つもない。青かつた木葉《このは》の今は恐しく黑ずんで來たのが不快に見えてならぬ。古庭はます〳〵暗くなつて行くばかりである。

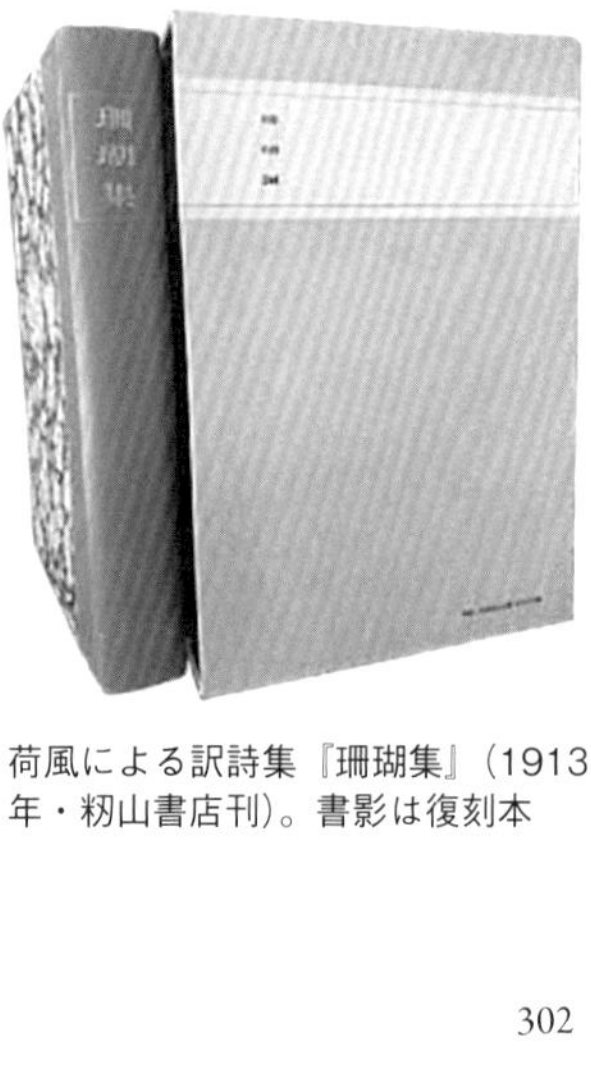

荷風による訳詩集『珊瑚集』（1913年・籾山書店刊）。書影は復刻本

自分の棲む家の庭を、そんな言い方しなくてもいいじゃないの、と思ったりもするが、退廃的、退嬰的でなければ書くに値しないというのが、このときの散人の心境だろうか。

このあと荷風は、ヴェルレーヌの有名な詩句「巷に雨の降る如く　わが心にも雨ぞ降る」を引きつつも、ベルギーの十九世紀末の詩人、『死都ブリュージュ』の作家・ローデンバックの、

滅びしもの丶聲なき涙の如く
死せし人の閉されし眼より落つる涙の如く

を「今最も適切に自分の記憶に呼返された」と記し、

自分は梅雨の時節に於て他の時節に見られない特別の恍惚を見出す。

それは絶望した心が美しい物の代りに恐しく醜いものを要求し、自分から自分の感情に復讐を企てやうとする時、晴れた日には行く事のない場末の貧しい町や露地裏や遊郭なぞに却て散歩の足を向ける。

そして散人は捨てられた子犬が自分のあとについてきたことや、その子犬の鳴き声を夜

中、雨だれの音とともに聞いたことや、雨が降りやんだときの庭の光景、また、苗売りやロシアパン売りの声、そしてまた降りだした雨のブリキの樋に落ちる音に気づかされることなどを記したのち、この「花より雨に」は、こうエンディングを迎える。やはり、庭の植物に関わる記述だ。

枇杷の實は熟しきつて地に落ちて腐つた。厠に行く縁先に南天の木がある。其の花はいかなる暗い雨の日にも雪のやうに白く咲いて房のやうに下つてゐる。自分は幼少《ちひさ》い時この花の散りつくしまで雨は決して晴れないと語つた乳母の話を思ひ出した……

美しい文章ではないですか！　この一文を草したのは明治四十二年、荷風、三十歳、フランスから帰国してまもない時期である。

この『荷風随筆』「巻二」の「小品集」には他に「傳通院」「下谷の家」「樂器」、そして最後に「日本の庭」が収められている。世の荷風ファンを自認する方々は、荷風さんが、こんなにも庭や植物にこだわっていたことをご存知だろうか。

では「日本の庭」と題する一文、ご一緒に〝荷風の小さな動植物園〟をのぞいてみましょう。

❖造園家の設計図面を見るような具体的記述

序のような、庭についての文章はこのあとにふれるとして、項目だけを見てゆくと、「梅」「鶯」「蘭」「桃」「櫻」「木蘭」「藤」「山吹」「牡丹《ぼたん》」「百合《ゆり》」「紫陽花《あぢさゐ》」「蝙蝠《かはほり》」「螢」「百日紅《さるすべり》」「合歓花《ねむ》」「朝顔」「蟬《せみ》」「蓮」「秋の七草《ななくさ》」「木犀花《もくせい》」「赤蜻蛉《あかとんぼ》」「椿」「水仙」――植物十八、動物五項目。気がつけば、順序、構成は「春夏秋冬」の歳時記の体裁となっている。

冒頭の庭についての記述だが、これは散人の好み、理想の庭の姿といっていいだろう。列挙する。

「誰れも明けたことがないやう」な「蟲の喰つた」「蔦のからんだ」「小さく低い柴折《しをり》門《もん》」「番人はいつも居眠りをしてゐる」「歩く為の庭では」なく「四阿屋《あづまや》」で「坐りながら見るための庭」「庭は甚だ狭い」「然し山」「池」「森」「叢《くさむら》」もある。「樹木の蔭」はいつも「黄昏《たそがれ》のやうに薄暗い」「樹

荷風『雑草園』（1949年、中央公論社）に収められているレニエの肖像。荷風は訳詩集『珊瑚集』で、このレニエの詩も訳している

木は塀の外の物音を遮り」「花の香も鳥の聲も外へは漏《も》らさぬ」「夜《よる》が早く来る」。「風通しがわるい」「地面が絶えず湿つて」「気味悪いほど苔や木菌きのこが生長する」「蜘蛛《くも》が網を」「蛇」も「毛蟲」も「藪蚊」も烈しい。「蟋蟀《こほろぎ》」もいる。「池の近くに石の井戸」「底から腐つた落葉の匂」「小さな毀《こわ》れた祠《ほこら》」が「木蔭に」「耳や吻《くち》のかけた石の狐」——そういう「古い日本の庭」。

この庭に「自分は見慣れた暗い夜のみをこゝに迎へて、異《ちが》つた新しい曉をのぞむまい」という。この庭での「花鳥日記」がこの一文であり、先に挙げた樹、花、鳥、虫等の項目が、めぐる四季の季語となっているわけである。散人のさりげない芸。

序のような「古い庭」の、「庭園図面」を見るような具体的記述と、またそれに続く植物、小動物、昆虫などの項目を見ていて、ぼくはルナール『博物誌』の荷風散人版と思ってしまった。項目のひとつひとつは、随筆というよりはほとんど詩に近い。その、典型的な例を紹介してみたい。

百日紅

うつくしい墓参の町娘が、若い寺の僧を見染める物語の発端……

合歓花

……そして若い僧が娘からの艶書をよんで涙を落す二幕目の舞台面。

木犀花

支那小説の最も濃艶なる一節を思う。

荷風さん、「古い日本の庭」の舞台装置といい、そこに登場する樹花鳥虫に、散人ならではのキャスティングをあて、戯れ楽しんでいる。遊戯的文人、荷風散人のホモ・ルーデンスとしてのひとときを、この小品文「日本の庭」でも楽しみ、享受したい。

第22話「憂き事を忘れるためには花を愛することがなにより」

——葛飾に梅探る齢とはなりにけり

三日ほど前に降った雪のあとは晴れの日が続いたのに、ビルの陰の陽のあたらぬ場所には、まだ、薄汚れた雪の小山が残っている。

しかし、天気が戻り、風のあまり強くない午後ともなれば、どうしても散歩に出かけたくなる。本置き場兼、物書き部屋として借りている木造モルタル二階の小部屋は崖に囲まれた低地にあり、部屋の外に出れば、すぐに竹藪や雑木の競い茂る緑を仰ぎ見ることとなる。

そんな崖下の都会離れした住宅地をフラフラ歩いていると、道端の狭い空地に黄色や白のラッパスイセンの花や、足下に目をおとせば、これはスミレの仲間だろう、けなげにも一円玉より小さな紫色の花が小石にへばりつくように咲いている。まだ小さなタンポポの花の暖かい黄色も目に入る。

散歩コース途中に、古い酒屋があって、近所のリタイア組が、店内のテーブルを囲んで勝手に冷蔵ケースから缶チューハイやワンカップを取り出して世間話に興じている。

その日も、買い物帰りに寄ってみたら、店を仕切るオバハンオーナーが、「裏庭にタラの芽が出たので」と、煮付けのご相伴に与った。酒と醤油と砂糖で味付けしたというが、採ったばかりのタラの芽のニガミが、なんとも香ばしく、本格的に酒が飲みたくなる。まさに、「春遠からじ」を実感！

旬のタラの芽といったら日本酒でしょ。しかし……そのあと、部屋に戻ってからの、やるべきことが控えていたので、発泡酒二缶、計三百二十円也で、タラの芽に後ろ髪を引かれる思いを残しつつ、切り上げる。

やるべきこととは、本稿執筆のための『荷風随筆』全五巻の読み進め。第一巻のほぼ四分の一、「日本の庭」までは、すでにふれた。これに続くのは明治四十三年四月から同四十四年九月まで、荷風主宰によって創刊された『三田文學』に寄せられた（一部、例外あり）随筆「紅茶の後」。本文百三十頁余。このあとに「妾宅」「厠の窓　雑感一束」「谷崎潤一郎氏の作品」、そして「大窪だより」が収められている。

その中で、「妾宅」の書き出しからの名調子ぶりは、誰か噺家にでも朗読してもらいたいくらいだが（亡くなってしまったが喜多八師匠とか？）、その話は別として、当連載関連では、かつての日本の住まいの「便所と縁側と手水鉢《ちょうずばち》」等で構成される場所が〝造園的〟とも言いたくなる空間として、この「妾宅」で言及されている。

いうまでもなく厠まわりは、いわば褻《け》、陰、ケガレの空間といえる。しかし、荷風散人は、そこに、かつての日本人の美意識を見いだしてしまう。

「妾宅」の語り手の主人公・〝珍々先生〟の弁。

龍居松之助『日本作庭 資料』（昭和4年・雄山閣刊）かつての厠（便所）周りの修景

❖荷風による厠まわりの修景礼賛

舊習に從つた極めて平凡なる日本人の住家《ぢゆうか》について、先づ其の便所なるものが縁側と座敷の障子、庭などと相俟《あひま》つて、如何なる審美的價値を有してゐるかを觀察せよ。

と、注意をうながし、

母屋《おもや》から別れた其の小さな低い鱗葺《こけらぶき》の屋根と云ひ、竹格子の窓と云ひ、入口《いりくち》の杉戸と云ひ、殊に手を洗ふ縁先の水鉢《みづばち》、柄杓《ひしやく》、その傍《そば》には極つて葉蘭や石蕗《つはぶき》などを下草《したくさ》にして、南天や紅梅の如き庭木が目隱しの柴垣を後《うしろ》にして立つてゐる有樣、春の朝《あした》には鶯がこの手水鉢《てうづばち》の水を飲みに柄杓《ひしやく》に柄のとまる。夏の夕《ゆふべ》には……

と、以下の文、荷風、いや珍々先生による〝便所周り〟の修景礼賛は、洋の東西を比較して我が邦の美意識の優越を誇らしげに語る。

そして、この一節の締めが、

虚言《うそ》と思ふなら目にも三坪の侘住居《わびずまひ》。珍々先生は現に其の妾宅に於て其のお妾によつて、實地に安上りにこれを味《あぢは》ってござるのである。

と、題して「妾宅」の小説的名随筆でうそぶいているのである。おそれ入りました！

困った散人です。

さて、他の章は、ここではふれることは控えて、第一巻の掉尾、本命の「大窪だより」に移ることにしたい。扉に「自大正二年　至大正三年」とあり、荷風、三十四から五歳にかけての記述。「大窪だより」の「大窪」は、散人のこの時期の住居、大久保余丁町《よちょうまち》に因む文人的表記だろう。

まずは、書き出しの一節から。

三田社中の詞友近頃頻々《ひんぴん》として歐米各國に遊學被成《なされ》候間手紙の代りにと日常の瑣事《さじ》何くれとなく書留《かきとむ》る事に致候。聊《いさゝ》か故園風月《こゑんふうげつ》の消息を傳ふる一端とも相成《あひなり》候はゞ幸甚に有之《これあり》。此頃梅雨《このごろばいう》あけてより暑氣俄に相增し山の手の夏木立到る處新蟬《しんぜん》の聲み滿され居《をり》候。夜《よ》は書齋の燈火に火取蟲多く舞込《まひこみ》候得共《えども》庭上未《いま》だ 蛼《こはろぎ》の鳴音《なくね》を聞かず石榴花《せきりうくわ》今が盛《さかり》に御座候。百日紅《ひやくじつこう》合歡《ねむ》花夾竹桃なども追々に花開き可申候《まをすべく》。

七月二十日

冒頭の「三田社中の詞友」とは、もちろん三田、慶應義塾大学の文学関係の友人のこと。その彼らが、頻繁に欧米の地で遊学しているというので、日本に在る散人の日常周辺の事ごとを手紙にしたためて送るという、日録風身辺雑記を書簡に託すスタイルをとって、この章は始まる。

まったくの蛇足だが、前文の「石榴」は今日、柘榴と表記することが多く、ザクロ。「百日紅」これはご存知の人も多いサルスベリ。「合歓」は今日、一般的には合歓木と書いてネムノキ。「夾竹桃」は葉が竹に、花が桃に似るというところからの漢字を当ててキョウチクトウ（以下、植物名の補足説明は必ずしもせず）――といったように、この「大窪だより」もまた冒頭の一節から植物名の連記ではじまる。

とはいえ、当然のことながら散人の日常、身辺雑記は、植物関連のことばかりではなく、その日、その日の出来事、世相風俗、流行、東都の四季気候、行事、昨今の盛り場。花柳界報告、和洋・彼我文化や文学の比較、本人の体調、また心境・心理などなどもろもろが語られ、この時期の荷風先生の心象や実像を推しはかるのには、きわめて興味深い記述と思われる。

しかし、この稿ではテーマに沿って、植物や庭周辺のことがらについての部分のみを取りあげてみたい。

❖散人、観察の人であると同時に強かに官能の人

これが、さすが荷風散人、たびたび四季の植物の姿にはどうしても言及せずにはいられない趣きのようなのだ。

［八月二十六日の記］
今日《けふ》も雨ふりて物の濕《し》ける事甚しき日に。筆の軸《ぢく》煙草入の筒《つゝ》なぞ心地あしくべた〳〵致候。この雨にて鳳仙花白粉花《おしろいばな》向日葵《ひまはり》の如き晩夏の花は大方色あせ申可《まをすべく》その代り葉鶏頭は段々に紅味《こうみ》を加へ萩もそろ〳〵咲きこぼれ申可《まをすべく》候。小生秋の花の中《うち》にては最《もつとも》　秋海棠《しうかいだう》を好み申候。およそ世の憂き事を忘るゝ手だてには花を愛するに如しくものなかる可く候。

と晩夏から秋に向けての身近の草花のことにふれ、秋の花の中では、秋海棠をもっとも好み、また、憂き事を忘れるためには花を愛することがなにより、と散人ならではの心情を吐露している（秋海棠は別名、断腸花。いうまでもなく散人の号、「断腸亭」由来の植物）。そしてこのあと、「花を愛する道を説く者」として「支那人」を挙げ、これに関連して、すでに紹介ずみの江戸の園芸歳時記『林園月令』の名なども付記される。

［九月十四日の記］

わが家《や》の庭には亡父《なきちゝ》の植ゑ置かれし四季の花木《くわぼく》夥《おびたゞ》しく候へども櫻ばかりは唯《たゞ》の一本も無御座《ござなく》候。父は書畫筆硯《しよがひつけん》の類《たぐひ》は申すに及ばず衣服家具より日常の食品まで總《すべ》て支那のものを用ひ居られ候故庭中《ていちゆう》の草木もおのづと支那古人の詩にちなみあるものを採り倭臭《わしう》の嫌《きら》ひあるものを避けられたる事と存じ候。

すでに記したが、荷風の父、久一郎（号・禾原、また、来青）は漢詩人としても知られ、江戸から明治の知識階級の人士が共通してそうであったように〝教養〟といえば〝支那〟の文化に通じていることであった。ちなみに久一郎の邸は「来青閣」と称し、「来青」とは植物、芳香を放つオガタマの花らしく、久一郎が中国から持ち帰り自庭に植えたことも、すでに記した。

それはともかく、先の文の続きを見てみよう。

この頃秋蘭のさびしき花秋海棠《しうかいだう》の艶《えん》なる色と相對して立石《たていし》の間より頻《しきり》に清香《せいかう》を吐く折から毎年秋となればいづこよりともなく飛來る鶺鴒《せきれい》長き尾を振りつゝ雨後の苔を啄《ついば》み居候有様全く南畫の通《とほり》に御座候。

と記す。荷風は三十代のほとんどを大久保の家で暮らすが、さかのぼって渡米の前、

二十三、四の時にも、この、父のもとを住所としている。いずれにせよ、今日の新宿周辺を考えれば、自邸の庭にセキレイが飛び来るとは羨ましいかぎり。散人は、この一景を一幅の南画にたとえている。父、伝来の支那趣味といっていいだろう。

［十月六日］の記を見てみよう。もちろん植物、庭関連。

石蕗《つはぶき》の花寒き嫠の日にのみ咲くものと存じ居候処今年はいかなる時候の狂ひにや菊に先んじて既に手水鉢《てうづばち》のほとり袖垣のかげ抔《など》より黄《きいろ》き花を見せ申候。枇杷《びは》の花漸く蕾を持ち無花果《いちぢく》は毎日食べきれぬ程熟《みの》り申候。先日甲州《かふしう》の人より葡萄に添へて棗《なつめ》の實《み》貫ひ申候が近頃は八百屋《やほや》の店にも外國種《ぐわいこくだね》の果実のみ多くなり候折から棗の實は何と

荷風の父・永井久一郎。明治30年代初頭、日本郵船上海支店長時代

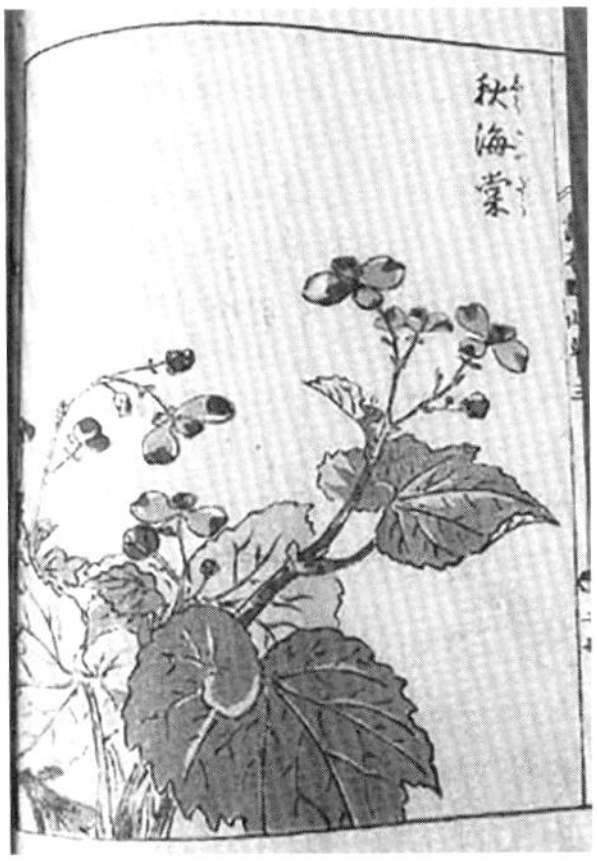

橘保國『繪本野山草』1755（宝暦5）年に収録の秋海棠（断腸花）

なく昔めきて珍しく存申ハ。其の味《あぢはひ》も甘きが中《うち》に澁みを含み清涼なる香氣いつまでも口中《こうちゆう》に薫じハ具合いかさま仙人の食《くら》ふ物と存ぜられ申ハ。

荷風先生、四季折々の植物に接し、眺め愛しむ文章だけでなく、舌でも堪能している。散人、観察の人であるとともに強かに官能の人でもある。に、しても、この一文、読んでいて、ナツメの実を味わってみたくなりませんか。「いかさま（いかにも）仙人の食ふ物」というのですから。

❖植物の思いは亡き父の思い出と重なる

この「大窪だより」文中の植物、庭関連の記述を拾ってゆくと、ぼくなど、もともと植物好き（その割には知識は乏しい）なので、引用する植物の名などを書き写しているだけで、一種の快感のような気分が生じるが、「大窪だより」にあまりにかかずり合うわけにもいかないだろうから、もう一篇だけの引用で。

［十二月五日］の記

今年はいかなる氣候の加減にや庭の臘梅《らふばい》十一月頃より蕾を持ち昨今は満開の姿と相成申ハ。これは亡《な》き父杭州《かうしう》より持來《もちきた》られしきものにて毎年《まいねん》十二月の末頃花咲くを常と致候。冬の庭淋しき折から異郷の花の香《か》をかぎ候事誠にゆかしき心地致され候。

くりかえすが、この「大窪だより」、書簡の型をとっているため、すでにお分かりのように「候」、候文《そうろうぶん》の、その実、散人の日録めいた随筆である。もし、これが本当の書簡、手紙であるとしたら、とくにたび重なる植物や庭に関する記述は受け取った側はとまどうか、退屈するのではないだろうか。

「大窪だより」での散人の庭や植物への思いは亡き久一郎の思い出と重ね合わされることが多い。勉学に不出来な長男の将来を心配するあまり、強く叱責したこともある〝厳父〟だが、この厳父は、その後の壮吉への対応を見ると〝大甘〟といってもいいくらいの過保護ともいえる父である。

落語家に弟子入りしたり、歌舞伎の座付台本書きになろうとしたりという、軟派青年への一路を見かねた父が、なんとか社会人としての経験を積ませたくアメリカに遊学させ、さらには、この道楽息子憧れのフランス遊学への希望にも結局折れ、これを許すといった〝厳父〟だったのだ。

しかも、壮吉ご当人は、彼《か》の地で父の眼の届かないのをいいことに、狭斜の巷の、プロの若き女性と深みにはまり、淫楽にふけったりしている。また、生来の芸能好み、音楽会や劇場通いには極めて〝勤勉〟で、これに関しては荷風研究の一テーマになってもいる。

とにかく父というパトロンあっての壮吉青年の、好き勝手放題ともいえるアメリカ、フランス遊学なのだが、それが、その成果（?）が『あめりか物語』『ふらんす物語』を生み、一躍、時代の寵児となるのだから、人の運命のサイコロの出目は予測がつかない。さらにいっておけば壮吉・荷風は父の財産のほとんどを相続することになる。

父の存命中は常に名家の圧迫を感じていただろう壮吉だが、「大窪だより」での庭や植物の記述が父の良き思い出と重なることは、父の死による、父からの精神的自立、父の存在の相対化あってのことだろう。亡父は、植物好き荷風の尊い先達でもあったのだ。父の恩に報いて報いすぎることはない。

父・久一郎の号の一つは、すでに記したように「禾原」。「禾」とは稲や穀物の総称。また芒（ススキ）の意味もあるという。また、荷風より八歳年下で、のちに、兄・荷風のあまりの女性関係の乱脈さに異を唱え、荷風と絶縁関係となる三男・永井威三郎は、東大農学部出身でアメリカ、ドイツへの留学を経て稲の改良研究の農学者として知られる。父の号と思い合わせると不思議ともいえる父子の因縁を感じさせる。

❖荷風の過剰なる女性変歴の遠因は?

いっぽう壮吉は、帰朝後、森鷗外、上田敏の推挽を得て慶應義塾大学の文科教授に赴任する。が、その間も、女性への、常軌を逸脱したとしかいいようのない飽くなき探求心、好奇心は変わることがない。俗な言葉で言えば女出入りが激しすぎる。

これを単に、類まれな好色漢のなせるわざ、といって済ませていいものだろうか。はたまた……？

川の流れを見れば、どこまでも、その上流をさかのぼり歩いて行こうとする〝源流探索癖〟。また植物や季節の移り変わりに接したときの視姦的とも思える、細部に至る観察力。そして女性の姿態、物言いなどに対する鋭敏にして執拗な、体を張って、というか、自らの身を挺しての取材力。そして、それらをもらさず記録しておこうとする文化人類学的（？）志向というか性癖。これらすべて言ってみれば「ナチュラリスト」的作家としての所業といってもよいのではないだろうか。

『荷風随筆』の二巻以降を〝フィールドワーク的〟そして〝記録魔的〟荷風を念頭におきつつ、気ままな拾い読みを続けてゆきたい。モンスター荷風の孤影・シルエットと、屈折する身ぶりや実像をさぐってゆきたい。

荷風の弟、威三郎の著作『随筆 水陰草』（昭和７年、桜井書店刊）。水陰草とは稲のこと。美しい造本

第23話 散人、生涯、落葉を愛するの記

――突然 炎の如く紫木蓮

人の子は誰でも多かれ少なかれ、遺伝的にも環境的にも親の影響を受けるものでしょう。いまさら、こんな当たり前のことを、とくに、荷風の人間性や作品を思うとき、改めて考えてみたくなる。

社会的に確固たる名士としてのポジションを得て、家庭人としても、謹厳、模範的なる父としてあったと思われる永井久一郎に対し、幼き荷風（壮吉）の心情を育てたと思われる母・恒（旧姓・鷲津）の存在があったことはもう少し注目されてよいのではないだろうか。

荷風の父は世間的には、いわゆる名士であり、また漢詩人としても知られる明治の教養人であるのに対し、母は若き日、英語学校に通うモダン少女であり、また熱心なキリスト教信者であった一方、下町育ちならではの芝居好き、また歌舞音曲の世界にも通じていたという（岩波文庫『雨瀟瀟・雪解』収録の「監獄署の裏」参照）。

久一郎、恒のあいだには、三人の男子が生まれる。長男の壮吉、次男・貞二郎、三男・威三郎。壮吉はのちの荷風、貞二郎はキリスト者（十歳に満たぬ歳で母の鷲津家の養子となる）。威三郎はすでに記したように農学者として稲の品種改良の研究者という道を進む。

経歴からもすぐに理解できるように、威三郎は学究的父の気質を、貞二郎はキリスト者、母の影響を受けたか。そして長男の壮吉だが、彼は、久一郎の明治の正統的教養人の感化を受けると同時に、母の芸能好み、夢想的気質を濃く受けつぐことになる。

しかも、この父と母の関係は、じつは微妙な条件下にあった。久一郎が娶《めと》った妻・鷲津恒は、久一郎の恩師・鷲津毅堂の次女である。久一郎は師・毅堂から、将来有望な若者と認められ、恒を得たのである。

ここからは、ぼくの推測、いや、勘ぐりなのだが、壮吉の育った永井家は、外聞、社会的には久一郎が家長として、使用人また、母にも子にも君臨していただろうが、その夫婦の内実は、父は恩師である鷲津家、また、その娘である母・恒の存在をつねに重く受けとめざるを得なかったのではなかろうか。

そして恒の初めての子、壮吉は、貞二郎が生まれるとすぐ、母の実家の鷲津家にあずけられる。そして恒の母（おばあちゃん）に溺愛されて育った（と思われる）。

学究肌の父と派手好きで江戸芸能趣味の母。荷風の随筆（エッセイ）と小説（ロマン）の、二つの（あるいは二つが混在した）作品に接すると、荷風の父母のそれぞれの気質と、また祖母からの過剰な甘やかされ――そんな幼児のときの壮吉と家族の関係のありかたを考えてしまう。

他の二人の兄弟は、父と母のＤＮＡを、それぞれ比較的ストレートに受けついだと思われるのに対し、壮吉は、見事にハイブリッド（異種混淆）として成長したのではないだろうか。そして、それゆえに深い矛盾を身の内に抱え込むことにもなる。否応なく分裂・多重の人格、受難の、また母恋の人となる。

その荷風の随筆を、江戸懐旧の人、またナチュラリストとしての荷風を探るべく、読み進めている。

❖「黄金よりも恋よりも人を幸せにするもの」

『荷風随筆』（五巻のうち）「巻二」。巻頭は「日和下駄」が収められている。こちらはすでに岩波文庫版他によってふれた。続くのが「江戸藝術論（抄）」〈浮世繪の鑑賞〉〈鈴木春信の錦繪〉〈浮世繪の山水畫と江戸名所〉等。

少しばかり浮世絵、とくに名所絵を収集してきた身としては読み逃せないが、この方面の寄り道は今回は控えよう。

次の「断腸亭雑稾」に草木に関わる記述がある。うち、〈一夕〉では「我邦《わがくに》在來の花卉《くわき》」と「西洋草花《せいやうくさばな》」の美の比較、〈初硯〉では、臘梅について雑司ヶ谷の永井家の墓に参るときは、蘇東坡《そとうば》が好んだというこの臘梅の枝を二、三本携えてゆくことなどが語られるが、さらに〈草箒〉は四頁ほどの量とはいえ、入魂の一文。全文を転載したいところだが、そうもゆかず、ピックアップ引用をする。書き出しの「一」。

永井家の３兄弟。左から威三郎、貞二郎、壮吉（荷風）。末弟の威三郎とは、のちに激しく対立した

白日《はくじつ》門を閉ぢて獨《ひとり》閑庭に飛花落葉を掃う時の心ほど我ながらなつかしきはなし。（略）飛花は春に限らず落葉また獨り秋のみならんや。山茶花《さざんくわ》の落つる時冬漸く寒く八ツ手の花雪ならぬ雪を降らせば梔子《くちなし》の實落霜紅《うめもどき》と共にいよ〳〵赤し。（略）落葉《らくえふ》は新樹の緑潮《うしほ》の如く湧出づる時より庭のすみ〳〵垣のきはに掃き盡せぬばかりうづだかし。これ去年《こぞ》一冬《ひとふゆ》の霜を忍びし椎、樫、槇《まき》、扇骨木《かなめ》の如き常磐木《ときはぎ》の古葉《ふるば》若芽の伸ぶるに從ひ風をも待たで落散るなり。（中略）かゝる常磐木の落葉《らくえふ》窓の障子にはら〳〵と音づるれば、心は忽ち時雨《しぐれ》の夕《ゆふべ》に異ならず、思はずとも何くれとなく思ひ出《いだ》さる。

散人のこの一文、旧字体の漢字に目を凝らしつつ、原稿のマス目に書き写しているだけで快く、わが時代遅れの手書きの余徳の一端を味わえる。それはともかく、また「一」。

去年《こぞ》の秋より冬にかけて、われ人なき庭に唯一人落葉《おちば》掃きつゝ木々の梢の色かはり行くさま仔細に打眺め、つれ〳〵のあまり手帳に控へ置きけり。（略）

「手帳に控へ置きけり」とメモ魔の本領発揮。さて四つほどの「一」を飛ばして、殿《しんがり》の「一」。

楓葉は揺落《えうらく》の殿《しんがり》をなすものなり。菊花凋み盡して臘梅の蕾点々數へ来らんとする時、常磐木のかげに木枯《こがら》しをよけては、極月《ごくげつ》猶楓葉の枝にあるを見る事あり。（中略）菊は早く其の切株に新綠の芽を生じ水仙の葉亦三四寸ものびて春風《しゅんぷう》を待てり。

そして、この一章の締め。

園居年々《ゑんきよねん〳〵》景物相同じ。然れども看來つて興常に新《あらた》なれば草木《さうもく》のよく人を幸《さいはひ》ならしむる事蓋《けだ》し黄金と戀愛とにも優れりと謂ふべき歟。かくては我も早や老いそめたり。

と、草木が人に幸せをもたらすこと、黄金と恋よりも秀れているというべきだろうか、とまで言い切る。

――「大正六丁巳《ひのとみ》初夏稿」と文末に記されているので、この稿が成ったのは大正六年の初夏、荷風三十八歳のとき。「我も早や老いそめたり」とか言ってますが、まだ三十代の男子ではないですか。このあと散人、ほぼ二倍の歳月を生きて、たとえば、その間、なんと名前が知られているだけでも十数人あまりの女性との交情の遍歴がある（もちろんその場かぎりの街娼ほかとの数え切れない交渉は別として）。

なにが「早や老いそめたり」ですか！　荷風散人の、このときの心情の真偽はともかく、老成ぶる〝擬態〟を弄してのカムフラージュは、もともと荷風先生の得意とするところ。文章を見事な擬古文で飾ることによって、己が身も老いの擬態を装ったか。

❖〝来青花〟とは何の木の花か

『荷風随筆』（巻二）の、この〈草箒〉の章のあと、名品と称される〈葡萄棚〉（たとえば野口冨士男の――「私としては荷風の全作品のうちでも『葡萄棚』はとりわけ秀れた作品の一つに挙げていいものだと考えている」――岩波文庫解説）や、自らの墓碑不要を唱えた〈桜の内〉ほかがあるが、父・久一郎と、この父の愛した樹〝来青花〟に関わる印象深い一文がある。植物図鑑にも載っていない〝来青花〟という名（荷風が命名したのだから当然だが）の植物を同定したく、しばし、植物探偵ごっこをしてみたい。

一文は〈来青花〉と題される。

「五月に入つて旬日を經たる頃」「わが廢宅に」「閑庭異様なる花香《くわかう》の脉々として漂へるを知るべし」、そして、この香りが「梅花梨花の高淡なるにあらず」「丁香薔薇《ていかうしやうび》の清涼なるにあらず」「百合の香の重く惱ましきにも似ざれば」、人はもしかすると「隣家の厨《くりや》に林檎を焼き蜂蜜を煮詰むる匂」と思うかもしれない、とし、

> 此れ便《すなはち》先考來青《らいせい》山人往年滬上《こじよう》より携へ帰られし江南に一奇花《きくわ》、わが初夏の清風に乗じて盛に甘味を帯びたる香氣を放てるなり。（中略）二十年の今日既に來青閣《らいせいかく》の

檐邊《えんべん》に達して秋暑の夕よく斜陽の窓を射るを遮るに至れり。

「先考」つまり父（号・来青）が滬《こ》（上海）より持ち帰った珍しい樹が、父の屋敷「来青閣」に二十年を経て残暑の陽かげとなっている、と記している。

この樹の特長を荷風は「常磐木」、常緑樹で葉は（艶やかな）モチに似ていると記す。荷風の問うのに対し、園丁（庭師）はこの樹を「オガタマ」と呼んだというが、散人「未《いま》だオガタマなるものを知らねば」「園丁の云うところ亦遽《にわか》に信ずるに足りず」と庭師の言葉を信じない。

荷風は父・久一郎のつくった漢詩に、この樹のことが詠われているかと、何度かチェックしてみるけれど、「一首としてこの花に及べるものを見ず」、また母に聞いてみても知ることがないというので「われ自ら名づくるに来青花の三字を以てしたり」という。つまり散人、父の号・来青に因んで、自分で、この父の愛した樹花の名付けをしてしまったというのだ。

荷風はその〝来青花〟の特長をさらにくわしく記述する。この一篇、単に文芸家の印象文ではなく、名文ながら博物学者の解説文に似る。

来青花その大《おほい》さ桃花の如く六瓣にして、其の色は黄《くわう》ならず白《はく》ならず恰も琢磨したる象牙の如し。而《しか》して花瓣の肉甚《はなはだ》厚く、（中略）臙脂の色濃く紫にまがふ。一花落つれば一花開き、五月を過ぎて六月霖雨《りんう》の候《こう》に入り花始めて盡く。

とある。

これまでの記述で、この〝来青花〟、散人が信じなかったとしても、ぼくは庭師の言葉にヒントを得て「オガタマ」の周囲をグーグルでチェックしてみることにする。「オガタマノキは、モクレン科モクレン属に属する常緑高木の1種である」とある。

この説明で、そうかモクレン属かと、来青花は園丁の言うように、少なくとも「オガタマノキ」の一種であると判断した。庭木の好きな人なら納得するだろうが、モクレンの仲間は、モクレンにせよコブシにせよタイサンボクにせよ強い芳香を放つ。いわゆる「マグノリア」の香りである。

オガタマノキ。『草木図説』（飯沼慾齋著、明治40（1907）年

さらにオガタマ関連を調べてゆくと、中国南部原産のカラタネオガタマという種があり、開花するとバナナやパイナップルの香りがするという。これを知って、ぼくは来青花をオガタマ、さらにはカラタネオガタマではないか、と思うことにした。

散人に知らせたかったなぁ。父・久一

郎が中国から持ち帰って育てたというのだから、なおさらそう思いたい。荷風は、このオガタマを「来青花」と名付けたが、ぼくだったら、そのマグノリアの芳香から「来青香」としたかな（戯言失礼！）。

その荷風、この一文の終わりを、こう記す。亡き先考、父への思いだ。

先考の深く中華の文物を憬慕《けいぼ》せらるゝや、南船北馬その遊跡十八省に遍《あまね》くして猶足れりとせず、遙に異郷の花木を携《たずさ》え帰《かえ》りてこれを故園に移し植ゑ、悠々として餘生を樂しみたまひき。物一度《ひとたび》愛すれば正に進んで此《かく》の如くならざる可からず。三昧の境《きやう》に入るといふもの卽ちこれなり。われ省みてわが疎懶《そらん》の性遂にこゝに至ること能はざるを愧ず。

としている。

❖「落葉を愛する情のいよ〳〵痛切」

『荷風随筆』（巻二）には、さらに〈桑中喜語〉や〈猥褻獨問答〉、さらに「金阜山人戯文集」、また「東京年中行事」が収められている。

続く『荷風随筆』（巻三）は、〈花火〉〈偏奇館漫録〉〈隠居のこごと〉などからなる「麻布襍記」、〈礫川徜徉記〉〈白鳥正宗氏に答るの書〉〈文藝春秋記者に與るの書〉等の「荷風文藁」のほか、すでにふれた「葷齋漫筆」や「為永春水年譜」で構成されるが、草木や庭関連の文章は「巻一」「巻二」と比べて、ぐんと少なくなり、目にとまったのは「麻布襍記」の中の〈落葉〉と題する一文である。似たテーマでは「巻二」の〈草箒〉があり、すでに記述している。

竹箒を手に庭の落葉を掃く姿を写真に撮らせているように、散人の枯葉や落葉への思いはとても深いようだ。その由来を散人自身が、この〈落葉〉で記している。見てみよう。

菊花は早くもその盛を山茶花に譲り、鋭い鵙の鳴聲は調子のはづれた鴨に代る十一月の半過から十二月の初が卽ち落葉の時節である。黄葉、紅葉、共に落ち散つて掃ふに暇もないので、落葉は庭にも街にも到る處に積つてゐる。（中略）わたしのいかに落葉

父・久一郎の赴任に伴って暮らした上海で。中国服を着た荷風（明治30年・1897年）

を愛するかは、既に拙著斷腸亭襍藁の中に述べ盡されてある。（中略）わたしは唯年と共に落葉を愛する情のいよ〳〵痛切になつて來た事を記せばよいのである。

その、散人の深い落葉愛に陥る契機となったのは、

わたしが落葉に對して初めてたゞならぬ感激を催したのは二十四の時亞米利加へ行つた時である。初めてヴェルレエヌが詩を讀んだのも丁度此時分であつた。（中略）渡航の以前にあつては落葉に對する感興の記憶は一つもない。所謂世紀末の憂悶に触れべき年齢に達してゐなかつた爲めであらう。

そうか、散人の落葉愛や落葉趣味はやはり西欧の世紀末文芸に由来していたのか。そして散人は、この文章を草した四十歳少し越えた（大正十年）には、このような心境に至る。

落葉は隠棲閑居の生涯の友である。

と。そして、

時雨の降る夕落葉の道を過ぎて獨り家に歸り、戸口に立つてつぼめる雨傘の上に落葉

の二三片止まりたるを見る時の心は清寂の限りである。（中略）若しそれ、風絶えて空曇りたる寒き日の暮れ近く、鶫《つぐみ》の餌をあさりながら空庭に散り積つた落葉をがさり〳〵と踏み歩む音の寂しさに至つては、恐らくは古池の水に蛙の飛び入る響にも劣るまい。

と落葉の庭の一景を、一種俳味のある文で叙述しているが、若き日、荷風が落葉の存在に気づかされたときは、たぶん上田敏の『海潮音』で訳されたヴェルレーヌの、あの、あまりにも有名な詩、（秋の歌）「落葉《らくよう》」の、

秋の日の　ギオロンの　ためいきの　身にしみて　したぶるに　うら悲し。
鐘のおとに　胸ふたぎ　色かへて　涙ぐむ　過ぎし日の　おもひでや。
げにわれは　うらぶれて　こゝかしこ　さだめなくとび散らふ　落葉かな。

の詩歌が頭に浮かんだにちがいない。このときの「落葉」とは単に枯れ散る秋の葉ではなく、うらぶれて、あちこち定めなく飛び散りゆく、若き荷風自身を仮託したのではなかったか。「落葉の存在」としての青年荷風を、散人はのちに、自邸の庭で独り竹箒で掃き寄せることを無上の楽しみとする。

落葉舞い、時はふる。

第24話 故園、秘園、そして廃墟としての「荷風の庭」

――荷《はす》の葉の千年わたる風にゆれ

〝異色〟の大作家・永井荷風の文芸を〝理系感覚〟また〝ナチュラリスト〟としての側面から、彼の成した文芸世界を気の向くままに訪ねてきた。

〝異色の作家〟などと称するのは、あまりに陳腐のようだが、たとえば文化勲章受章者(昭和二十七年、七十三歳)でありながら、荷風には、いまだに資料館、文学館の一つも存在しないという事実が、言外、その〝異色ぶり〟の証しではないだろうか。

鷗外、漱石、谷崎は、もちろん、それぞれ立派な施設をもち、その文芸活動が多くの資料展示とともに顕彰され、来館者に供せられている。また全国でも、その地の出身者の小説家、詩人、歌人等文芸家、美術家等の資料館、記念館は数多くある。

しかし荷風に至っては、何度かの立派な企画展は催されたものの、なぜか今日に至るまで、それらの施設が設けられぬまま放置されてきた。いま、なぜか、と記したが、この件に関しては、ぼくはかねてから〝邪推〟している。つまり、公の機関や団体にとって、荷風はなかなかやっかいな作家だからではないか。

荷風散人の代表作といえば、一般にはまず『濹東綺譚』が挙げられるだろう。この作品は、画家・木村荘八の挿画史に残る挿し絵とあいまって、多くの荷風ファンを生んだ名作だが、描かれたその世界は東京の東の片隅の濹東。原色のネオンまたたく迷路《ラビリンス》からなる売笑の地に生きる女性との交渉をつづった小説である。

もともと荷風は、そのデビューのころから発禁の作家であった。『ふらんす物語』『歓楽』とつづけて発禁処分を受けた後も、『夏すがた』が発禁(昭和二十一年の扶桑書房版で初めて公に）、他の作品も時の官憲からにらまれる世界を描くことが多く、散人自身も、それをおそれて、ときに私家本として作品を発表せざるをえない境遇にあった。荷風は〝札つき〟の小説家なのであった。

作家・野口冨士男は『わが荷風』（中公文庫）で、戦後の荷風の生き様に関して、「芸術のなかでも、文学、文学のなかでも小説ほどなまぐさいものはあるまいが、荷風はそれを自己の一身に具現した。文学の老醜と文学者の老醜を、近代日本の作家たちのうち荷風以外の誰が私たちにみせたか」と語り、また同じく岩波文庫の『荷風随筆集』（下）の解説で、「葡萄棚」にふれながら、

「人によってはけがれた女としか見ないはずの浅草の売笑婦——もっときつい言葉でいえば淫売婦をこれほど美しく書いた作家が、日本に限定することなく、世界文学史上に一人でもいたであろうか。寡聞にして、私はそういう例を知らない」

扶桑書房刊の『夏姿』（昭和22年）奥付。（大正4年、籾山書店版はただちに発禁処分に）

野口冨士男『わが荷風』（昭和59年、中公文庫）。野口冨士男の実証精神はすさまじい。とにかく荷風の事跡をたずね歩く

という、じつに感動的な一節をもって、この解説文を閉じている。

——なぜ、この〝文化国家〟日本に、荷風の資料館、文学館が存在しないのか。ぼくの勘ぐりは、荷風の描いた多くの小説世界が、いわゆる醇風美俗に反するものだったからではないのか。荷風作品は、反教育的な〝悪所〟の世界の男女の生態を書きつづった悪書であり、荷風はそれを世に発表する作家だったからではないか。少なくとも、その小説の一節が中高生の教科書に載ることはなかったし、受験の問題として扱われることなどもありえなかった。

❖随筆に、小説とは別の学術的荷風の姿が

そんな小説家・永井荷風だが、一方、随筆（真の意味で）の筆となると、様子は違ってくる。たとえば『日和下駄』にしても、『江戸藝術論』『下谷叢話』、また戦後の『葛飾土産』にせよ、小説世界とは別の、ある種、江戸儒者の末裔というか、学究の徒としての散人の姿がうかがえる。

ここしばらく、その随筆世界を岩波書店『荷風随筆』（全五巻）で巻（一）から巻（三）まで読みつづけてきた。儒者であり、ナチュラリストとしての荷風さんの姿を訪ねたく。

そして今回、巻（四）を手にする。この巻では、荷風の外祖父にあたる下谷の鷲津毅堂のことから、さらにさかのぼり周辺の大沼枕山や江戸末、明治文人たちの消息がつづられ

る「下谷叢話」が巻（四）の全体の半分を超えるページ数。

他に「荷風随筆」として〈成嶋柳北の日誌〉〈柳橋新誌につきて〉あるいは〈向嶋〉〈百花園〉〈上野〉〈帝國劇場のオペラ〉〈歌舞伎座の稽古〉などの他に〈にくまれぐち〉〈新聞紙について〉〈雀〉〈巷の聲〉、また文壇面での〈中村さんに質する文〉〈正宗谷崎兩氏の批評に答ふ〉等々が収められている。

この巻（四）は珍しく、理系感覚、ナチュラリストを思わせる散人の影はうすい。ところで、ぼくは東京下町生まれゆえ、向島、百花園、上野あたりは、中高生のころから友人たちと気晴らしに出かけた地であるし、とくに百花園に関しては、百花園を造った江戸の人、佐原菊烏の八代目、茶亭の主人・佐原滋元氏やその母堂・洋子様とお近づきを得ているので、うれしい一文だが、ここでの引用には適さないだろう。

また、〈にくまれぐち〉や〈申譯〉は散人ならではの愚痴というか、面倒なことに巻き込まれたときの閉口ぶりがリアルに記述されて実に興味ぶかいが、ここはナチュラリストとしての荷風というよりは俗世間に生きるリアリスト荷風世界ゆえ、これも今回の引用には及ばない。

ということで、巻（四）は、ただ読書の楽しみとし時を過ごして、次に巻（五）を手にする。いよいよ、この巻が最終巻。目次を開く。「書かでもの記」「小説作法」「冬の蠅」「枯葉の記」「葛飾土産　其他」。

この巻（五）は「書かでもの記」と「小説作法」、二篇合わせて五十ページほどの短文の他は単行本としてまとめられている「冬の蠅」と「葛飾土産」で、この二篇については、すでにふれていて、一部重複するところがあるかもしれないが、随所に庭や植物に関わる記述があるので、あらためて見てみよう。先にも記したが、戦後すぐ（昭和二十年十一月）の仙花紙本、扶桑書房刊『冬の蠅』と、こちらはハードカバー函入の立派な造本の昭和二十五年、中央公論社版『葛飾土産』と中公文庫版（二〇一九年刊）を脇に置く。『冬の蠅』の巻頭は〈斷腸花〉と題する、断腸花つまり秋海棠にまつわる「暴風《あらし》の襲ひ來た」日の思い出の記。

これに続く一篇が〈枇杷の花〉。引用する。

顏を洗ふ水のつめたさが、一朝ごとに身に沁みて、いよ〳〵つめたくなつて來る頃である。（中略）菊の花は既に萎れ山茶花も大方は散つて、曇つた日の夕方など、急に吹起る風の音がいかにも木枯らしく思はれてくる頃である。梢、高く一つ二つ取り殘された柿の實も乾きしなびて、霜に染った其葉さへ大抵は落ちてしまふころである。百舌や鵯の聲、藪鶯の笹鳴きももうめづらしくはない。この時節に枇杷の花がさく。

荷風散人の文章、毎度、書き写していると気持ちのよくなる名文である。しかも観察はおざなりでない。

枇杷の花は純白ではない。その大さもその色も麥の粒でも寄せたやうに、枝の先に叢生する大きな葉の間に咲くので、遠くから見ると、蕾とも木の芽とも見分けがつかないほど、目に立たない花である。八ツ手の花よりも更に見榮えのしない花である。

散人の「家の塀際に一株の枇杷が」あったという。この枇杷の木が育った由来をのべたあと、

わたくしは年と共にいつかこの木の事をも忘れてゐたが、今年梅雨の晴れた頃の、ある日である。扇骨木《かなめ》や檜などを植込んだ板塀に沿うて、ふと枇杷の實の黄いろく熟してゐるのを見付《みつけ》て、今更のやうにまたしても月日のたつ事の早いのに驚いたのである。

散人の一文はこのあと、林述斎の第二子、鳥居甲斐守の枇杷の木に関わるエピソード他が語られるが、荷風がいわんとすることは、この木の成長と年月の過ぎゆくことの速かさである。この一章は次のように終わる。

陋屋の庭には野菊の花も既に萎れた後、色もなき枇杷の花の咲くのを眺め、わたくしは相も變らず「羇鳥戀舊林。池魚思故淵」といふような古い詩を讀み返してゐる。斯

くの如くしてわたくしの身は草木の如く徒に老い朽ちて行くのである。

文末に「甲戌十一月記」とあるので昭和九年、荷風五十五歳の時の記述である。

❖〝耳の荷風〟による音の博物誌

〈蟲の聲〉と題する一文も印象ぶかい。過ぎ去り消え去ってしまった「物の音や物の色」に対して「別れて後むかしの戀を思返すやうな心持」とし、

ふけそめる夏の夜に橋板を踏む下駄の音。油紙で張つた雨傘に門《かど》の時雨《しぐれ》のはら〳〵と降りかゝる響。夕月をかすめて啼過る雁の聲。短夜の夢にふと聞く時鳥《ほととぎす》の聲。雨の夕方渡場の船を呼ぶ人の聲。夜網を投げ込む水音。荷船の舵の響。

この列記は、まるで〝音の博物誌〟ではないか。かつての東京の町の生活とともにあり、季節の折々や情景のなかで耳にした音や声。

散人の筆は、秋のおとずれとともに聞くコオロギの初音《はつね》や、その十日十五日前に「夕日の梢に初めて」鳴く「オシイツクツク」の蟬の声のことにふれたのち、その時節の植物の記述に移る。

凌霄花《のうぜんかつら》はます〳〵赤く咲きみだれ、夾竹桃の蕾は後から後からと綻びては散つて行く。百日紅は依然として盛りの最中《もなか》である。

しかし、それからしばらくして「或日驟雨《ゆふだち》が晴れそこなつたまま、夜になつても降りつづくやうな事もあると」——

今まで逞しく立ちそびえてゐた向日葵《ひまわり》の下葉が、忽ち黄ばみ、いかにも重さうな其花が俯向いてしまつたまゝ、起き直らうともしない。糸瓜や南瓜の舒び放題に舒びた蔓の先に咲く花が、一ツ一ツに小さくなり、その数もめつきり少なくなるのが目につきはじめる。

続いて話は「蜻蛉《とんぼ》」や「蟷螂《かまきり》」、そして「蟋蟀《こほろぎ》」に移る。そして、やがて「萎れかけた草の葉の葉かげから聞える晝間の蟲の聲は」ボードレールやヴェルレーヌの詩篇が「身を刺すやうに」思い返されるとし、その虫の音は、まさに、「秋のヰョロンのすゝり泣する調《しらべ》」であろう、とし、

それまでも生き残つてゐた蟋蟀が、いよ〳〵その年の最終の歌をうたひ納める時、西の方から吹きつけて來る風が木の葉をちらす。

菊よりも早く石蕗《つは》の花がさき、茶の花が匂ふ……。

で「蟲の聲」は終わる。

❖市川に住み、散人、散索復活の地とす

「葛飾土産　其他」に移ろう。この章で『荷風随筆』全五巻は締めとなる。ところで、この章にあたるとき、すでに傍に用意しておいた、中央公論版の新旧二冊の『葛飾土産』と、この『荷風随筆』の「葛飾土産　其他」の目次を念のためチェックしてみたら、その構成、収録作が大いに異なる。中公版のほうはすでにふれたこともあり、ここでは『荷風随筆』による。

この巻では〈亜米利加の思出〉〈冬日の窓〉〈墓畔の梅〉〈暇寝の夢〉〈草紅葉〉〈木犀の花〉〈葛飾土産◎〉〈東京風俗ばなし◎〉〈裸體談義◎〉〈水のながれ◎〉〈向島◎〉等十一篇が収められている（◎印は中公版にも収録されている作品）。すべて敗戦直後から、葛飾・市川に居を移した後の作品で、巻末に収められた〈向島〉（一九五九年一月、『中央公論』に寄せた一文）が荷風生前最後の作品となる。

この章で〈草紅葉〉と〈木犀の花〉が、ナチュラリスト荷風を想像させるが、内容は散人の、戦火によって失われた時を求めて、の文である。

このあと、さすがに戦後二年も経ち、葛飾の地に、ようやく落ち着きを取り戻しての〈葛飾土産〉には、梅をはじめ、松、杉、柾木、槇、木槿、南天などの植物の名が登場する。また葛飾の地から深川、荒川までも散策する姿も記述され、『日和下駄』散人の復活を思わせてくれて、嬉しい思いにさせられるが、それらについてはすでに中公版で述べた。

ここに至って、ぼくの——「荷風の文芸空間に〝理系感覚〟という一本の補助線を引いて」——と銘打ち、「ナチュラリストとしての荷風の姿」を訪ねての、気ままな荷風作品散歩はひとまずエンディングとする。

すでに記したことでもあるが、この連載にあたって、手にしたテキストは、当然、基本資料であるべき全集やそこに収録されている『断腸亭日乗』は、とくに必要であるとき以外はページを開いていない。主に敗戦直後の扶桑書房版、戦後の筑摩書房、中央公論社版等を手にした。いわば掟破り、反則すれすれの荷風作品との交渉であった。

生来のヘソ曲がりのために、正統、オーソドックスな取り組みは研究者でも評論家でもないぼくの任でも柄でもなかろう、と最初から確信犯的な変則アプローチをしたかったからです。

さて、この連載が終了したあと、ぼくはあらためて、さらに気ままに、部屋の片隅の柱に寄りかかるように積み重ねられている『荷風全集』全二十九巻や『断腸亭日乗』全七巻、『荷風随筆』全五巻（当然、全集にも収録、ともに岩波書店刊）を読み進めることになるだろう。

この「荷風の庭 庭の荷風」の連載は、若き日、読まず嫌いのくせに、〝荷風嫌い〟を気取っていたぼくに、なんとも豊穣な荷風世界に誘う庭、楽園の扉を開いてくれたのです。

哀しい都市、東京の、しかも場末に生まれ育った懐旧癖の片寄りのある人間《ぼく》が、本来ならもっと早く出合わなければならなかった荷風世界を、このテーマと関わることにより、あまりにも遅しとはいえ、気づかせてくれたのです。

荷風散人による文芸の庭は、四季折々、その、花盛りのときのむせるほどの色香も、たちまち色あせ、枯れゆく退廃の美も、存分に味わわせてくれる。

故園、秘園、そして廃墟としての庭（都市）――そんな荷風の庭を、これからも気ままに、たっぷりと心おきなく楽しんでゆきたい。

#「あとがき」にかえて

本書の冒頭部分でも記しましたが、この、永井荷風に関わる一著は、〃ナチュラリスト〃また〃理系感覚の持ち主〃として、荷風の類《たぐい》まれなる感性と、その魅力を訪ねる散策となりました。

荷風作品の小説や随筆を、こちらも、その日その日の空模様や気分でプラプラ、気ままに散歩するように読み散らして来ましたが、そうこうしているうちに、荷風散人の、ある局面が浮かび上がるように見えてきました。

それを〃ナチュラリスト〃また〃理系感覚の持ち主〃荷風として、散人の文芸世界を楽しんでみようとする、道楽のような、余興じみた企《くわ》だてを思いついた。

もともと自分が、永井荷風をテーマに何か書こうとは考えてもみなかった。ただ、荷風

作品のあれこれや、評論家、また研究者、文学者による荷風論、荷風研究関連の著作は、これもまた、興味本位、気の向くままに読み楽しんではきた。しかし、だからといって、いや、だからこそ、自分が荷風に関わることを書くとは、書けるとは、思ってもいなかった。

荷風世界については、ほとんど語り尽くされている。未開の部分があるとすれば、それぞれのテーマの専門家による細部の新発見や考察、研究の深化だろうと考えていた。ぼくのような、ただの本好き、雑読家の出る幕ではない、と思うのは当然でしょう。

ましてや、三、四十代のころは、人には〝荷風嫌い〟を嘯《うそぶ》いていた人間である。それが、振り返ってみれば我知らず、荷風世界に導かれてきた。同郷（墨田区向島）の半藤一利氏との出会い。荷風好き、文芸愛好家の女性プロデューサーによる企画展などへの誘い。また、荷風が戦後移り住み暮らした市川・八幡の、荷風旧宅のすぐ近くに、自宅とは別に、本置き場、貧しき書斎じみた空間を得たこと、などなど。

その八幡の地を選んだのも、自宅と都心の事務所のほぼ中間地点にあることと、ぼく好みの本揃いの古書店があること。また良い感じのジャズバーがあるのを知っていたからで、なにも強く荷風散人の面影を慕ってのことではなかったはず。

そんな、自分が、今こうして、『荷風の庭 庭の荷風』と題して一冊の荷風本を出そうとしている。

荷風の文芸世界には、よく知られるように、小説作品、と随筆、また、その中間の随筆

的小説とも評される作物、そしてフィクションをも交えた日録『断腸亭日乗』がある。

それらの荷風作品に接すると、文中、その各シーンにおける、気象、地形、光景、そしておびただしいほどの草木の名とその描写に、散人の心が注がれていることに気づかされる。

このことは、単に永井荷風という作家本人が生来の景観愛好癖、植物マニアであるためだから、とは単純には思われない。じつは、荷風の生まれた、一つ、二つ前の世代、江戸末期は、名所・旧跡への探訪や草花の栽培、さらに新種改良などが大流行した時代であった。江戸の教養人の多くは史家、詩人であり、また景観ウォッチャー、そしてナチュラリストであった。

そんな江戸教養人の世界を荷風は慕い、受け継ぎ、身にまとおうという志を抱いたのではないだろうか。身辺の地形、史跡、また草木などに深い関心を寄せるのは教養人としての必須のパスポートだったはず。

ナチュラリスト、また理系感覚の持ち主、荷風散人にとっては、草木好きの〝江戸教養人〟という先達の世界を偲び、親しく訪ねることでもあったのではなかったか。もちろん散人自身も、その世界を愛することも深くあったに違いないが。

ところが——

これまでの、おびただしいほどの荷風研究、関連本に当たってみたところ、たとえば草

木に焦点を当てて取り上げた著作は、ぼくの知るかぎり、これまで一冊もない。また、全集の各巻に付く「月報」は、多彩な関連記事を収録する、全集編集者の腕の見せどころ、貴重な読み物だが、『荷風全集』（昭和四十七年・岩波書店刊）全29巻の、すべての巻の月報の、それぞれの記事にあたったが、わずかにタイトルに植物関連としては、第20巻の「丁字の花」と第23巻の「昨日の花」の二編があるにすぎない。

しかも、前者は荷風終生の愛人といわれた関根歌による散人との思い出話しで、最後に「丁字の花」の刈り込みの手伝いをしたことが記されているのみ。後者の「昨日の花」に至っては、かつての文友・竹下英一による『断腸亭日乗』を引きつつの思い出話しや、私的裏話しの一景という内容。中に「杏花」という植物関連めく言葉が出てくるが、これは二代目・市川左団次の号。

つまり29巻、百扁はゆうに超えるであろうと思われる「月報」の記事中にも、草木に関するものは一つも見当たらない。

つまり、荷風の文芸世界において、ことほど左様に、散人と草木との関連は軽視あるいは無視されてきたとしか言いようがない。

しかし、やはり世には奇特、というか視力の強靭な著述家、研究者もいる。本文でも一部紹介させていただいたが、心覚えとして、ここに改めて列記しておきたい。

・高橋俊夫『荷風文学閑話』（昭和五十三年・笠原書院刊）「第十二話　荷風と花」
・「ユリイカ」（一九九七年・『特集・永井荷風』青土社刊）（長島裕子『描かれた植物』）

・川本三郎『荷風と東京』(平成八年・都市出版刊)「庭好む人――焚き火と掃葉」
・永井永光他著『永井荷風　ひとり暮らしの贅沢』(二〇〇六年・新潮社　とんぼの本)「好んだ季節の花々」
・持田叙子『朝寝の荷風』(二〇〇五年・人文書院刊)「小径、花園、荷風」他
・持田叙子『荷風へようこそ』(二〇〇九年・慶應義塾大学出版刊)「荷風連花曼荼羅」
・永井荷風『葛飾土産』(二〇一九年・中公文庫) 石川美子による巻末エッセイ「川散歩と時節の花」

といったところが、これまでぼくの目にとまった、荷風と草木関連に言及した一文を収めた刊行物。

それこそ汗牛充棟の荷風関係の書物、さらにその中の文章の量からすれば、右に掲げた各氏の文章は極めて貴重といえるだろう。

無視、軽視といえば、話は変わるが、この作家、さまざまな全集が何度も刊行され、文化勲章を受賞し、今日もまた新たな編集による荷風本が刊行されているのに、この永井荷風の記念館、文学館といったものが縁《ゆか》りの地にも一館も無いというのも不思議といえば不思議といえなくはない。が――

これは、本文中でもサラッとふれたが、荷風の小説作品の多くが、例えば名作『濹東綺譚』の舞台が玉の井という狭斜地での私娼との交流であり、〝健全・良識〟の倫理、道徳

にそぐわないものだったからではないか。

昨今「人類、文化、の多様性」とかが声高に唱えられているわりには、とくに〝お上《かみ》〟は、本音のところでは、（ご当人たちの行動は別として）人間の下半身に関わる部分は隠蔽し、旧き醇風美俗を守ろうとする。

と、すれば荷風散人の生き方とその作品は、現代日本の文化行政において、いまだに旧態依然としてアンタッチャブルなのであろう。

良き教育家、指導者であったとしても、生きる存在そのものをみるナチュラリストとは、ほど遠い存在なのだろう。こんな柄にもないことを吐けば、荷風散人に苦笑されかねない。それこそ「世の中のことは勝手に綜絽箒《しゅろぼうき》」。

反骨、偏屈、狷介、そのくせ繊細で優しい心情を抱く荷風散人と、それと志を同じくする同好の士に、この拙い一書を献じたい。

『荷風の庭 庭の荷風』は、『望星』（東海教育研究所）の二〇二〇年七月号から二〇二二年六月号までの連載を大巾に補筆して一巻としたものです。

連載企画立案から終了まで、『望星』石井靖彦編集長には多大なご協力をいただいた。また単行本化にあたっては出版人として生きる同志的友、芸術新聞社社主・相澤正夫氏、またタフな本づくりの全行程を伴走、索引作りまで、ご尽力いただいた編集部の今井祐子さんには心から感謝せずにはいられません。

そして、装丁は造本設計家にして異能の俳人・間村俊一氏。
ほかに、ぼくを荷風世界に導いて下さった荷風愛好の友たち、また、先達である幾多の荷風関連書の著者、研究者の方々にも謝意を表します。

読みさしの式亭三馬に冬の蝿
春愁や偽書企てる来訪者

二〇二三年　新春

坂崎重盛

＊植物関連索引

■ま

■や

■ら

■わ

＊書名索引

＊人名索引

著者略歴

坂崎重盛

（さかざき・しげもり）

1942年東京生まれ。千葉大学で造園学・風景計画学を専攻。横浜市計画局に勤務。退職後、編集者、エッセイストに。著書に『超隠居術』『東京本遊覧記』『TOKYO老舗・古町・お忍び散歩』『神保町「二階世界」巡り　及び其ノ他』『「秘めごと」礼賛』『ぼくのおかしなおかしなステッキ生活』『浮世離れの哲学よりも浮世楽しむ川柳都々逸』および『「絵のある」岩波文庫への招待』『粋人粋筆探訪』『元祖・本家の店めぐり町歩き』（三著とも弊社刊）。近著に『季語・歳時記巡礼全書』。

＊本書は月刊『望星』（東海教育研究所）にて
2020年7月号から2022年6月号の連載を、
加筆・構成したものです。

日和下駄

一名東京散策記

人並はづれて丈《せい》が高い上に私《わたし》はいつも日和下駄をはき常に蝙蝠傘を持つて歩く如何によく晴れた日でも日和下駄に蝙蝠傘なければ

[illegible]

壬申四月四夕
大梁橋上ヨリ
巽ハ所
芳風生

仙台堀東端
石住橋下マデ
新架橋ノ南岸
ニ大元松木下ノ
千田橋南岸
ニ続木了

荷風の庭 庭の荷風

2023年1月5日　初版第1刷発行

著者　坂崎重盛
発行者　相澤正夫
発行所　芸術新聞社
〒101-0052 東京都千代田区
神田小川町2-3-12 神田小川町ビル
TEL　03-5280-9081（販売課）
FAX　03-5280-9088
URL　http://www.gei-shin.co.jp
印刷・製本　藤原印刷

ISBN978-4-87586-658-9 C0095